U0109230

古典文學研究輯刊

三　編
曾永義　主編

第26冊

《全明散曲》中的南曲體製研究（下）

林照蘭　著

國家圖書館出版品預行編目資料

《全明散曲》中的南曲體製研究（下）／林照蘭 著 — 初版 —
新北市：花木蘭文化出版社，2011〔民100〕
目 2+222 面；19×26 公分
（古典文學研究輯刊 三編；第 26 冊）
ISBN：978-986-254-573-7（精裝）
1. 戲曲史 2. 明代戲曲 3. 戲曲評論
820.8　　　　　　　　　　　　　　　100015122

ISBN-978-986-254-573-7

9 789862 545379

古典文學研究輯刊
三 編 第二六冊　　　　　　ISBN：978-986-254-573-7

《全明散曲》中的南曲體製研究（下）

作　　者　林照蘭
主　　編　曾永義
總 編 輯　杜潔祥
出　　版　花木蘭文化出版社
發 行 所　花木蘭文化出版社
發 行 人　高小娟
聯絡地址　新北市永和區中正路五九五號七樓
　　　　　電話：02-2923-1455／傳真：02-2923-1452
網　　址　http://www.huamulan.tw 信箱 sut81518@ms59.hinet.net
印　　刷　普羅文化出版廣告事業
初　　版　2011 年 9 月
定　　價　三編 30 冊（精裝）新台幣 48,000 元
版權所有·請勿翻印

《全明散曲》中的南曲體製研究（下）

林照蘭　著

目

次

第四章　小令與帶過曲研究

第一節　概　說

前人論散曲體製，概分為「小令」與「散套」二大類。而體段長短、形式不一，任中敏又將小令分為二類七項：[註1]

甲、不演故事者

（一）尋常小令

指單闋之曲，相當於詩之一首或詞之一闋，通曲僅一韻，亦可稱為「單調」，為曲中之單位。

（二）摘　調

猶詞之摘遍，本非小令，指套曲中一二調精粹者，從全套內摘出，作為小令。詞中摘大曲之美聽，可單獨傳唱，起結無礙之一遍，而為慢曲；曲中則摘套曲之調，而為小令。

（三）帶過曲

由於小令過於簡短，不能發揮太多之意思，於是「單調」演進成為「帶過曲」，即作者填一詞畢，意猶未盡，再續拈一他調，而此二調之間，音律又能銜接。其組織最長不過三調，乃異調各一首相連帶過，仍屬一闋一題，如【中呂宮】之〔十二月帶堯民歌〕，及【雙調】中之〔離亭宴帶歇指煞〕是也。如「複調」再須加長，即成為「套數」。初僅於北曲用之，後來南曲及南北兼帶，偶而

〔註 1〕見任中敏輯《散曲叢刊・散曲概論・體段》，頁 16～26。

仿用，不如北曲之多。首尾一韻到底，所用曲牌則爲小令曲牌，帶過二字或連用或任用其一，或用兼字或稱兼帶。據任中敏《散曲概論・用調》一章的統計，前人習用者僅三十四調。羊春秋《散曲通論・體製論》統計：「從《全元散曲》中的帶過曲加以統計，運用頻率最多的是雙調的〔雁兒落帶得勝令〕，共六十九首，其次是南呂的〔罵玉郎帶感皇恩采茶歌〕，共四十八首。」〔註2〕

（四）集　曲

猶詞中犯與攤破，專屬於南曲。取同宮調同管色曲調中之片斷，以組成的新曲，是爲「犯本宮」，取自不同宮調之片斷以組成的新曲，謂之「犯他宮」。南曲中流行，明代曲家喜用。與帶過曲的根本區別，在於帶過曲爲整個同宮之曲調相連接而成，其名則用各詞原名相連。集曲則是連接不同曲調中的零星句法，另立新名，如〔甘州歌〕就是集〔八聲甘州〕、〔排歌〕而成的新曲；〔羅江怨〕就是集〔香羅帶〕、〔註3〕〔皂羅袍〕、〔一江風〕三曲中各數句而成。也有在所集的主要曲名中加〔犯〕字的，如〔風入松犯〕；也有以曲牌數目爲名的，如〔九疑山〕集九種曲牌；〔十二紅〕集了十二種曲牌。

（五）重　頭

猶詞中聯章，爲同一曲牌重復使用以歌詠同類故事或景物，多的可至百遍，句法全同，用韻各異，亦不排斥用同一韻腳，如張養浩【中呂・山坡羊】七首之〈驪山懷古〉、〈沔池懷古〉用的都是「魚」、「模」韻。各首或分詠各事，或合詠一事。

乙、演故事

（一）同調重頭

對異調間列而言，以同調重頭而演故事。以其無科白，與雜劇異；調各爲韻，不類散套；內容敘演故事，不似尋常重頭，故別立名目爲同調重頭演故事者。

（二）異調間列

此種體裁僅見於《樂府群玉》所載王月華、朱凱合作的「題雙漸小卿問答」，全篇爲十六首小令所組成的問答體，既無尾聲又不同韻，不能稱爲套曲，

〔註2〕見羊春秋著《散曲通論》，頁39。又「帶過曲」非如前人所說，詳見後。
〔註3〕羅錦堂以爲是〔香羅怨〕。見羅錦堂著《中國散曲史》，頁29。

所用曲調又不同，故稱異調間列。

　　然羅錦堂就「所用過的曲調數目及字數言」，認為以上分法並不妥。羅錦堂以為「帶過曲」是「介乎小令與套數中的一種體裁」，沒理由放在「小令」裡。〔註4〕據此論點，「集曲」所用之曲調數目及字數，亦有別於「小令」。故於此章，別出「帶過曲」、「集曲」，專章另述。以下所論「小令」範疇，皆不含「帶過曲」、「集曲」。因南曲中的「帶過曲」數量極少，本論文乃將「帶過曲」部分附於本章末節敘論。若專就小令而言，任中敏所言仍顯粗疏。就元代北曲小令而言，汪志勇師以為小令分類應有區分，故以內容分，則為演故事與不演故事；以體製分，則有單支小令、重頭與異調間列；以音樂分，則有純小令與摘調。且元人散曲小令中，純小令比例甚少，大多為摘調，是與詞中摘遍為絕對少數大不相同之處。〔註5〕

　　王驥德《曲律・論小令》第二十五中強調：「小令亦須字字看得精細，著一戾句不得，著一草率字不得。」〔註6〕說明小令篇幅雖小，但調有定句，句有定字，字有定聲，且句句押韻，也不能率爾操觚。

　　劉熙載《藝概・詞曲概》云：「曲家高手，往往尤重小令，蓋小令一闋中，要具事之首尾，又要言外餘味，所以為難。不似套數，可以任我鋪排也。」〔註7〕道盡小令雖小，形式、內容兼具「小而美」的審美意趣。汪志勇師於〈元人小令試探〉中亦言：「曲牌不似詞牌，任一詞牌均可填成單闋詞，曲牌雖多，哪些曲牌是可以做小令，卻是有一定的。」〔註8〕句中「一定」之意，是後人對前人作品歸納研究後的論斷，意同劉氏所言「不似套數，可以任我鋪排也」。而一代新歌換舊歌，其中有遞唱不歇者，亦有新曲活絡歌壇，舊調新曲交流消長軌跡，正是時代風貌所在。因此，由當代曲牌應用事實，必能推知曲壇概況，是以先鋪排明代南曲散曲小令作家作品分析表，再嘗試解讀明代南曲散曲概況。下表作家排列順序，全依《全明散曲》作者排序（已依時代先後序排列），若有疑處，另加註說明。曲牌有異名者，一併列出，但合併計數，不另計。

〔註4〕詳見羅錦堂著《錦堂論曲・南北小令新譜》，頁469。

〔註5〕見汪志勇著《元人散曲新探・元人小令試探》，頁34～75。又參考汪志勇師曲選課程講授筆記。

〔註6〕見《中國古典戲曲論著集成》四，頁133。

〔註7〕見劉熙載著《藝概》（台北：華正書局，民國77年9月版），頁128。

〔註8〕見汪志勇著《元人散曲新探》，頁34。

南曲小令作家作品分析表

編號	曲家姓名	小令總數	曲牌數目	宮調	曲牌名	重頭首數		非重頭首數	
						有題目	無題目	有題目	無題目
1.	劉兌	1	1	南呂	一江風	0	0	1	0
2.	朱權	12	2	中呂	駐馬聽	4	0	0	0
				商調	黃鶯兒	8	0	0	0
3.	朱有燉	20	3	仙入雙	四朝元	4	0	0	0
				仙呂	西河柳	4	0	0	0
				雙調	柳搖金	12	0	0	0
4.	王越	4	1	商調	黃鶯兒	4	0	0	0
5.	胡賓竹	8	1	商調	黃鶯兒	4	4	0	0
6.	虞臣	1	1	商調	山坡羊	0	0	1	0
7.	劉龍田	6	2	中呂	山花子	4	0	0	0
				仙入雙	朝元歌	0	0	1	0
				仙入雙	朝元令〔註9〕	0	0	1	0
8	陳鐸	75	10	中呂	駐雲飛	15	0	3	0
				南呂	一江風	4	0	0	0
				中呂	鎖南枝	4	0	0	0
				商調	嬌鶯兒	4	0	0	0
				中呂	普天樂	4	0	0	0
				仙入雙	玉抱肚	16	0	0	0
				雙調	風入松	13	0	0	0
				中呂	駐馬聽	3	0	1	0
				仙呂	傍粧臺〔註10〕	4	0	0	0
				商調	黃鶯兒	3	0	1	0
9	趙寬	1	1	正宮	錦堂春	0	0	1	0
10	邵寶	1	1	中呂	駐馬聽	0	0	1	0
11	祝允明	3	2	仙呂	羽調排歌	2	0	0	0
				仙呂	皂羅袍	0	0	1	0

〔註9〕《全明散曲》以為即〔朝元歌〕，頁6004。然汪經昌《南北曲小令譜》下卷，「令或作歌」非，頁15。今從《全明散曲》。

〔註10〕一名〔臨鏡序〕。

12	徐文昭	14	2	商調	金井梧桐	4	0	0	0
				商調	黃鶯兒	10	0	0	0
13	彭澤	7	2	商調	山坡羊	5	0	0	0
				仙入雙	沈醉東風	2	0	0	0
14	王九思	198	11	中呂	駐馬聽	4	0	2	0
				商調	山坡羊	6	0	1	0
				商調	黃鶯兒	8	0	0	0
				中呂	駐雲飛	16	0	2	0
				越調	浪淘沙	20	0	0	0
				仙呂	傍粧臺	12	100	0	0
				雙調	四塊金	8	0	0	0
				雙調	鎖南枝	4	0	0	0
				商調	高陽臺	0	0	1	0
				南呂	梁州序	0	0	2	0
				黃鐘	畫眉序	12	0	0	0
15	王田	1	1	商調	黃鶯兒	0	0	1	0
16	文徵明	5	1	商調	山坡羊	4	0	1	0
17	唐寅	38	5	商調	黃鶯兒	12	0	1	0
				仙呂	桂枝香	7	0	1	0
				商調	集賢賓	5	0	0	0
				商調	山坡羊	11	0	0	0
				仙呂	羽調排歌	0	0	1	0
18	康海	26	6	黃鐘	畫眉序	4	0	0	0
				商調	山坡羊	4	0	0	0
				仙入雙	風入松	12	0	0	0
				越調	浪淘沙	2	0	0	0
				中呂	駐雲飛	0	0	1	0
				仙入雙	四塊金	3	0	0	0
19	朱應辰	9	3	商調	黃鶯兒	2	0	1	0
				南呂	懶畫眉	2	0	0	0
				中呂	山花子	4	0	0	0
20	楊應奎	12	1	商調	黃鶯兒	12	0	0	0
21	夏言	24	4	越調	憶多嬌	8	0	0	0

			中呂	駐雲飛	8	0	0	0
			仙入雙	玉交枝	4	0	0	0
			黃鐘	畫眉序	4	0	0	0
22	劉良臣	31	5	中呂	駐馬聽	6	0	0	0
				商調	黃鶯兒	10	0	0	0
				黃鐘	畫眉序	4	0	0	0
				中呂	駐雲飛	7	0	0	0
				商調	山坡羊	4	0	0	0
23	沈仕	83	10	仙呂	桂枝香	0	0	6	0
				仙呂	羽調排歌	4	0	2	1
				正宮	玉芙蓉	0	0	7	2
				南呂	懶畫眉	2	0	6	0
				商調	黃鶯兒	6	0	7	0
				商調	集賢賓	0	0	4	0
				仙入雙	玉抱肚	6	0	21	0
				雙調	鎖南枝	0	0	6	0
				大石調	催拍	0	0	2	0
				南呂	瑣窗寒	0	0	1	0
24	楊慎	84	6	中呂	駐馬聽	13	4	1	1
				商調	黃鶯兒	24	0	5	2
				仙入雙	玉嬌枝〔註11〕	0	4	0	0
				商調	金衣公子〔註12〕	9	0	2	1
				仙入雙	玉抱肚	6	0	0	0
				仙呂	傍粧臺	0	8	0	0
				中呂	駐雲飛	4	0	0	0
25	韓邦靖	1	1	商調	山坡羊	0	0	0	1
26	朱讓栩	4	1	商調	黃鶯兒	4	0	0	0
27	張恆純	2	1	商調	集賢賓	2	0	0	0
28	常倫	36	10	商調	山坡羊	0	9	0	0
				商調	黃鶯兒	0	0	0	7
				商調	梧葉兒	0	0	0	7

〔註11〕即〔玉交枝〕。
〔註12〕即〔黃鶯兒〕。

			中呂	駐雲飛	0	0	0	3
			中呂	駐馬聽	0	2	0	0
			黃鐘	畫眉序	0	0	0	1
			南呂	一江風	0	0	0	1
			仙呂	傍粧臺	0	0	0	1
			中呂	永團圓	0	0	0	1
			仙入雙	新製嬌鶯兒	0	4	0	0
29	金鑾	34	5	商調	黃鶯兒	10	0	0	0
			仙入雙	玉抱肚	10	0	0	0
			雙調	鎖南枝	8	0	0	0
			正宮	玉芙蓉	4	0	0	0
			中呂	駐雲飛	2	0	0	0
30	張鍊	36	4	越調	浪淘沙	20	0	0	0
			中呂	駐雲飛	8	0	0	0
			中呂	駐馬聽	4	0	0	0
			商調	黃鶯兒	4	0	0	0
31	李元陽	2	1	商調	黃鶯兒	2	0	0	0
32	王問	24	4	商調	黃鶯兒	0	0	1	0
			越調	浪淘沙	21	0	0	0
			中呂	駐雲飛	0	0	1	0
			雙調	朝元歌	0	0	1	0
33	黃峨	26	8	中呂	駐雲飛	4	0	0	2
			中呂	凭闌人	4	0	0	0
			商調	梧葉兒	0	0	0	4
			仙入雙	柳搖金	4	0	0	0
			中呂	駐馬聽	0	0	0	4
			商調	黃鶯兒	0	0	0	2
			仙呂	皂羅袍	0	0	0	1
			雙調	巫山一段雲	0	0	0	1
34	陸之裘	1	1	仙呂	桂枝香	0	0	1	0
35	吳承恩	4	1	中呂	駐雲飛	4	0	0	0
36	李開先	210	2	南呂	一江風	3	107	0	0
			仙呂	傍粧臺	0	100	0	0
37	薛廷寵	2	1	正宮	喜遷鶯	2	0	0	0
38	馮惟敏	181	16	商調	黃鶯兒	14	0	13	0

				宮調	曲牌				
				仙入雙	朝元歌	16	0	2	0
				正宮	玉芙蓉	22	0	1	0
				仙呂	桂枝香	26	0	1	0
				中呂	駐馬聽	2	0	0	0
				南呂	懶畫眉	4	0	0	0
				南呂	一江風	2	0	0	0
				仙入雙	玉抱肚	24	0	1	0
				中呂	駐雲飛	14	0	0	0
				仙呂	傍妝臺	14	0	0	0
				越調	浪淘沙	2	0	0	0
				仙入雙	玉交枝	8	0	0	0
				仙入雙	柳搖金	4	0	0	0
				商調	集賢賓	8	0	0	0
				雙調	鎖南枝	2	0	0	0
				商調	高陽臺	0	0	1	0
39	秦時雍	15	4	南呂	懶畫眉	8	0	0	0
				正宮	玉芙蓉	4	0	1	0
				仙入雙	玉抱肚	0	0	1	0
				商調	山坡羊	0	0	1	0
40	孫樓	29	1	商調	黃鶯兒	29	0	0	0
41	陳鶴	9	5	正宮	錦纏道	0	0	1	0
				仙呂	桂枝香	0	0	1	0
				仙入雙	玉抱肚	0	0	1	0
				商調	黃鶯兒	0	0	1	0
				雙調	鎖南枝	5	0	0	0
42	吳巖	3	2	仙入雙	玉抱肚	0	0	2	0
				商調	山坡羊	0	0	1	0
43	梁辰魚	44	7	仙呂	月兒高	2	0	0	0
				中呂	駐馬聽	0	0	5	0
				中呂	駐雲飛	0	0	10	0
				商調	山坡羊	0	0	4	0
				仙入雙	玉抱肚	0	0	20	0
				南呂	征胡兵〔註13〕	0	0	2	0

〔註13〕任中敏列入待考曲牌。見《散曲叢刊・散曲概論・用調》，頁39。

				仙入雙	銷金帳	0	0	1	0
44	吳國寶	38	5	商調	黃鶯兒	0	16	0	0
				正宮	玉芙蓉	0	3	0	0
				南呂	一江風	4	0	0	0
				仙呂	桂枝香	0	4	0	0
				仙入雙	玉抱肚	0	11	0	0
45	徐渭	5	2	商調	黃鶯兒	0	0	1	0
				雙調	鎖南枝	4	0	0	0
46	曹大章	1	1	商調	集賢賓	0	0	1	0
47	劉效祖	26	4	雙調	鎖南枝	0	16	0	0
				正宮	玉芙蓉	0	2	0	0
				商調	黃鶯兒	0	6	0	0
				南呂	一江風	0	0	0	2
48	蘭陵笑笑生	37	10	仙呂	皂羅袍	0	0	0	1
				正宮	玉芙蓉	0	4	0	0
				中呂	駐馬聽	0	2	0	0
				南呂	一江風	0	4	0	0
				南呂	西江月	0	0	0	1
				南呂	懶畫眉	0	4	0	0
				商調	黃鶯兒	0	0	0	1
				商調	山坡羊	10	0	0	6
				商調	鎖南枝	0	2	0	0
				仙入雙	柳搖金	0	2	0	0
49	李日華	4	1	正宮	玉芙蓉	4	0	0	0
50	崔子一	4	1	仙入雙	錦法經	4	0	0	0
51	張善夫	4	1	羽調	月中花	4	0	0	0
52	王世貞	1	1	黃鐘	畫眉序	0	0	1	0
53	王克篤	27	8	南呂	一江風	4	0	0	0
				仙呂	傍粧臺	6	0	0	0
				正宮	玉芙蓉	0	0	2	0
				仙入雙	玉抱肚	2	0	0	0
				中呂	駐馬聽	0	2	0	0
				中呂	駐雲飛	2	0	6	0
				仙入雙	朝元歌	0	2	0	0

						0	0	0	1
			商調	黃鶯兒					
54	陳所聞	158	15	仙呂	桂枝香	0	0	3	0
				南呂	懶畫眉	51	0	23	0
				正宮	玉芙蓉	5	0	3	0
				南呂	一江風	0	0	1	0
				仙入雙	玉抱肚	10	0	9	0
				商調	黃鶯兒	2	0	0	0
				仙呂	浪淘沙	0	0	1	0
				中呂	駐馬聽	8	0	31	0
				仙入雙	朝元歌	0	0	1	0
				仙入雙	玉交枝	0	0	2	0
				南呂	解三酲	2	0	0	0
				仙入雙	江兒水	0	0	1	0
				商調	山坡羊	2	0	0	0
				仙入雙	步步嬌	0	0	1	0
				雙調	鎖南枝	2	0	0	0
55	張鳳翼	11	7	仙呂	解三酲	0	2	0	0
				商調	山坡羊	0	0	2	0
				仙呂	桂枝香	0	0	2	0
				南呂	宜春令	0	0	1	1
				仙呂	醉扶歸	0	0	1	0
				正宮	玉芙蓉	0	0	1	0
				南呂	石榴花	0	0	1	0
56	史槃	2	1	商調	黃鶯兒	0	0	2	0
57	王寅	11	1	商調	黃鶯兒	8	0	3	0
58	薛論道	599	6	商調	山坡羊	88	0	12	0
				商調	黃鶯兒	82	0	18	0
				仙入雙	朝元歌	77	0	23	0
				仙呂	傍粧臺	82	0	18	0
				仙入雙	步步嬌	86	0	14	0
				仙入雙	玉抱肚	85	0	14	0
59	沈袾宏	7	1	中呂	駐雲飛	7	0	0	0
60	胡文煥	47	7	仙呂	桂枝香	8	0	0	0
				中呂	駐雲飛	10	0	1	0
				越調	浪淘沙	12	0	0	0

				商調	黃鶯兒	8	0	0	0
				南呂	紅衲襖	2	0	0	0
				商調	山坡羊	0	0	2	0
				大石調	催拍	4	0	0	0
61	薛崗	55	12	正宮	玉芙蓉	8	0	0	0
				中呂	駐雲飛	4	0	0	0
				南呂	懶畫眉	4	0	0	0
				仙呂	桂枝香	4	0	0	0
				南呂	宜春令	4	0	0	0
				仙入雙	玉抱肚	4	0	0	0
				中呂	駐馬聽	4	0	0	0
				商調	集賢賓	5	0	0	0
				南呂	一江風	4	0	0	0
				仙呂	傍粧臺	4	0	0	0
				黃鐘	賞宮花	4	0	0	0
				仙入雙	朝元歌	6	0	0	0
62	朱載堉	14	2	商調	黃鶯兒	2	0	3	0
				商調	山坡羊	0	0	9	0
63	杜子華	133	2	商調	黃鶯兒	132	0	0	0
				中呂	駐雲飛	0	0	1	0
64	程可中	4	2	正宮	玉芙蓉	0	0	3	0
				仙呂	桂枝香	0	0	1	0
65	周履靖	1	1	中呂	駐馬聽	0	0	1	0
66	顧正誼	16	1	仙呂	桂枝香	16	0	0	0
67	陳與郊	54	3	商調	黃鶯兒	46	0	0	0
				黃鐘	畫眉序	0	4	0	0
				中呂	尾犯序	0	4	0	0
68	馬守眞	1	1	大石調	少年遊	0	0	1	0
69	梅鼎祚	2	2	正宮	錦纏道	0	0	1	0
				中呂	駐馬聽	0	0	1	0
70	趙南星	11	3	仙呂	桂枝香	2	0	0	0
				商調	山坡羊	0	4	0	0
				仙入雙	玉抱肚	0	5	0	0
71	沈璟	6	4	商調	山坡羊	0	0	1	1
				商調	鶯啼序	0	0	0	1

				仙入雙	松下樂	0	0	0	1
				仙入雙	步步嬌	2	0	0	0
72	李登	11	2	仙入雙	玉抱肚	2	0	1	0
				仙呂	懶畫眉	8	0	0	0
73	黃戍儒	3	1	商調	黃鶯兒	2	0	1	0
74	汪廷訥	4	2	中呂	駐馬聽	2	0	0	0
				仙入雙	玉抱肚	2	0	0	0
75	徐媛	22	4	越調	綿搭絮	10	0	1	0
				仙呂	桂枝香	3	0	0	0
				黃鐘	啄木兒	4	0	0	0
				仙入雙	江兒水	0	0	4	0
76	龍膺	44	3	商調	黃鶯兒	30	0	0	6
				仙入雙	步步嬌	0	4	0	0
				雙調	鎖南枝	0	4	0	0
77	王驥德	28	10	正宮	玉芙蓉	8	0	1	0
				南呂	梁州序	0	0	2	0
				仙入雙	惜奴嬌	2	0	0	0
				仙呂	桂枝香	0	0	1	0
				仙呂	皂羅袍	2	0	0	0
				南呂	一江風	0	0	2	0
				商調	黃鶯兒	0	0	1	0
				雙調	鎖南枝	0	0	2	0
				仙入雙	風入松	4	0	1	0
				仙入雙	玉抱肚	2	0	0	0
78	丁綵	61	7	商調	集賢賓	3	0	8	0
				仙呂	傍粧臺	0	0	1	0
				商調	山坡羊	0	0	27	1
				商調	黃鶯兒	6	0	10	0
				南呂	懶畫眉	0	0	2	0
				仙呂	桂枝香	0	0	2	0
				黃鐘	啄木兒	0	0	0	1
79	王化隆	34	19	南呂	宜春令	0	0	1	0
				正宮	三仙橋	0	0	1	0
				南呂	懶畫眉	3	0	1	0
				正宮	普天樂	0	0	1	0

				南呂	梁州序	0	0	1	0
				中呂	喜漁燈	0	0	1	0
				正宮	錦纏道	0	0	1	0
				仙呂	解三酲	0	0	1	0
				商調	黃鶯兒	0	0	2	0
				越調	祝英臺序	0	0	2	0
				大石調	念奴嬌序	2	0	0	1
				商調	高陽臺	0	0	1	0
				仙呂	桂枝香	0	2	1	0
				南呂	紅衲襖	0	0	2	2
				商調	二郎神	0	0	1	0
				仙入雙	步步嬌	0	0	0	2
				商調	集賢賓	0	2	0	1
				中呂	泣顏回	0	0	0	1
				商調	鶯啼序	0	0	0	1
80	高濂	9	2	仙呂	桂枝香	0	0	1	0
				仙入雙	玉抱肚	8	0	0	0
81	孫峽峰	58	5	商調	黃鶯兒	2	26	7	0
				仙呂	桂枝香	0	4	0	1
				中呂	駐雲飛	7	6	0	1
				中呂	駐馬聽	0	0	0	3
				商調	集賢賓	0	0	0	1
82	葉華	4	2	商調	黃鶯兒	2	0	0	0
				仙呂	傍粧臺	2	0	0	0
83	馮夢龍	4	4	仙呂	桂枝香	0	0	1	0
				南呂	一江風	0	0	1	0
				仙入雙	玉抱肚	0	0	1	0
				仙入雙	江兒水	0	0	1	0
84	俞琬綸	15	2	南呂	懶畫眉	10	0	0	0
				商調	黃鶯兒	4	0	0	1
85	席浪仙	4	1	商調	黃鶯兒	4	0	0	0
86	宛瑜子	29	14	仙入雙	沉醉東風	0	0	3	0
				雙調	鎖南枝	0	0	2	0
				仙入雙	江兒水	0	0	2	0
				中呂	駐馬聽	0	0	2	0

			仙入雙	步步嬌	0	0	2	1
			仙呂	桂枝香	0	0	2	0
			商調	黃鶯兒	0	0	2	0
			南呂	紅衲襖	0	0	1	0
			仙入雙	玉交枝	0	0	2	0
			南呂	懶畫眉	0	0	5	0
			仙呂	皂羅袍	0	0	2	0
			南呂	香柳娘	0	0	1	0
			南呂	宜春令	0	0	1	0
			仙入雙	玉抱肚	0	0	1	0
87	呼文如	4	1	仙呂	皂羅袍	4	0	0	0
88	沈靜專	2	1	南呂	懶畫眉	2	0	0	0
89	施紹莘	64	9	商調	黃鶯兒	2	0	10	0
				雙調	清江引	8	0	0	0
				商調	山坡羊	0	0	1	0
				仙入雙	玉抱肚	2	0	6	0
				正宮	玉芙蓉	0	0	2	0
				仙呂	桂枝香	2	0	2	0
				中呂	駐雲飛	15	0	0	0
				雙調	鎖南枝	10	0	3	0
				黃鐘	畫眉序	0	0	1	0
90	范垣	37	5	中呂	駐雲飛	0	0	8	0
				中呂	駐馬聽	21	0	0	0
				南呂	一江風	4	0	0	0
				仙呂	桂枝香	0	0	2	0
				南呂	懶畫眉	2	0	0	0
91	王屋	85	1	商調	黃鶯兒	76	0	9	0
92	中分榭主人	14	3	仙呂	解三酲	4	0	0	0
				南呂	紅衲襖	8	0	0	0
				南呂	一江風	0	0	2	0
93	收春主人	8	1	南呂	懶畫眉	8	0	0	0
94	喬臥東	4	1	仙呂	羽調排歌	4	0	0	0
95	楊德芳	4	1	仙呂	皂羅袍	4	0	0	0
96	蘇子文	6	2	仙入雙	玉抱肚	0	0	1	0

				雙調	鎖南枝	5	0	0	0
97	祿洪	4	1	商調	山坡羊	4	0	0	0
98	楊文岳	1	1	仙入雙	松下樂	0	0	1	0
99	兩峰主人	1	1	雙調	鎖南枝	0	0	1	0
100	高志學	14	1	南呂	懶畫眉	12	0	2	0
101	湯三江	1	1	商調	山坡羊	0	0	1	0
102	湯東野	1	1	商調	山坡羊	0	0	1	0
103	馮廷槐	4	1	仙入雙	玉抱肚	4	0	0	0
104	費廷臣	2	1	仙呂	桂枝香	0	0	2	0
105	趙晉峰	2	1	中呂	駐雲飛	0	0	2	0
106	丁惟恕	115	12	仙入雙	朝元歌	0	10	0	2
				商調	集賢賓	4	0	4	12
				仙呂	桂枝香	2	0	4	10
				正宮	玉芙蓉	4	0	1	1
				南呂	懶畫眉	0	4	2	6
				仙入雙	玉抱肚	4	0	0	2
				中呂	駐雲飛	4	0	3	4
				商調	黃鶯兒	0	4	0	6
				商調	山坡羊	0	0	1	4
				仙入雙	步步嬌	0	0	1	3
				仙呂	傍粧臺	0	0	0	1
				越調	浪淘沙	0	0	1	11
107	扶搖	3	1	仙入雙	玉抱肚	3	0	0	0
108	姚小湅	4	1	南呂	懶畫眉	4	0	0	0
109	張葦如	7	2	商調	黃鶯兒	6	0	0	0
				仙入雙	玉抱肚	0	0	1	0
110	卜世臣	5	5	仙呂	桂枝香	0	0	1	0
				仙呂	羽調排歌	0	0	1	0
				仙呂	解三酲	0	0	1	0
				南呂	懶畫眉	0	0	1	0
				南呂	大勝樂	0	0	1	0
111	張文介	3	2	中呂	駐雲飛	2	0	0	0
				南呂	懶畫眉	0	0	1	0
112	董如瑛	1	1	仙入雙	步步嬌	0	0	1	0
113	董貞貞	1	1	南呂	懶畫眉	0	0	1	0

114	葉小鸞	1	1	商調	黃鶯兒	0	0	1	0
115	薛素素	1	1	仙呂	桂枝香	0	0	1	0
116	顧長芬	1	1	商調	黃鶯兒	0	0	1	0
117	張栩	4	3	南呂	賀新郎	0	0	2	0
				商調	山坡裏羊〔註14〕	0	0	0	1
				黃鐘	侍香金童	0	0	1	0
118	王厚之	1	1	仙呂	桂枝香	0	0	1	0
119	劉氏	2	1	越調	浪淘沙	2	0	0	0
120	夏完淳	3	3	商調	金梧桐	0	0	1	0
				商調	金鶯囀	0	0	1	0
				仙入雙	江兒水	0	0	1	0
121	郝湘娥	3	1	商調	黃鶯兒	3	0	0	0
122	楚妓	1	1	商調	黃鶯兒	0	0	1	0
123	蔣瓊瓊	6	1	仙呂	桂枝香	6	0	0	0
124	郭丸封	1	1	商調	黃鶯兒	0	0	1	0
125	熊秉鑑	1	1	商調	黃鶯兒	0	0	1	0
126	錢古民	2	1	商調	黃鶯兒	2	0	0	0
	無名氏	606	48	仙入雙	五供養	41	0	0	0
				商調	滿堂春	10	0	0	0
				中呂	駐雲飛	206	2	6	2
				仙呂	鷓鴣天	10	0	1	0
				仙呂	月兒高	0	0	0	8
				仙呂	皀羅袍	21	0	3	0
				仙呂	桂枝香	17	0	4	0
				仙呂	傍粧臺	8	0	2	0
				羽調	馬鞍兒	4	0	0	0
				正宮	玉芙蓉	10	0	2	0
				正宮	普天樂	8	0	0	0
				大石調	兩頭蠻	4	0	0	0

〔註14〕即〔山坡羊〕。

				大石調	催拍	0	0	1	0
				中呂	山花子	0	3	0	0
				中呂	泣顏回	0	0	1	0
				中呂	駐馬聽	6	0	0	0
				南呂	一江風	20	0	1	0
				南呂	一剪梅	2	0	0	0
				南呂	大勝樂	0	0	0	1
				南呂	太師引	0	0	1	0
				南呂	繡帶兒	0	0	0	1
				南呂	折腰一枝花	0	0	0	1
				南呂	兩頭南	0	0	1	0
				南呂	香柳娘	0	0	1	0
				南呂	紅衲襖	0	4	0	1
				南呂	掛眞兒	0	0	0	1
				南呂	滿園春〔註15〕	0	0	0	1
				南呂	懶畫眉	0	0	2	0
				越調	浪淘沙	6	0	0	0
				越調	綿搭絮	9	0	1	0
				越調	霜天曉角	0	0	0	1
				越調	鬥寶蟾	0	0	0	1
				商調	山坡羊	20	5	6	5
				商調	水紅花	3	0	0	0
				商調	梧桐樹	0	0	0	1
				商調	琥珀貓兒墜	0	0	0	1
				商調	黃鶯兒	66	2	11	0
				商調	喜梧桐	5	0	0	0
				商調	繫梧桐〔註16〕	0	0	0	1
				雙調	武陵春	0	2	0	0

〔註15〕即〔大勝樂〕。
〔註16〕即〔金梧桐〕

			雙調	朝元歌	4	0	0	0
			雙調	鎖南枝	4	0	0	0
			仙入雙	玉抱肚	20	0	0	0
			仙入雙	四塊金	4	0	1	0
			仙入雙	江兒水	0	0	1	0
			仙入雙	風入松	0	0	1	0
			仙入雙	朝天歌	4	0	0	0
			仙入雙	嬌鶯兒	0	0	1	0
			雜調	滿院榴花	0	2	0	0
	無名氏				512	20	48	26
	小計	3965			2603	527	663	172

補　遺

編號	曲家姓名	小令總數	曲牌數目	宮調	曲牌名	重頭首數		非重頭首數	
						有題目	無題目	有題目	無題目
1.	秦時雍	30	8	中呂	山花子	4	0	0	0
				仙入雙	玉抱肚	4	0	0	0
				正宮	玉芙蓉	4	0	0	0
				南呂	一江風	4	0	0	0
				仙呂	山秋月	4	0	0	0
				商調	黃鶯兒	6	0	0	0
				商調	山坡羊	4	0	0	0
2.	張守中	5	1	商調	黃鶯兒	4	0	1	0
3.	顧乃大	1	1	商調	金衣公子	0	0	1	0
4.	李文燭	1	1	中呂	駐雲飛	0	0	0	1
	無名氏	30	4	中呂	駐雲飛	8	0	0	0
				中呂	駐馬聽	6	0	0	0
				商調	黃鶯兒	8	0	0	4
				仙入雙	淘金令	4	0	0	0
						26	0	0	4
	補遺小計	67				60	0	2	5
	上表小計	3965				2603	527	663	172
	小令總計	4032				2663	527	665	177

　　就上表歸納成果，分析如下：

（一）創作人數

《全明散曲》所收南曲小令作家，無名氏作有六百三十六首，可考作者一百二十九人作三千三百九十六首，共作四千零三十二首。

（二）宮調使用

1.《全明散曲》南曲小令計用了：南呂、中呂、商調、仙呂入雙調、仙呂、雙調、正宮、越調、黃鐘、大石調、羽調等十一個宮調。無名氏作品亦含十一個宮調，不同的是少了黃鐘，多了雜調。

2. 宮調使用之可考作者人數，以七十八人次使用的商調居冠。其次為四十七人次使用仙呂宮，四十五人次使用仙呂入雙調，四十一人次使用中呂宮，三十五人次使用南呂宮，二十一人次使用正宮，十八人次使用雙調，十二人次使用黃鐘宮，十一人次使用越調，四人次使用大石調，一人次使用羽調。【商調】性質近悲感，曲家亦愛清唱一曲抒悲情。

3. 各家創作使用宮調情形，以馮惟敏、王化隆二人使用了八個宮調為最多。二人同用了南呂、正宮、中呂、仙呂、商調、大石調、仙呂入雙調七個宮調，不同的是馮惟敏多用了雙調，王化隆則多用了越調。王化隆作品總數才三十四首，而馮惟敏作品總數達一百八十一首，體例多創作多，真「大家」也。其次，使用七個宮調創作者，有：王九思、沈仕、陳所聞、薛崗、施紹莘、丁惟恕六人。王九思、陳所聞、丁惟恕三人作品皆超過百首，餘三人作品皆在五十首以上。使用六個宮調創作者，有：陳鐸、常倫、秦時雍、蘭陵笑笑生、王克篤、胡文煥、王驥德、宛瑜子八人，這些人使用宮調雖不少，惜除陳鐸一人外，餘作品皆未滿五十首。此外，六人使用五個宮調；八人使用四個宮調；十二人使用三個宮調；二十二人使用二個宮調。至於單用一個宮調創作者，更高達六十五人，超過半數以上。

（三）曲牌使用

1. 全明散曲南曲小令用調計有一百零六調（純小令二十八調、摘調七十八調，詳見本章第二節《全明散曲》南曲小令純小令與摘調用調分析表），與全元散曲小令用一百零一調相較，﹝註17﹞就數目而言，僅多了五調。若就曲牌名而言，同名者有七調，餘皆相異。唯一為北曲，一為南曲，或有承接，然有聲情之異。

﹝註17﹞見汪志勇著《元人散曲新探・元人小令試探》，頁34〜47。

2. 若把在套曲中可用的曲牌，全以「摘調」論，則明代散曲南曲小令與元代散曲小令同名之七調，隸屬四個宮調，以北曲論，全係摘調，即：

（1）中呂：普天樂。

（2）商調：梧葉兒。

（3）雙調：風入松、清江引。

（4）仙呂：解三酲、醉扶歸。

以上七調，在元代用曲百首以上的常用曲牌是：〔清江引〕一百五十九首、〔梧葉兒〕一百四十首、〔普天樂〕一百三十首。至於〔風入松〕、〔醉扶歸〕的曲數均爲十首，〔解三酲〕僅一首。此三個用曲百首以上的曲牌，皆產生於元代第一期。然就明代南曲小令而言，此七調，在明代創作並不多，最多者爲雙調〔風入松〕，用曲數才十三首；商調〔梧葉兒〕用曲數爲十一首，餘皆在十首以下。

3. 一百零六調南曲小令，見於無名式之作的有二十一調，此二十一調有十調僅見一曲之作。可考作者中僅見一人之作的曲牌，高達五十二調。因係一人之作，作品總數皆不超過十首，可視爲罕用曲牌，已近南曲小令曲牌總數之半。

第二節　從音樂角度分

南曲小令用調情形，任中敏以爲：「南曲小令用調，可別爲原調與集曲兩種。原調對集曲而言，即南九宮十三調中原有之調，並非如集曲之用許多曲句，聯綴集合而成者。」〔註18〕任氏輯得原調五十八，集曲五十四，待考者四，共一百十六調，約當南調全數（據南詞訂律爲一千三百四十二調）十分之一弱。羅錦堂在〈南北小令新論〉中，亦將南曲用調區分爲原調與集曲兩種，至於帶過曲，作者並不多見，故省略。計得調數，與任中敏所輯全同。〔註19〕比對《全明散曲》南曲小令用調情形，卻有小異。

一、純小令

純小令曲牌，意同汪經昌所謂的「單用小令」，他在《曲學例釋》中云：

〔註18〕見任中敏輯《散曲叢刊・散曲概論・用調》，頁37。

〔註19〕見羅錦堂著《錦堂論曲》，頁473。

「所謂單用小令者，以作小令爲主，或不可入套曲，或即入曲套，亦屬獨立性質。」〔註20〕《全明散曲》南曲純小令用調情形，統計列表如下。

南曲純小令用調分析表

編號	曲牌名	宮調	時代最早之作者	可考作者總人數	可考作者作品總數	無名氏作品總數
1	鎖南枝	中呂	陳鐸	1	4	0
2	嬌鶯兒	商調	陳鐸	1	4	0
3	錦堂春	正宮	趙寬	1	1	0
4	金井梧桐〔註21〕	商調	徐文昭	1	4	0
5	四塊金	雙調	王九思	1	8	0
6	四塊金	仙入雙	康海	1	3	5
7	永團圓	中呂	常倫	1	1	0
8	新製嬌嬰兒	仙入雙	常倫	1	4	0
9	凭欄人	中呂	黃峨	1	4	0
10	巫山一段雲	雙調	黃峨	1	1	0
11	喜遷鶯	正宮	薛廷龍	1	2	0
12	山秋月	仙呂	秦時雍	1	4	0
13	征胡兵〔註22〕	南呂	梁辰魚	1	2	0
14	西江月	南呂	蘭陵笑笑生	1	1	0
15	鎖南枝	商調	蘭陵笑笑生	1	2	0
16	錦法經	仙入雙	崔子一	1	4	0
17	月中花	羽調	張善夫	1	4	0
18	浪淘沙	仙呂	陳所聞	1	1	0
19	石榴花	南呂	張鳳翼	1	1	0
20	松下樂	仙入雙	沈璟	2	2	0
21	三仙橋	正宮	王化隆	1	1	0
22	祝英臺（序）	越調	王化隆	1	2	0
23	馬鞍兒	羽調	無名氏			4
24	兩頭蠻	大石調	無名氏			4

〔註20〕見汪經昌著《曲學例釋》卷二（臺北：中華書局，民國62年10月，5版），頁36。

〔註21〕疑爲集曲，然查無實例，暫列此。

〔註22〕一名〔犯胡兵〕。見汪經昌著《南北曲小令譜·類題》下卷，頁13。

25	武陵春	雙調	無名氏			2
26	朝天歌〔註23〕	仙入雙	無名氏			5
27	滿院榴花	雜調	無名氏			2
28	淘金令	仙入雙	無名氏			4
	總計				60	26

就上表歸納結果，全明散曲中的南曲純作小令用的曲牌，共有二十八調，約占小令曲牌 26%，比例極微。作者可考者創作使用二十二調，無名氏創作使用六調。可考作者作六十首，無名氏作二十六首，總計八十六首。所有純小令曲作，各調皆不足十首，屬非常用曲牌。其用曲數目如下，加＊號者，純為無名氏作品：

仙呂：浪淘沙（一首）、山秋月（四首）。

羽調：月中花（四首）、＊馬鞍兒（四首）。

正宮：三仙橋（一首）、喜遷鶯（二首）、錦堂春（一首）。

大石調：＊兩頭蠻（四首）。

中呂：永團圓（一首）、鎖南枝（四首）、凭欄人（四首）。

南呂：西江月（一首）、石榴花（一首）、征胡兵（二首）。

越調：祝英臺序（二首）。

商調：鎖南枝（二首）、嬌鶯兒（四首）、金井梧桐（四首）。

雙調：巫山一段雲（一首）、四塊金（八首）、＊武陵春（二首）。

仙入雙：松下樂（二首）、新製嬌鶯兒（四首）、錦法經（四首）、＊朝天歌（五首）、＊淘金令（四首）、四塊金（八首）。

雜調：＊滿院榴花（二首）。

以上二十八調，隸屬十一個宮調，以【仙呂入雙調】六調為數最多，【黃鐘宮】、【正宮】皆無純小令曲牌。扣除純為無名氏創作之六調，餘二十二調，前期可考曲家使用了十二調，後期可考曲家使用了十調，比例相差不多，然作品數則有別，見下表〈純小令作家與作品統計表〉：

南曲純小令可考作家與作品統計表

〔註23〕即〔嬌鶯兒〕。但汪經昌著《南北曲小令譜・類題》下卷標在雙調。以仙呂入雙調係南宮增設，然所列曲牌實從仙呂、雙調兩部轉輯而來，殆便聯套之用，因非樂律分部，故九宮大成譜仍判還原宮。在此，與〔嬌鶯兒〕同計數。（臺北：中華書局，民國54年6月，初版），頁140及〈解旨〉，頁1。

前　　期			後　　期		
可考作者	曲牌數	作品數	可考作者	曲牌數	作品數
陳鐸	2	8	梁辰魚	1	2
趙寬	1	1	蘭陵笑笑生	2	3
徐文昭	1	4	崔子一	1	4
王九思	1	8	張善夫	1	4
康海	1	3	陳所聞	1	1
常倫	2	5	張鳳翼	1	1
黃峨	2	5	沈璟、楊文岳	1	2
薛廷寵	1	2	王化隆	2	3
秦時雍	1	4	後期小計	10	20
前期小計	12	40	無名氏	6	26
			總　　計	28	86

就上表歸納統計結果，純小令作品數僅佔南曲小令 2%，比例極微。前期純小令作品有四十首，後期純小令作品有二十首，無論就曲牌數或作品數而言，前期皆多於後期。明代作南曲純小令作家實不多，曲作全是調少曲少之作。

二、摘　調

汪經昌《曲學例釋》對摘調小令的定義為：「至於摘調小令，原係聯套曲牌，或以聲律優美，或以詞章清麗，而為曲家採擷，從套曲內摘出單唱，傳詠既久，亦視同小令，特以入套為主耳。」〔註 24〕《全明散曲》南曲摘調用調情形，統計列表如下。

南曲摘調小令用調分析表

編號	曲牌名	宮調	時代最早之作者	可考作者總人數	可考作者作品總數	無名氏作品總數
1	一江風	南呂	劉兌	16	150	21
2	駐馬聽	中呂	朱權	21	134	12
3	黃鶯兒	商調	朱權	60	796	91
4	四朝元	仙入雙	朱有燉	1	4	0

〔註24〕見汪經昌著《曲學例釋》卷二，頁 36。

5	西河柳	仙呂	朱有燉	1	4	0
6	柳搖金	雙調	朱有燉	1	12	0
7	山坡羊	商調	虞臣	27	235	36
8	山花子	中呂	劉龍田	3	12	3
9	朝元歌	仙入雙	劉龍田	7	141	0
10	駐雲飛	中呂	陳鐸	26	188	224
11	普天樂	中呂	陳鐸	1	4	0
12	玉抱肚	仙入雙	陳鐸	27	292	20
13	風入松	雙調	陳鐸	1	13	0
14	傍妝臺	仙呂	陳鐸	12	353	10
15	羽調排歌	仙呂	祝允明	5	15	0
16	皂羅袍	仙呂	祝允明	7	15	24
17	沉醉東風	仙入雙	彭澤	2	5	0
18	浪淘沙	越調	王九思	8	91	6
19	鎖南枝	雙調	王九思	14	74	4
20	高陽臺〔註25〕	商調	王九思	3	3	0
21	梁州序	南呂	王九思	3	5	0
22	畫眉序	黃鐘	王九思	8	31	0
23	桂枝香〔註26〕	仙呂	唐寅	30	134	21
24	集賢賓	商調	唐寅	10	60	0
25	風入松	仙入雙	康海	2	17	1
26	懶畫眉	南呂	朱應辰	20	170	2
27	憶多嬌	越調	夏言	1	8	0
28	玉交枝	仙入雙	夏言	5	20	0
29	玉芙蓉	正宮	沈仕	16	97	12
30	催拍〔註27〕	大石調	沈仕	2	6	1
31	瑣窗寒	南呂	沈仕	1	1	0
32	梧葉兒	商調	常倫	2	11	0

〔註25〕一名〔慶青春〕。
〔註26〕又名〔月花兒〕。見汪經昌《南北曲小令譜・類題》下卷，頁12。
〔註27〕一名〔忽板令〕。見汪經昌《南北曲小令譜・類題》下卷，頁14。

33	朝元歌	雙調	王問	1	1	4
34	柳搖金	仙入雙	黃峨	3	10	0
35	錦纏道	正宮	陳鶴	3	3	0
36	月兒高	仙呂	梁辰魚	1	2	8
37	銷金帳	仙入雙	梁辰魚	1	1	0
38	解三酲	南呂	陳所聞	1	2	0
39	江兒水〔註28〕	仙入雙	陳所聞	5	9	1
40	步步嬌	仙入雙	陳所聞	8	117	0
41	解三酲	仙呂	張鳳翼	3	8	0
42	宜春令	南呂	張鳳翼	4	8	0
43	醉扶歸	仙呂	張鳳翼	1	1	0
44	紅衲襖	南呂	胡文煥	4	15	5
45	賞宮花	黃鐘	薛崗	1	4	0
46	尾犯序	中呂	陳與郊	1	4	0
47	少年遊〔註29〕	大石調	馬守眞	1	1	0
48	鶯啼序	商調	沈璟	2	2	0
49	懶畫眉	仙呂	李登	1	8	0
50	綿搭絮	越調	徐媛	1	11	10
51	啄木兒	黃鐘	徐媛	2	5	0
52	惜奴嬌	仙入雙	王驥德	1	2	0
53	普天樂	正宮	王化隆	1	1	8
54	念奴嬌序	大石調	王化隆	1	3	0
55	二郎神	商調	王化隆	1	1	0
56	泣顏回〔註30〕	中呂	王化隆	1	1	1
57	香柳娘	南呂	宛瑜子	1	1	1

〔註28〕一名〔岷江綠〕。汪經昌《南北曲小令譜・類題》列入雙調，頁15。

〔註29〕汪經昌《南北曲小令譜・類題》下卷註云：「見名媛詩緯馬守眞小令，遍查各譜均散板，作引子用。」頁18。

〔註30〕又名〔杏壇三操〕。

58	清江引〔註31〕	雙調	施紹莘	1	8	0
59	大勝樂〔註32〕	南呂	卜世臣	1	1	2
60	賀新郎	南呂	張栩	1	2	0
61	侍香金童	黃鐘	張栩	1	1	0
62	金梧桐〔註33〕	商調	夏完淳	1	1	1
63	金鶯囀	商調	夏完淳	1	1	0
64	五供養	仙入雙	無名氏			41
65	滿堂春	商調	無名氏			10
66	鷓鴣天〔註34〕	仙呂	無名氏			11
67	一剪梅	南呂	無名氏			2
68	太師引	南呂	無名氏			1
69	繡帶兒	南呂	無名氏			1
70	折腰一枝花	南呂	無名氏			1
71	兩頭南	南呂	無名氏			1
72	掛眞兒	南呂	無名氏			1
73	霜天曉角	越調	無名氏			1
74	鬥寶蟾	越調	無名氏			1
75	水紅花〔註35〕	商調	無名氏			3
76	梧桐樹	商調	無名氏			1
77	琥珀貓兒墜	商調	無名氏			1
78	喜梧桐	商調	無名氏			5
	總計				3336	610

〔註31〕汪經昌《南北曲小令譜・類題》下卷註爲：「借北作南，去乙凡唱，亦名江兒水，但與過曲江兒水無涉，明人又題爲玉溪清。」頁15。由於〔江兒水〕在《全明散曲》中屬仙呂入雙調，〔清江引〕屬雙調，故分別計數。

〔註32〕又名〔滿園春〕。

〔註33〕又名〔繫梧桐〕。

〔註34〕汪經昌《南北曲小令譜・類題》下卷註云：「見沈自晉越溪新詠小令，通查各譜均散板作引子用，存此備查。」，頁18。

〔註35〕又名〔摘紅蓮〕。見汪經昌著《南北曲小令譜・類題》下卷，頁16。

就上表歸納結果，全明散曲中的南曲小令摘調曲牌，共有七十八調，約占小令曲牌 74%，比例極大。作者可考者創作使用三十七調，無名氏創作使用十五調，二者同用二十六調。。可考作者作三千三百三十六首，無名氏作六百一十首，總計三千九百四十六首。用曲數目如下，加＊號者，純爲無名氏作品：

（一）用曲不足十首者

仙呂：醉扶歸（一首）、西河柳（四首）、解三酲（八首）、懶畫眉（八首）。

正宮：普天樂（九首）、錦纏道（三首）。

大石調：念奴嬌序（三首）、催拍（七首）、少年遊（一首）。

中呂：尾犯序（四首）、普天樂（四首）、泣顏回（二首）。

南呂：瑣窗寒（一首）、＊太師引（一首）、＊繡帶兒（一首）、＊折腰一枝花（一首）、＊兩頭南（一首）、解三酲（二首）、賀新郎（二首）、＊一剪梅（二首）、大勝樂（三首）、梁州序（五首）、宜春令（八首）、香柳娘（二首）、掛眞兒（一首）。

黃鐘：侍香金童（一首）、賞宮花（四首）、啄木兒（五首）。

越調：＊鬥寶蟾（一首）、憶多嬌（八首）、＊霜天曉角（一首）。

商調：二郎神（一首）、＊梧桐樹（一首）、＊琥珀貓兒墜（一首）、鶯啼序（二首）、金梧桐（二首）、高陽臺（三首）、＊水紅花（三首）、＊喜梧桐（五首）、金鶯囀（一首）。

雙調：朝元歌（五首）、清江引（八首）。

仙入雙：惜奴嬌（二首）、四朝元（四首）、沉醉東風（五首）、銷金帳（一首）。

（二）用曲十首至二十首者

仙呂：羽調排歌（十五首）、月兒高（十首）、＊鷓鴣天（十一首）。

中呂：山花子（十五首）。

南呂：紅衲襖（二十首）。

商調：＊滿堂春（十首）、梧葉兒（十一首）。

雙調：風入松（十三首）、柳搖金（十二首）。

仙入雙：江兒水（十首）、柳搖金（十首）、玉交枝（二十首）、風入松（十八首）。

（三）用曲二十一首至三十首者

越調：綿搭絮（二十一首）。

（四）用曲三十一首至四十首者

仙呂：皂羅袍（三十九首）。

黃鐘：畫眉序（三十一首）。

（五）用曲四十一首至五十首者

仙入雙：＊五供養（四十一首）。

（五）用曲五十一首至六十首者

商調：集賢賓（六十首）。

（六）用曲七十首至一百首者

越調：浪淘沙（九十七首）。

雙調：鎖南枝（七十八首）。

（七）用曲百首以上者

仙呂：傍妝臺（三百六十三首）；桂枝香（一百五十五首）。

正宮：玉芙蓉（一百零九首）。

南呂：一江風（一百七十一首）；懶畫眉（一百七十二首）。

中呂：駐雲飛（四百一十二首）；駐馬聽（一百四十六首）。

商調：黃鶯兒（八百八十七首）；山坡羊（二百七十一首）。

仙入雙：玉抱肚（三百一十二首）；步步嬌（一百一十七首）；朝元歌（一百四十一首）。

以上摘調所用曲牌，若以用曲百首以上為常用曲牌論，全明散曲中的南曲小令常用曲牌只有十二調，而且全屬摘調，純小令曲牌不及一。此十二調，皆產生於明代前期。常用曲牌全屬摘調，產生於時代前期，此種情況，元、明二代皆同。此一現象，汪志勇師採楊蔭瀏的論點做說明：

> 証以楊蔭瀏先生所說的：「從（元代）第一期到第三期，專寫散曲的作家，在和雜劇作家的比例上逐漸升高。散曲作家的人數，在第一期中占 34.1％，在第二期中占 58.1％，第三期中占 73.8％。散曲的發展盛勢是隨伴著雜劇發展的衰勢而俱來。可見，散曲不是雜劇的先聲，而是雜劇的餘波，它不是一種新興形式而是對已有形式的一

種模仿。所以，可以說，它是雜劇的一種蛻化變質。」不但散套爲
劇套的模仿，而小令所用曲牌中大部份是摘調的事實，以及重要小
令所用曲牌都產生在第一期，可以証明楊陰瀏先生的意見非常正
確。〔註36〕

明代前期散曲南曲作家九十一人，兼作雜劇者十一人，兼作傳奇者三人，戲
曲創作人數，只佔 15%。後期散曲南曲可考作家二百零二人，其中兼作雜劇
者十七人、兼作傳奇者三十三人。戲曲創作人數，約佔 25%。後期戲曲作家
人數雖略增，明代散曲小令常用曲牌，卻產生於明代初期多，可以肯定明代
散曲南曲亦是向戲曲學習模仿的。

　　由於「集曲」、「帶過曲」另章而論，故就小令而言，自宋元南戲傳下來
的南曲劇套就成爲散套和小令模仿的對象，因而造成摘調受到歡迎，而純小
令反而冷門的原因。這點和元人北曲小令也是摘調佔絕對多數的事實，也是
研究小令不能忽視的現象。

第三節　從體製角度分

　　小令中，就曲牌使用情形，可分爲單一曲牌創作之「單支小令」及同一
曲牌重複使用的「重頭小令」二種。

一、單支小令

　　全明散曲中的南曲小令用調，多數曲牌兼有單支小令及重頭小令之作，
純屬單支小令作品總計才七十四首，其中有題佔四十六首，無題有二十八首，
約佔全明南曲小令 2%，比例極微，其所屬宮調、曲牌及作品數如下，加＊號
者，純爲無名氏之作：

南曲單支小令作家作品統計表

編號	曲　牌　名	宮　調	姓　名	總　數	非重頭首數	
					有題目	無題目
1	梁州序	南呂	王九思	2	2	0
	梁州序	南呂	王驥德	2	2	0

〔註36〕見汪志勇著《元人散曲新探·元人小令試探》，頁 44～45。

	梁州序	南呂	王化隆	1	1	0
2	瑣窗寒	南呂	沈仕	1	1	0
3	征胡兵〔註37〕	南呂	梁辰魚	2	2	0
4	西江月	南呂	蘭陵笑笑生	1	0	1
5	石榴花	南呂	張鳳翼	1	1	0
6	香柳娘	南呂	宛瑜子	1	1	0
	香柳娘	南呂	無名氏	1	1	0
7	大勝樂	南呂	卜世臣	1	1	0
	大勝樂	南呂	無名氏	1	0	1
	滿園春〔註38〕	南呂	無名氏	1	0	1
8	賀新郎	南呂	張栩	2	2	0
9	太師引	南呂	無名氏	1	1	0
10	繡帶兒	南呂	無名氏	1	0	1
11	折腰一枝花	南呂	無名氏	1	0	1
12	兩頭南	南呂	無名氏	1	1	0
13	掛眞兒	南呂	無名氏	1	0	1
14	高陽臺	商調	王九思	1	1	0
	高陽臺	商調	馮惟敏	1	1	0
	高陽臺	商調	王化隆	1	1	0
15	梧葉兒	商調	常倫	7	0	7
	梧葉兒	商調	黃峨	4	0	4
16	鶯啼序	商調	沈璟	1	0	1
	鶯啼序	商調	王化隆	1	0	1
17	二郎神	商調	王化隆	1	1	0
18	金梧桐	商調	夏完淳	1	1	0
	繫梧桐	商調	無名氏	1	0	1
19	金鶯轉	商調	夏完淳	1	1	0
20	梧桐樹	商調	無名氏	1	0	1
21	琥珀貓兒墜	商調	無名氏	1	0	1
22	永團圓	中呂	常倫	1	0	1
23	泣顏回	中呂	王化隆	1	0	1
	泣顏回	中呂	無名氏	1	1	0
24	巫山一段雲	雙調	黃峨	1	0	1

〔註37〕任中敏列入待考曲牌。見《散曲叢刊・散曲概論・用調》，頁39。
〔註38〕即〔大勝樂〕。

25	錦纏道	正宮	陳鶴	1	1	0
	錦纏道	正宮	梅鼎祚	1	1	0
	錦纏道	正宮	王化隆	1	1	0
26	三仙橋	正宮	王化隆	1	1	0
27	錦堂春	正宮	趙寬	1	1	0
28	銷金帳	仙入雙	梁辰魚	1	1	0
29	江兒水	仙入雙	陳所聞	1	1	0
	江兒水	仙入雙	徐媛	4	4	0
	江兒水	仙入雙	馮夢龍	1	1	0
	江兒水	仙入雙	宛瑜子	2	2	0
	江兒水	仙入雙	夏完淳	1	1	0
	江兒水	仙入雙	無名氏	1	1	0
30	松下樂	仙入雙	沈璟	1	0	1
	松下樂	仙入雙	楊文岳	1	1	0
31	浪淘沙	仙呂	陳所聞	1	1	0
32	醉扶歸	仙呂	張鳳翼	1	1	0
33	少年遊	大石調	馬守真	1	1	0
34	祝英臺序	越調	王化隆	2	2	0
35	霜天曉角	越調	無名氏	1	0	1
36	鬥寶蟾	越調	無名氏	1	0	1
37	侍香金童	黃鐘	張栩	1	1	0
	總計			74	46	28

　　單支小令計用三十七調分佈於十宮調，用調數不及全明散曲南曲小令曲牌的二分之一。有題者四十六首，無題者二十八首，總計七十四首。屬摘調多，純小令曲牌只有十調，隸屬七個宮調，作品十三首：

　　仙呂：浪淘沙（一首）。

　　正宮：錦堂春（一首）、三仙橋（一首）。

　　中呂：永圈圓（一首）。

　　南呂：西江月（一首）、征胡兵（二首）、石榴花（一首）。

　　越調：祝英臺序（二首）。

　　雙調：巫山一段雲（一首）。

　　仙入雙：松下樂（二首）。

　　此十調，用曲首數除〔征胡兵〕、〔松下樂〕、〔祝英臺序〕三調用曲二首

外，其餘用曲僅有一首。亦即單支小令中的純小令曲牌不多，作品數亦少。換句話說，若爲常用曲牌，必可兼作單支小令與重頭小令，正說明著歌曲的普及在於曲調不在於表達的形式，眞正悅耳美聽者，必不煩複沓。

　　單支小令中，純小令曲牌只有十調，不及南曲純小令曲牌之半，是否意謂著曲是詞衍化而來，猶存短小篇章遺跡？然純小令曲牌所作單支小令作品數總計才十三首，在四千多首全明散曲南曲中，所佔比例微乎其微，又顯示著曲文學在明代發展已極度成熟，對成熟較晚的南曲而言，已難尋詞的體製遺跡。

二、重頭小令

　　重頭小令，爲同一曲牌重複使用以歌詠同類故事或景物。猶詞之聯章，民間詞多於文人詞，敦煌曲可証。曲中小令雖爲文士作品，亦仿自民間形式而爲之。

　　學者對重頭含義的解說，多承任中敏先生之說，見《散曲概論・體段》篇載：

> 重頭者，首尾悉同之調一再重複用之之謂也。曲中應用此名，始見於徐渭所編之楊升菴夫人詞曲內。而其體制，則元人自來即有之，有類詞詩中之聯章，並不奇也。晏殊詞有重頭歌韻響琤琮之句。《中山詩話》但云：「重頭入破，皆弦管家語。」而其說不詳。大約詞中前後闋完全相同者，謂之重頭，起頭數句前後不相同者，謂之換頭。曲中於前後數首重同一調者，亦稱重頭，蓋借用耳。此名甚古，則可斷言，惟未暇詳考。重頭重複之次數多寡，全無一定，至少兩首，漸加而四首、六首、八首、十首，都無不可。即成單數，作三首、五首等，亦從未無禁文也。重頭之至多者，莫如李開先之百闋傍妝臺，王九思和之，各重至一百首。他如下文所引之摘翠百詠，亦小桃紅之百首重頭也。〔註39〕

任氏之說，爲重頭小令的界定提出二個重點：

　　（一）就音樂而言：首尾悉同之調，重複使用。

　　（二）就形式而言：至少兩首，重複次數多寡無定，單數、偶數均同。

〔註39〕見任中敏輯《散曲叢刊・散曲概論・體段》，頁20。

個人解讀的疑點是：所謂「首尾悉同之調」真正意指爲何？〔註40〕一調若分「首、尾」二部分，「首尾悉同之調」，旋律必同。若有換頭者，則首異尾同，是否就不能算重頭？

羅錦堂《中國散曲史・散曲概論》承任中敏「重頭者，即以頭尾相同之調，一再重複使用」之說，並進一步提出重頭之各首須「歌詠一件連續的或同類景色或故事」。〔註41〕羅氏之說，明確爲「言有物」之「物」作界定。汪志勇師以爲「重頭猶詞中聯章，爲同一曲牌重複使用以歌詠同類故事或景物，各首或分詠各事（猶詞之分題聯章）或合詠一事（猶詞之一題聯章）」。〔註42〕分詠者如朱權【商調・黃鶯兒】〈無影又無蹤〉，分寫風、花、雪、月及春、夏、秋、冬四時的景色；朱有燉的【仙呂・西河柳】〈潋灔觴〉四首分詠酒、色、財、氣四種情欲。合詠者如陳鐸【南呂・一江風】〈到春來〉四首合詠「四時閨怨」；楊慎【商調・黃鶯兒】〈積雨釀輕寒〉四首合詠「雨中遣懷」；即令重至百闋的李開先〔傍妝臺〕，王九思亦和百首，亦是同詠感懷。

有關主題的呈現，羊春秋《散曲通論・體制論》，簡言爲「就是圍繞一個中心，用同一曲調所填寫的組曲」。〔註43〕以其成篇之法乃集小令以成，李昌集在《中國古代散曲史・散曲之篇制・小令》中，直呼爲「聯章」：

> 所謂聯章，指用同一調牌圍繞一個中心鋪寫數支曲而構成的組曲。一聯章，通常在四支曲以上，多的可達十數支甚或幾十支。聯章與套曲根本的不同點不僅在其同調相連，亦在于「聯章」的紐帶雖題材相同、相類，或者情境一致，但其每一首小令可獨立存在，具有自身的完整性。……聯章體各首多通押一韻，偶可換韻，此又是聯章體與套曲形制不同點之一。〔註44〕

就形成組構言「聯章」，實是泛稱一切成篇之法。至其「通常在四支曲以上」及「各首通押一韻，偶可換韻」之謬誤，汪志勇師已爲文指正，詳見《元人散曲新探・全元散曲中的「重頭」研究》，不再贅述。

〔註40〕有關此疑，汪志勇師先已指出，並修正爲「詞的上下片格律相同的，一般稱之爲『不換頭』，與『換頭』相對而稱，並不稱『重頭』。」（見《元人散曲新探》，頁102～103）。
〔註41〕見羅錦堂著《中國散曲史》，頁29。
〔註42〕見汪志勇著《詞曲概論》（臺北：華正書局，民國78年，初版），頁63。
〔註43〕見羊春秋著《散曲通論》（湖南・岳麓書社，1992年12月，1版1刷），頁36。
〔註44〕見李昌集著《中國古代散曲史》，頁153～155。

　　綜合各家說法，汪志勇師以爲胡適和鄭騫對重頭的註解：「大曲中慢曲有大頭曲，疊頭曲。重頭即是疊頭。」最爲明確，並對重頭提出最簡明的定義：

　　　猶詞之聯章，同一曲牌兩首以上以歌詠一組事物的成組小令。〔註45〕

則其構成要件有二，一爲音樂上的相同，即使用同一曲牌；二爲內容上要各首相關，即同一主題。就此二要件溯源，汪志勇師舉詩經中〈唐風・椒聊〉、〈唐風・有杕之杜〉、〈唐風・權輿〉爲例，指出李昌集所說的「重句聯章」，只是歌謠中一首之內的「重奏複沓」，體制爲「一首詩」，不屬「一組聯章」，李昌集卻以爲是聯章之始，是大錯特錯。小令重頭的濫觴當屬荀子的〈成相篇〉，其理據有三：〔註46〕

　　1、分五章，每章開頭是：「請成相，世之殃。」；「凡成相，辦法方。」；「請成相，道聖王。」；「△成相，願成解。」（按：「△成相」三字，爲汪師所加）；「請成相，言治方」五章。

　　2、每章各有若干段，每段一韻，每一韻包含：兩句三字句，一句七字句，一句十一字句。

　　3、內容上成爲一組宣揚荀派儒家的政治思想。

　　至其衍變，汪師指出，南朝民歌如「子夜歌」、「子夜四時歌」、「讀曲歌」等，可看出部份聯章體，眞正大量形成聯章體製的，當屬「敦煌歌辭」。至唐五代，民間聯章詞多於文人聯章詞。宋金時期，聯章詞衍爲民間藝人表演的鼓子詞，文人作品亦不多。金元時間，自重陽子王嚞以下的全眞七子和門徒，喜用聯章方式宣揚道教教義，聯章詞乃蔚爲大國。個人在《全明散曲》中，亦發現無名氏所作〈諸佛名曲〉七百二十二首重頭小令，在在說明此種形式，確爲民間藝人所喜愛。

　　本節就前列《全明散曲》南曲小令作家創作分析表，擇其作有重頭小令曲家，歸納列出〈南曲小令重頭與非重頭比例表〉，再作分析。

南曲小令重頭與非重頭比例表

編號	曲家姓名	小令總數	曲牌數目	重頭首數		非重頭首數	重頭百分比
				有題目	無題目		
1	朱權	12	2	12	0	0	100%

〔註45〕見汪志勇著《元人散曲新探》，頁103。
〔註46〕詳見汪志勇著《元人散曲新探》，頁106～108。

2	朱有燉	20	4	20	0	0	100%
3	王越	4	1	4	0	0	100%
4	胡賓竹	8	1	4	4	0	100%
5	劉龍田	6	3	4	0	2	67%
6	陳鐸	75	10	70	0	5	93%
7	祝允明	3	2	2	0	1	67%
8	徐文昭	14	2	14	0	0	100%
9	彭澤	7	2	7	0	0	100%
10	王九思	198	11	90	100	8	96%
11	文徵明	5	1	4	0	1	80%
12	唐寅	38	5	35	0	3	92%
13	康海	26	6	25	0	1	96%
14	朱應辰	9	3	8	0	1	89%
15	楊應奎	12	1	12	0	0	100%
16	夏言	24	4	24	0	0	100%
17	劉良臣	31	5	31	0	0	100%
18	沈仕	83	10	18	0	65	22%
19	楊慎	84	6	56	16	12	86%
20	朱讓栩	4	1	4	0	0	100%
21	張恆純	2	1	2	0	0	100%
22	常倫	36	10	0	15	21	42%
23	金鑾	34	5	34	0	0	100%
24	張鍊	36	4	36	0	0	100%
25	李元陽	2	1	2	0	0	100%
26	王問	24	4	21	0	3	88%
27	黃峨	26	8	12	0	14	46%
28	吳承恩	4	1	4	0	0	100%
29	李開先	210	2	3	207	0	100%
30	薛廷寵	2	1	2	0	0	100%
31	馮惟敏	181	16	162	0	19	90%
32	秦時雍	45	8	42	0	3	93%
33	孫樓	29	1	29	0	0	100%
34	陳鶴	9	5	5	0	4	56%
	前期統計	1303		798	342	163	87%
35	梁辰魚	44	7	2	0	42	5%

36	吳國寶	38	5	4	34	0	100%
37	徐渭	5	2	4	0	1	80%
38	劉效祖	26	4	0	24	2	92%
39	蘭陵笑笑生	37	10	10	18	9	76%
40	李日華	4	1	4	0	0	100%
41	崔子一	4	1	4	0	0	100%
42	張善夫	4	1	4	0	0	100%
43	王克篤	27	8	14	4	9	67%
44	陳所聞	158	15	82	0	76	52%
45	張鳳翼	11	7	0	2	9	18%
46	王寅	11	1	8	0	3	73%
47	薛論道	599	6	500	0	99	83%
48	沈袾宏	7	1	7	0	0	100%
49	胡文煥	47	7	44	0	3	94%
50	薛崗	55	12	55	0	0	100%
51	朱載堉	14	2	2	0	12	14%
52	杜子華	133	2	132	0	1	99%
53	顧正誼	16	1	16	0	0	100%
54	陳與郊	54	3	46	8	0	100%
55	趙南星	11	3	2	9	0	100%
56	沈璟	6	4	2	0	4	33%
57	李登	11	2	10	0	1	91%
58	黃戍儒	3	1	2	0	1	67%
59	汪廷訥	4	2	4	0	0	100%
60	徐媛	22	4	17	0	5	77%
61	龍膺	44	3	30	8	6	86%
62	王驥德	28	10	18	0	10	64%
63	丁綵	61	6	9	0	52	15%
64	王化隆	34	19	5	4	25	26%
65	高濂	9	2	8	0	1	89%
66	孫峽峰	58	5	9	36	13	78%
67	葉華	4	2	4	0	0	100%
68	俞琬綸	15	2	14	0	1	93%
69	席浪仙	4	1	4	0	0	100%
70	呼文如	4	1	4	0	0	100%

71	沈靜專	2	1	2	0	0	100%
72	施紹莘	64	9	39	0	25	61%
73	范垣	37	5	27	0	10	73%
74	王屋	85	1	76	0	9	89%
75	中分榭主人	14	3	12	0	2	86%
76	收春主人	8	1	8	0	0	100%
77	喬臥東	4	1	4	0	0	100%
78	楊德芳	4	1	4	0	0	100%
79	蘇子文	6	2	5	0	1	83%
80	祿洪	4	1	4	0	0	100%
81	高志學	14	1	12	0	2	86%
82	馮廷槐	4	1	4	0	0	100%
83	丁惟恕	115	12	18	18	79	31%
84	扶搖	3	1	3	0	0	100%
85	姚小淶	4	1	4	0	0	100%
86	張葦如	7	2	6	0	1	86%
87	張文介	3	2	2	0	1	67%
88	劉氏	2	1	2	0	0	100%
89	郝湘娥	3	1	3	0	0	100%
90	蔣瓊瓊	6	1	6	0	0	100%
91	錢古民	2	1	2	0	0	100%
92	張守中	5	1	4	0	1	80%
	後期統計	2008		1327	165	516	74%
	無名氏	636	48	538	20	78	88%
	總計	3947		2663	527	757	81%

據上表歸納結果，說明如下：

（一）作者人數

《全明散曲》所收南曲小令作家，計有一百二十九人，作有重頭小令作家除無名氏外，計有九十二人，約占十分之七。好歌不嫌重唱，好題材不嫌重複，是以重頭小令多於單支小令，作者亦倍增。

在九十二位曾作南曲重頭小令作家中，有四十三位作家作品全屬重頭，將近半數。而重頭小令之作比例不及小令總數之半的作家，僅十一位。我們可以說小令作家多作重頭小令，重頭小令所佔比例最低的，以梁辰魚百分之

五爲最。梁辰魚小令作品計有四十四首，僅二首屬重頭。梁辰魚是明代後期
散曲代表作家之一，散曲之作，除了效青門體外，多寫優柔纏綿之幽愁和傷
感，形式上極雅麗濃豔富文采，惜缺乏眞切、生動的生活情趣，明代散曲的
濃豔堆垛之風，由此登極致，李昌集謂之「晚明曲文學風格的大逆轉，梁伯
龍是最重要的開山，晚明『南詞』一脈，梁氏是始作俑者。散曲文學特有風
格的喪失，香奩一體籠罩曲壇，雖非梁氏個人能承其責，但梁氏卻是作『南
詞』最力的曲家之一。」〔註47〕曲作向「南詞」靠攏，正是雅化的表徵，汪
志勇師於〈全元散曲中的「重頭」研究〉一文指出：

> 唐五代及兩宋詞人作聯章詞者不多，由金入元，歌壇風氣大開，故
> 元初北方曲家多重頭，亦爲當時風潮。及至後期，曲家多南下，重
> 心亦由大都南遷杭州，受南方文風影響，不僅散曲風格由豪放本色
> 走向清麗典雅，由曲家之曲變爲詩人之曲，重頭小令亦大量減少，
> 可知地有南北之分，曲家亦有風格之異。〔註48〕

梁氏作品重頭小令低比例之數據，正可做爲將曲導入詞的有力證據。汪師以
爲「在元代北方曲家多重頭之作，南方曲家多詩人之曲」，在明代，情況亦然。
梁辰魚之前，重頭之作居小令作品半數以下之作家，僅有常倫、沈仕二人；
在梁辰魚之後，則有陳所聞、張鳳翼、朱載堉、沈璟、丁綵、王化隆、丁惟
恕七人。就人數而言，符合汪師所言；若就作品總數言，無名氏不計，梁氏
之前，一千三百零三首小令中，重頭小令有一千一百四十首，約佔 87%；梁
氏之後，二千零八首小令中，首重頭小令一千四百九十二首，約佔 74%，比
例亦略減。若非後期薛論道一人就做了五百首重頭小令，比例必銳減更多。
尤其格律派代表作家，重頭小令之作，明顯減少，亦爲不爭之事實。

（二）作品總數

在總計四千零三十二首南曲小令中，有題和無題的重頭小令分別是二千
六百六十三首和五百二十七首，共有三千一百九十首，佔小令總數的 79%。
此比例，較之元代重頭小令佔小令總數的 51.2%，〔註49〕又成長了約 28%。
這不算小的成長率，意謂重頭的表達形式，普遍受到喜愛。雖說曲在明代，
是由俗走向雅，然形式的表達並未受影響，由俗向雅的趨向，指的當是文字

〔註47〕見李昌集著《中國古代散曲史・明代散曲家》，頁 677～678。
〔註48〕見汪志勇著《元人散曲新探》，頁 134。
〔註49〕見汪志勇著《元人散曲新探・全元散曲中的「重頭」研究》，頁 123。

的鋪排。

（三）題目有無

重頭分有題與無題兩類，悉依《全明散曲》鋪排，凡《全明散曲》標有題目者，概屬有題。有些雖未標題，然在曲牌後，有小序一段說明動機，亦屬有題，如《全明散曲》，朱有燉【仙呂入雙調・四朝元】〈春光明媚〉，於曲牌後附有小序：

> 紀善餘先生致仕而歸也，予既作送別圖復系之詩，子弟諸郡王及藩憲名公，府中僚屬，咸有歌詩文字，以贈其行。長篇富詠，光耀盈軸，可謂人性爲宦，出處始終之榮也矣。及臨祖帳，酌香醪，敍別意，重念分攜，當舉杯之際，驪駒之歌去古既遠，莫能發也，因綴南詞四闋，付之歌喉以侑一觴之樂。雖曲調近鄙，而詞則未敢失於麗則之音云耳。〔註50〕

再如王克篤【仙呂・傍妝臺】〈人境結茅廬〉，於曲牌後亦云：

> 陶淵明詩云：「結廬在人境，而無車馬喧。問君何能爾，心遠地自偏。」寄興何曠哉。余新築土室一間，因作臨鏡四闋云。〔註51〕

不論寫曲動機是爲應酬唱和，或一時興起感懷，已明內容旨要，皆屬有題。凡《全明散曲》未標明題目，俱屬無題。但如：唐寅【商調・黃鶯兒】〈煙鎖垂楊院〉，雖標明「失題四首」，〔註53〕亦屬有標目，列入有題。

甲、有題目的重頭，其組構形式，可分三大類：

1、總題合詠一事物者：

如：朱有燉【雙調・柳搖金】〈關河迢遞〉二首總題〈贈別〉；〔註53〕王越【商調・黃鶯兒】〈唱一會囉哩囉〉四首，總題「歸隱」；〔註54〕陳鐸【雙調・風入松】〈想才郎心性似楊花〉十三首，總題「怨別」；〔註55〕王九思【中呂・駐雲飛】〈一點朱唇〉三首，總題爲「舊嘗戲作二首長安諸君和者甚多乃複次韻三首」；〔註56〕夏言【越調・憶多嬌】〈花滿園〉八首，總題「春日遊

〔註50〕見《全明散曲》一，頁279。
〔註51〕見《全明散曲》二，頁2454。
〔註53〕見《全明散曲》一，頁1068。
〔註53〕見《全明散曲》一，頁341。
〔註54〕見《全明散曲》一，頁403～404。
〔註55〕見《全明散曲》一，頁508～510。
〔註56〕見《全明散曲》一，頁891。

東園」。〔註57〕以上不論重頭首數多寡，都是總爲一題合詠一事的重頭，猶詞中一題聯章。

2、分題分詠各事物者：

如：朱權【中呂・駐馬聽】〈隱士清閑〉四首，各以〈琴〉、〈棋〉、〈書〉、〈畫〉爲題，分詠四事，同屬隱士風雅事主題。〔註58〕朱權【商調・黃鶯兒】〈無影又無蹤〉四首，各以〈風〉、〈花〉、〈雪〉、〈月〉、〈春〉、〈夏〉、〈秋〉、〈冬〉爲題，分詠八事，同屬季節主題；〔註59〕沈仕【仙呂入雙調・玉抱肚】〈鏡花浮翠〉三首，各以〈美人對鏡〉、〈美人浴裙〉、〈美人沐浴〉分詠三事，同以美人爲主題；〔註60〕金鑾【商調・黃鶯兒】〈點點滴空階〉四首，各以〈秋雨〉、〈秋風〉、〈秋月〉、〈秋露〉爲題，同以秋季爲主題；〔註61〕吳承恩【中呂・駐雲飛】〈天下才名〉四首，各以〈及第〉、〈翰林〉、〈內閣〉、〈歸隱〉爲題，詠士人官宦生涯之四個歷程；〔註62〕馮惟敏【仙呂・桂枝香】〈小春將盡〉，以〈雨後雪〉、〈雪晴〉二題，分詠下雪前、後二景象。〔註63〕不論重頭首數多寡，各首各立子題，內容上各首皆相關，明顯可見並列分詠同一主題。以上之例，各子題下皆僅有一首之作，而馮惟敏【正宮・玉芙蓉】〈喜雨〉二首，〈苦雨〉二首，〈苦風〉二首，〈喜晴〉二首，可視爲四題各自重頭，亦可視爲同詠天氣變化無常之主題下，各立子題分詠，〔註64〕不同於前例的是，各子題下有二首之作，亦併入此類，此猶詞中分題聯章。

同此例，各子題下有四首重頭之作者，例有：康海【仙呂入雙調・風入松】十二首，〔註65〕分〈行樂〉四首、〈詠內丹鉛汞〉四首、〈詠外丹爐火〉四首，三子題同詠道士事；及王九思【雙調・四塊金】八首，〔註66〕分〈次對山無題〉四首、〈次對山飲中之作〉四首，二子題同與對山唱和。

3、總題與子題並列合詠者：

〔註57〕見《全明散曲》二，頁1298。
〔註58〕見《全明散曲》一，頁257。
〔註59〕見《全明散曲》一，頁259。
〔註60〕見《全明散曲》二，頁1360。
〔註61〕見《全明散曲》二，頁1580。
〔註62〕見《全明散曲》二，頁1797。
〔註63〕見《全明散曲》二，頁1915。
〔註64〕見《全明散曲》二，頁1921。
〔註65〕見《全明散曲》二，頁1167。
〔註66〕見《全明散曲》一，頁884。

　　與（2）不同處，此項多一個總領子題的大題目。如：朱有燉【仙呂·西河柳】〈瀲灩觴〉，分題〈酒〉、〈色〉、〈財〉、〈氣〉以詠四事，總題為〈詠酒色財氣〉；〔註67〕朱有燉【雙調·柳搖金】〈東風輕風〉，分題〈春〉、〈夏〉、〈秋〉、〈冬〉詠四時，總題為〈四時詞〉；〔註68〕王驥德【正宮·玉芙蓉】〈些些櫻顆嬌〉，分題〈口杯〉、〈齒筋〉、〈肩几〉、〈乳爐〉、〈臂枕〉、〈腹褥〉、〈膝凳〉、〈足架〉八首，總題為〈青樓八詠〉並附有引文一段：

　　　　山東馮海浮有北仙子步蟾宮八詞，僅牙筋、肩几、臂枕，足架，他
　　　　如韔杯、手板、肉屏、耳簪、帕箋，皆猥俗不稱。余戲易五目，寫
　　　　之南音。〔註69〕

俞琬綸【商調·黃鶯兒】〈分手漾輕舟〉，分題〈送別〉、〈秋懷〉、〈閨恨〉、〈永訣〉四首，總題〈懷人四曲〉並附序文；〔註70〕施紹莘【中呂·駐雲飛】〈風捲楊花〉，分題〈春恨〉、〈幽會〉、〈邂逅〉、〈奇遇〉、〈邀請〉、〈寄遠〉、〈殘夢〉、〈密約〉、〈曉妝〉、〈沈醉〉十首，總題為〈和梁少白唾窗絨〉十首；〔註71〕范垣【中呂·駐馬聽】〈喜見清容〉，總題〈當筵賞妓賦名兼寫各情態〉，分詠二十一妓，並各以妓名為題，〔註72〕皆是總題、子題並列合詠之例。

　　乙、無題目的重頭，比例並不多，其因有二：

　　1、選本俱無題目，觀其曲文，有重句如敦煌曲牌之「重句聯章」者，或各首有字詞重複，句型近似者，知其為重頭。如胡賓竹【商調·黃鶯兒】〈唱一會兒囉哩囉〉四首，各首俱作「唱一會△△△」開頭，第七句並重複「△△△」，皆以「七，七，七，五，五，七，三，五，六」字之句型組構，知其為重頭。楊槙【南呂·羅江怨】〈空亭月影斜〉，〔註73〕以「五，四，七，四，四，七，五，五，七」字句之句型組構，各首第二句句末同重「也」字，末句末字同重「熱」字，一見可知其為重頭。至如楊慎【仙呂入雙調·玉嬌枝】〈螳螂河尾〉四首，〔註74〕各首末二句，同重「問歸來猶未有期，放開懷且拼沉醉」，則為「重句重頭」。李開先【南呂·一江風】〈病難捱〉一百零七首，

〔註67〕見《全明散曲》一，頁289。
〔註68〕見《全明散曲》一，頁294。
〔註69〕見《全明散曲》三，頁3354。
〔註70〕見《全明散曲》三，頁3652。
〔註71〕見《全明散曲》三，頁3734。
〔註72〕見《全明散曲》三，頁3900。
〔註73〕見《全明散曲》二，頁1397。
〔註74〕見《全明散曲》二，頁1406。

〔註75〕俱以「病難捱」開頭，第四句句末重「來」字，各首句末重「在」字，既重句又重字，明顯是為重頭。

2、選本俱無題目，各首亦無重句重字可參考，觀其曲意，句意相承，亦能判斷其合詠主題者，知其為重頭。如常倫【商調・山坡羊】〈沒來由卞和閒恨〉九首，〔註76〕圍繞山居生活話題作意，是為嘆世隱居之作；王九思【仙呂・傍妝臺】〈鬧垓垓〉百首，〔註77〕各首俱以「鬧垓垓」一領字二個疊字之句型開頭，續以「七，七，七，五，五，七，三，五，六」字之句型組構，合詠安時處順之道；蘭陵笑笑生【南呂・一江風】四首，〔註78〕各首開頭分別是「子時那」、「卯時的」、「午時牌」、「酉時下」，以時間的相續詠相思情深，皆能判斷其為重頭。常倫【仙呂入雙調・新製嬌鶯兒】〈憑闌閒情〉四首，〔註79〕分別點出「涼風」、「秋蛩」、「秋光」、「寒蟬」字眼，是為重頭合詠秋懷無疑。

丙、部份重頭：其例異於甲、乙二項者，併於此類。

1、同調多首，各首皆標有題目，僅取其合詠同主題者列為重頭，如：沈仕【仙呂入雙調・玉抱肚】二十七首，〔註80〕分題依序為〈春夜聞笛〉、〈懷舊〉、〈詠公子〉、〈美人對鏡〉、〈美人浴裙〉、〈美人沐浴〉、〈寄人〉、〈夏日睡起〉、〈新衣〉、〈汗巾〉、〈宿妓家〉、〈見孤雁〉、〈美人〉、〈期人不至〉、〈春閨〉、〈秋閨〉、〈閨情〉、〈秋懷〉、〈客愁〉、〈秋夜〉、〈贈妓〉、〈池中鴛鴦〉、〈佳遇〉、〈繡鞋〉、〈春閨〉、〈春閨怨〉、〈春懷〉。其中〈美人浴裙〉、〈美人沐浴〉二首，合詠美人沐浴一事，是為重頭。〈春閨・畫樓初曉〉、〈秋閨〉二首，同寫閨情，筆法具為借景抒情，可視為並列分詠主題之重頭。〈春閨・嫩雲烘柳〉、〈春閨怨〉，於第五句同重「翠簾」，是為重頭。除此六首外，餘二十一首歸於非重頭部分。

2、同調多首，各首或有題或無題，亦只取其合詠同主題者列為重頭。如蘭陵笑笑生【商調・山坡羊】十六首，〔註81〕列有〈四不應〉二首，〈菓子花

〔註75〕見《全明散曲》二，頁1807。
〔註76〕見《全明散曲》二，頁1525。
〔註77〕見《全明散曲》一，頁925。
〔註78〕見《全明散曲》二，頁2351。
〔註79〕見《全明散曲》二，頁1550。
〔註80〕見《全明散曲》二，頁1359。
〔註81〕見《全明散曲》二，頁2353。

－348－

兒名〉二首，〈銀錢名〉二首，餘皆無題。此三題六首，各題句意相承，詠同一主題，屬重頭無疑。無題部份〈叫一聲青天〉、〈進房來四下靜由不的我悄嘆〉、〈想嬌兒想的我無顛無倒〉、〈燒罷紙把鳳頭鞋跌綻〉四首，同詠母親失去嬌兒的悲情，曲意明顯可見，是以亦列入重頭。除此十首，餘列入非重頭部份。又無名氏【仙呂‧月兒高】〈這樣閑煩惱〉八首，〔註82〕各首曲意皆不相承，各詠一事，屬非重頭。

　　3、異調間列

　　王化隆小令曲作計三十四首，〔註83〕總分「忠孝節義門」、「感慨悲歌門」、「警悟解脫門」三大門，所用曲牌依次爲〔錦堂月〕、〔宜春令〕、〔甘州歌〕、〔金索掛梧桐〕、〔三仙橋〕、〔懶畫眉〕、〔普天樂〕、〔梁州序〕、〔雁魚錦〕、〔二犯漁家傲〕、〔喜漁燈〕、〔錦纏道〕、〔江頭金桂〕、〔解三酲〕、〔黃鶯兒〕、〔三學士〕、〔江頭金桂〕、〔甘州歌〕、〔祝英臺序〕、〔前腔〕、〔馬蹄花〕、〔念奴嬌序〕、〔馬蹄花〕、〔高陽台〕、〔前腔〕、〔桂枝香〕、〔紅衲襖〕、〔二郎神〕、〔前腔〕、〔黃鶯兒〕、〔懶畫眉〕（三首）、〔念奴嬌序〕、〔紅衲襖〕、〔步步嬌〕、〔桂枝香〕、〔集賢賓〕、〔泣顏回〕、〔紅衲襖〕、〔集賢賓〕、〔鶯啼序〕、〔北新水令〕、〔步步嬌〕、〔北新水令〕、〔北雁兒落〕、〔北水仙子〕、〔北點絳唇〕、〔北清江引〕、〔北後庭花〕。「忠孝節義門」衍忠、孝、節、義四目，同以〈孝〉爲題者，計有十七首，然一首一調，列入非重頭。在三門中，若有二首以上，同一曲牌，合詠一主題者，方以重頭論，如〈感慨悲歌門〉之【南呂‧懶畫眉】三首。視其內容，「忠孝節義門」諸曲，以中郎口吻寫辭親赴科考後不得回鄉探親，間述媳婦忍思君委屈事公婆盡孝道情事，全爲詠《琵琶記》故事，又非一韻到底，不得稱爲散套。然又無科白，不得謂之劇曲，體例實近於任中敏所謂「異調間列演故事」之小令。任中敏又以爲此體「僅」見於《樂府群玉》所載王月華、朱凱合作的〈題雙斷小卿問答〉的十六首小令。〔註84〕然王化隆此作，不論就宮調排列，內容敷演，實異於尋常重頭，故別出敍論，暫名爲「異調間列」。

　　（四）曲牌分析

　　只用一個曲牌者，有三十四人，約占重頭小令作家 40%。曲牌用數最多

〔註82〕見《全明散曲》四，頁 4550。
〔註83〕見《全明散曲》三，頁 3499。
〔註84〕見《散曲概論‧體段》，頁 23。

的曲家，以陳鐸用調十支居冠。重頭首數過百的作家，有王九思作一百九十首、用調九支；李開先作二百一十首，用調二支，馮惟敏作一百六十二首，用調十六支；薛論道作五百首，用調六支；杜子華作一百三十三首，用調一支。除王九思、馮惟敏外，都是曲多調少之作。王九思、李開先、馮惟敏屬明代前期曲家，薛論道、杜子華屬明代後期曲家。然就用調十支以上計，前期曲家有二位，後期曲家用調皆未超出十支；用調五支以上，前期有八位，後期有十位。從曲牌用數，未能明顯看出前後期之差別。若就重頭小令作品二十首以上計，前期曲家有十四位，後期曲家有十二位，重頭小令之作家數，在明代前後期，差距亦不大，不似「元初北方曲家重頭比例之高」。〔註85〕不過，明代南曲重頭小令超過百首以上五位曲家，除杜子華外，王九思、李開先、馮惟敏、薛論道四位，俱屬明前期豪放派作家，重頭比例確實高些。曲牌使用詳說如下：

1、曾用作重頭小令曲牌，計有六十九調，其中重頭小令專用曲牌有三十五調（加＊號者，為無名式之作）：

南曲重頭小令作家作品統計表

編號	曲 牌 名	宮 調	姓 名	總數	重頭首數	
					有題目	無題目
1	四朝元	仙入雙	朱有燉	4	4	0
2	柳搖金	雙調	朱有燉	12	12	0
3	玉抱肚	仙入雙	陳鐸	16	16	0
4	憶多嬌	越調	夏言	8	8	0
5	新製嬌鶯兒	仙入雙	常倫	4	0	4
6	柳搖金	仙入雙	黃峨	4	4	0
	柳搖金	仙入雙	馮惟敏	4	4	0
	柳搖金	仙入雙	蘭陵笑笑生	2	0	2
7	錦法經	仙入雙	崔子一	4	4	0
8	惜奴嬌	仙入雙	王驥德	2	2	0
9	嬌鶯兒	商調	陳鐸	4	4	0
10	金井梧桐	商調	徐文昭	4	4	0
11	鎖南枝	商調	蘭陵笑笑生	2	0	2

〔註85〕見汪志勇著《元人散曲新探・全元散曲中的「重頭」研究》，頁132。

12	西河柳	仙呂	朱有燉	4	4	0
13	山秋月	仙呂	秦時雍	4	4	0
14	懶畫眉	仙呂	李登	8	8	0
15	鎖南枝	中呂	陳鐸	4	4	0
16	普天樂	中呂	陳鐸	4	4	0
17	憑闌人	中呂	黃峨	4	4	0
18	尾犯序	中呂	陳與郊	4	0	4
19	風入松	雙調	陳鐸	13	13	0
20	四塊金	雙調	王九思	8	8	0
21	清江引	雙調	施紹莘	8	8	0
22	喜遷鶯	正宮	薛廷龍	2	2	0
23	月中花	羽調	張善夫	4	4	0
24	解三酲	南呂	陳所聞	2	2	0
25	賞宮花	黃鐘	薛崗	4	4	0
26	淘金令	仙入雙	無名氏	4	4	0
27	五供養	仙入雙	無名氏	41	41	0
28	一剪梅	南呂	無名氏	2	2	0
29	滿堂春	商調	無名氏	10	10	0
30	水紅花	商調	無名氏	3	3	0
31	喜梧桐	商調	無名氏	5	5	0
32	馬鞍兒	羽調	無名氏	4	4	0
33	武陵春	雙調	無名氏	2	0	2
34	兩頭蠻	大石調	無名氏	4	4	0
35	滿院榴花	雜調	無名氏	2	0	2
	總計			212	196	16

　　以上三十五調，不見兼有「單支小令」之作，可視為重頭小令專用曲牌，其中無名氏之作，就佔了十調，影響不可小覷。此重頭小令專用曲牌，扣除無名氏不計，除〔柳搖金〕外，每調皆只是一人之作。屬純小令曲牌有十六調：

　　仙呂：山秋月（四首）。

　　羽調：月中花（四首）、＊馬鞍兒（四首）。

　　正宮：喜遷鶯（二首）。

　　大石調：＊兩頭蠻（四首）。

中呂：鎖南枝（四首）、凭欄人（四首）。

商調：嬌鶯兒（四首）、金井梧桐（四首）、鎖南枝（二首）。

雙調：四塊金（八首）、＊武陵春（二首）。

仙入雙：新製嬌鶯兒（四首）、錦法經（四首）、＊淘金令（四首）。

雜調：＊滿院榴花（二首）。

在全明散曲南曲小令一百零六調中，單支小令專用曲牌共有三十七調，約佔 34%；重頭小令專用曲牌共有三十五調，約佔 33%；其餘為單支小令與重頭小令共用曲牌，約佔 33%。至於純小令曲牌在單支小令與重頭小令中所佔的比例如下表：

類　別 總　數	單支小令	比　例	重頭小令	比　例
純小令曲牌數	16	43%	16	45%
摘調曲牌數	21	57%	19	55%
總計	37		35	

可以說不管是單支小令、重頭小令，摘調曲牌皆多於純小令曲牌。

2、南曲小令中，作者人數最多的曲牌為【商調・黃鶯兒】，有六十人次，曲作亦最多，連同無名氏之作，達八百八十七首。此調，從明初朱權始作，至明末錢古民仍有曲作，是最受喜愛的常用曲牌。作品百首以上的常用曲牌，尚有【商調・山坡羊】、【中呂・駐雲飛】、【中呂・駐馬聽】、【仙呂入雙調・玉抱肚】、【仙呂入雙調・步步嬌】、【仙呂入雙調・朝元歌】、【仙呂・傍妝臺】、【仙呂・桂枝香】、【南呂・懶畫眉】、【南呂・一江風】、【正宮・玉芙蓉】，以上十一調全屬摘調，且是重頭小令、非重頭小令兼用曲牌。這個有趣現象，更加強說明散曲常用曲牌皆來自摘調，意謂散曲向劇曲學習者多。

3、明代重頭小令用曲牌，見於前期不見於後期之曲牌有：

仙呂：西河柳、山秋月。

正宮：喜遷鶯。

中呂：鎖南枝、普天樂、凭闌人。

越調：憶多嬌。

商調：嬌鶯兒、金井梧桐。

雙調：柳搖金、風入松、四塊金。

仙入雙：四朝元、新製嬌鶯兒。

以上十四調，皆是一人之作。見於後期不見於前期之曲牌有：

仙呂：懶畫眉。

羽調：月中花。

中呂：尾犯序。

南呂：解三酲。

黃鐘：賞宮花。

商調：鎖南枝。

雙調：清江引。

仙入雙：錦法經、惜奴嬌。

以上九調，亦皆是一人之作。

　　僅見前期所用十四調中，純小令曲牌佔有八調；僅見後期所用九調中，純小令曲牌只佔二調。這些事實告訴我們，不論前後期，使用摘調曲牌皆多於純小令曲牌。

　　4、有些曲牌，單支小令之作先於重頭小令，如【南呂・一江風】，劉兌（洪武時尚在）始作單支小令，至陳鐸（1454～1507）才有重頭小令之作，其間相隔至少八十年。有些曲牌，重頭小令之作早於單支小令，如【商調・黃鶯兒】，朱權（1359～1422）始作重頭小令，至陳鐸才見單支小令之作。而單支小令、重頭小令兼用之曲牌，絕大多數是重頭小令之作早於單支小令之作，此重頭小令曲牌又以摘調居多，可說是散曲向劇曲學習的結果。

第四節　帶過曲研究

　　帶過曲在任中敏《散曲概論》中屬小令之一類，今當自小令中析出（說見後），由於例子太少，故列於第四節，附於小令之後述之。

　　一般學者對帶過曲的認知，多以任中敏的說法為圭臬。任氏之說，見於二處，一見於《作詞十法疏証・定格》四十首「十二月堯民歌」下：

> 按北曲在同一宮調內，音律又適銜接者，兩調三調，連合而作一調，謂之某調帶過某調。帶過二字，或任用一字，或稱某調兼某調，或全略去，祇連寫二調之名，如此處之式。帶過曲曲調為前人已用者，共不過三十餘種，其不能任意配合可知。〔註86〕

〔註86〕見任中敏輯《散曲叢刊・散曲概論・作詞十法疏証》，頁60。

一見於《散曲概論・體段》云：

> 帶過曲初僅北曲小令中有之，後來南曲內與南北合套內亦偶爾仿
> 用。即作者填一調畢，意猶未盡，再續拈一他調，而此兩調之間，
> 音律又適能銜接也。倘兩調尤嫌不足，可以三之。但到三調爲止，
> 不能再增，若再欲有增，則進而改作套曲可。以九宮大成譜之博而
> 編者亦不知散曲中有此一體，怪矣。帶過二字或連用，或任用其一，
> 或用兼字，或稱兼帶，有北帶過北者，有南帶過南者，有南北兼帶
> 者……，又北曲中若劉伯亨散曲，有雙調沙子兒攤破清江引，農樂
> 歌兼破雁兒落，二犯白苧歌等，祇取材於二三調中，但並非二三調
> 全調之相聯，彷彿南曲中之集曲，是帶過曲之類似集曲者，又一種
> 也。〔註87〕

後人謹守任氏「銜接的兩三曲小令，必同宮調，同管色」之重點，也確守任
氏《散曲概論・用調》統計之「前人已用之三十四調式」，不能任意組設之說。
唯羅錦堂從「文學體裁乃由簡趨繁演進」的角度看帶過曲的發生，於《南北
小令新論》中云：

> 所謂帶過曲，一稱合調，又稱複調，本是散曲中的一體，前人往往
> 把它歸入小令之內，似嫌不妥。因爲帶過曲，是介乎小令與散套中
> 間的一種體裁。由於小令過於簡短，不能發揮更多的意思，於是有
> 所謂帶過曲，便應運而生。〔註88〕

因之，羅氏論散曲，北曲小令不收帶過曲，南曲小令不收集曲。除此外，仍
襲任氏之說。

汪志勇師爲明帶過曲眞相，特於〈元散曲中的帶過曲〉一文，對全元散
曲中的帶過曲作全面探討與研究，同意羅氏帶過曲有別於北曲小令之必要，
亦對任氏之說，有不少補正的創說，擇要述於下：〔註89〕

1、帶過曲絕非「作者填完一調，但覺意猶未盡，於是再續一二調補足之」
的體裁。

2、北曲散套，絕無「以帶過曲作結省尾」之例。

3、帶過曲多在三首以下，餘可視爲特例。

〔註87〕見任中敏輯《散曲叢刊・散曲概論・體段》，頁 18。
〔註88〕見羅錦堂著《錦堂論曲》，頁 479～480。
〔註89〕見汪志勇著《元人散曲新探・元散曲中的帶過曲研究》，頁 26～27。

4、帶過曲所用牌調十之八九均爲套曲曲牌爲摘調，和套曲關係密切，故絕大數在套曲及小令中爲連用情形，不能單獨用爲小令。

5、元代散曲中純小令不多，故自套曲中摘其美聽者以爲小令者，則爲摘調；摘自套曲中連用之兩三支曲牌者，則爲帶過曲，故帶過曲近似摘調，與套曲關係密切。

6、元代後期散曲家漸多，故帶過曲亦增多，變化亦大，入明則格律漸壞，帶過曲有套曲帶小令者，有南北兼帶者，有南曲帶過北曲者，要之，其原應摘自套曲爲是。

明代以南曲爲主的帶過曲實不多，《全明散曲》總計只有十九例帶過曲（不含散套），爲明究竟，仍參考汪師論點，酌分二類敘述。

一、南曲帶過曲

（一）仙呂入雙調 —— 朝元歌帶朝元令

《全明散曲》僅梁辰魚創作一例。〔朝元歌〕即〔朝元令〕，屬摘調。〔朝元歌〕用在散套中，僅見周復靖〈曲岸維舟・吳天楚天〉一套，連用四支〔朝元歌〕成套，無尾聲，此散套重頭的組構方式，實與重頭小令無異。

（二）商調 —— 山坡羊帶步步嬌

《全明散曲》僅蘭陵笑笑生創作無題、重頭二例。〔山坡羊〕屬商調摘調；〔步步嬌〕又名〔潘妃曲〕，在小令中屬【仙呂入雙調】之摘調，是爲借宮帶過。在商調散套裡，〔山坡羊〕後可接〔水紅花〕、〔琥珀貓兒墜〕、〔五更轉〕、〔皀羅袍〕、〔玉交枝〕、〔簇林鶯〕，常用爲首曲。亦可連用二支〔山坡羊〕，再接〔不是路〕，或連用四支〔山坡羊〕成套。但在南北合套中，〔山坡羊〕已非用作首曲，可接南曲〔出隊子〕，或接北曲〔賀聖朝〕。〔山坡羊〕用作首曲後接〔步步嬌〕者，僅見於俞琬綸〈小翩十九調・輕飄飄駕車的桂檝〉散套，然字數、句數與帶過曲的差異頗大。

（三）雙調 —— 鎖南枝枝帶過羅江怨

《全明散曲》僅見趙南星創作五例，其中四例屬無題重頭。雙調〔鎖南枝〕屬摘調。〔羅江怨〕又名〔楚江情〕，屬套曲曲牌。在套曲中，〔鎖南枝〕用爲首曲，後接〔朝元歌〕、〔香柳娘〕，或連用二支〔鎖南枝〕，加〔尾聲〕成套。亦有連用四支，不加〔尾聲〕成套者。在南北合套中，僅見於無名氏

〈閨怨・靠東窗淚眼鎖常揩〉套，非用作首曲，後接北曲〔沽美酒帶太平令〕。在集曲中，則有〔鎖南枝半插羅江怨〕曲牌。

以上三式南曲帶過曲，皆摘自套曲中開頭之美聽部份。

二、南北兼帶

《全明散曲》中的南北兼帶，一律是南曲帶北曲，計有四位可考作家創作十例，無名氏創作一例。

（一）南呂——南楚江情帶過北南呂金字經

《全明散曲》可考作家朱有燉作有五例有題重頭，梁辰魚作有一例有題非重頭。〔金字經〕又名〔西番經〕、〔閱金經〕，在《全明散曲》小令中共有一百三十首，無名氏作品即佔一百零一首，屬佛曲，歌詠諸佛菩薩。

〔楚江情〕又名〔羅江怨〕。謝伯陽於梁辰魚〈歲暮客中書懷〉後，注明：

> 楚江情即羅江怨。前段是香羅帶，中段似皂羅袍，後段是一江風，
> 但羅江怨少中段三句。〔註90〕

在全明散曲套曲【南呂】宮中只有二見，一見於無名氏作〈春夢驚響・落紅滿徑〉居第二支曲地位；一見於施紹莘〈春思・飛花打繡窗〉，連用二支〔楚江情〕加〔皂羅袍〕成套，是屬套曲曲牌。此式為任中敏《散曲概論》所列帶過曲三十四調式之一。

（二）中呂——南中呂紅繡鞋兼北中呂紅繡鞋

此帶過曲為康海作，計有四例有題重頭。

〔紅繡鞋〕又名〔朱履曲〕、〔珠履曲〕，為套曲曲牌。在散套中，最常見用於〔尾聲〕之前，或用一支或用二支，續接〔尾聲〕。在南北合套中，或用一支或用二支，可續接北曲〔堯民歌〕，再接〔尾聲〕，然在無名氏〈冬至・瑞靄祥雲環禁闈〉套中，末二曲是北曲〔紅繡鞋〕，接〔尾聲〕。此式亦為任中敏所列帶過曲三十四調式之一。

（三）仙呂——一封書帶過北雙調雁兒落

《全明散曲》中，僅無名式作一例有題非重頭。

〔一封書〕又名〔秋江送別〕，屬套曲曲牌，通常用為首曲，後接〔皂羅

〔註90〕見《全明散曲》二，頁2192。

袍〕。若首曲爲〔一封書犯〕，則接以〔皂羅袍犯〕，無一例外。

　　以上三式南北兼帶帶過曲，前二式元代已有之，另一式爲南帶北，亦爲摘自套曲中開頭之美聽部份。「摘調」是摘套曲中之美聽者，而美聽部份或許是曲子之開頭，或許是曲子之過曲部份，從帶過曲中，更可証成。

　　就以上的分析，總結如下：

　　一、全明散曲中南曲帶過曲與南北兼帶的帶過曲共十九例，每例皆爲二曲相帶，無例外。

　　二、全明散曲十九例中，僅用了六式，即〔南南呂楚江情帶過北南呂金字經〕、〔南中呂紅繡鞋兼北中呂紅繡鞋〕。〔南仙呂入雙調朝元歌帶朝元令〕、〔南商調山坡羊帶步步嬌〕、〔鎖南枝帶過羅江怨〕、〔一封書帶過北雙調雁兒落〕，所用曲牌均爲摘調與套曲曲牌。

　　三、據汪志勇師於〈元散曲中帶過曲研究〉一文統計，元代北曲帶過曲共有十三個調式，然作品十首以上者僅有四個調式而已。明代南曲帶過曲僅有六個調式，其中南北兼帶二式元已有之。餘四式，除一式爲南帶北外，皆爲南曲相帶。南曲帶過曲多摘自套中開頭美聽部份；唯南北兼帶之〔南中呂紅繡鞋兼北中呂紅繡鞋〕一式例外。

小　結

　　《全明散曲》南曲小令作家，作者可考者一百二十九人，共作四千零三十二首小令，其中無名氏作有六百零六首。南曲小令共使用了十二宮調，般涉調、道宮、小石調皆無曲作。就可考作者言，以使用【商調】人次居冠。作品數則以〔黃鶯兒〕奪魁。

　　《全明散曲》小令作家計用一百零六調，一人之作且作品數不超過十首的罕用曲牌，高達六十一調。其中，摘調曲牌遠多於純小令曲牌，純小令曲牌僅佔二十八調，各調純小令曲作皆不足十首。南曲小令曲牌約三分爲單支小令專用、重頭小令專用、單支小令重頭小令共用。然不論單支小令或重頭小令，使用摘調曲牌皆多於純小令曲牌。《全明散曲》所收南曲小令作家，有九十二位作家作有重頭小令，其中四十三位作家作品全屬重頭。

　　在帶過曲方面，《全明散曲》總收六式十九例，南曲帶過曲八例，南北兼帶有十一例，其中〔南楚江情帶過北南呂金字經〕、〔南中呂紅繡鞋兼北中呂

紅繡鞋〕二式，元已有之。餘四式，除〔一封書帶過北雙調雁兒落〕爲北帶南外，餘皆爲南曲相帶，且其相帶之曲牌，除〔南中呂紅繡鞋兼北中呂紅繡鞋〕外，皆摘自套中開頭美聽部份。

第五章　集曲研究

第一節　概　說

　　集曲猶詞中之犯調，盛行於崑腔成熟之後。任中敏謂之：「擷取各調之零碎句法相連續，而另爲定一新名。自南曲由元音而漸至崑腔，傳奇家於全部傳奇之數十齣中，不欲復用同調，始稱當行，於是此等集曲乃盛行。」〔註1〕王季烈以爲「北曲中不經見，南曲則集曲甚多……歷來傳奇中沿用之，幾與正曲無異。且集曲可不拘成格，苟深明宮調音律之規例，不妨創作新集曲。故傳奇之作者愈多，則集曲之名稱亦愈繁」〔註2〕有關集曲新名立法，清·楊恩壽《續詞餘叢話》云之甚詳：

> 曲譜無新，曲牌有新。狡獪文人，好奇鬥巧，以二曲、三曲串爲一曲，別立新名，以炫耳目。然其名非無文義可得也，如〔金絡索〕、〔梧桐樹〕本兩名也，串而爲一，名曰〔金索掛梧桐〕，以金索掛樹，亦事之所或有；〔傾杯序〕、〔玉芙蓉〕本兩曲也，串而爲一，名曰〔傾杯賞芙蓉〕，傾杯而賞芙蓉，固是韻事；〔駐馬聽〕、〔一江風〕、〔駐雲飛〕本三曲也，串而爲一，名曰〔倚馬待風雲〕，倚馬而待風雲之會，功名中人語也。此皆巧思綺合，非強爲之解者。要無若前人并不列名，僅加「犯」字，最爲簡便，如本曲〔江兒水〕，串入二別曲，則曰〔二犯江兒水〕；本曲〔集賢賓〕，串入三別曲，名曰〔三犯集賢賓〕。又

〔註1〕見任中敏輯《散曲叢刊·散曲概論·體段》，頁18～19。
〔註2〕見王季烈著《螾廬曲談·論作曲》，頁9。

> 有以「攤破」二字概之者,如本曲〔簇御林〕、本曲〔錦地花〕而串
> 入別曲,則曰〔攤破簇御林〕、〔攤破地錦花〕之類,較更渾脫。至於
> 以十數曲串為一曲,如〔六犯清音〕、〔七賢過關〕、〔九迴腸〕、〔十二
> 峰〕,則視串合之曲,計數立名,尤指不勝僂矣。〔註3〕

文人好奇鬥巧,「老於音律者,往往別出心裁,爭奇好勝,於是北曲有借宮之
法,南曲有集曲之法」,〔註4〕《南詞新譜》中九百六十一個曲牌,集曲就佔
約三分之二。競為抽秘逞妍結果,集曲之弊畢現,或取調並及尾聲,如墨憨
齋論〔十二紅〕集曲:

> 既曰〔十二紅〕,宜用十二曲合成,不應止十一曲,而以〔尾聲〕足
> 數也。且首二首舊名〔山羊轉五更〕,次二曲亦名〔園林好〕、〔江兒
> 水〕,至〔玉交枝〕、〔五供養〕、〔好姐姐〕三曲,俱用上半隻,接續
> 處便少段落。……《南西廂》「小姐小姐多丰采」一曲,亦名〔十二
> 紅〕,與此曲絕不同。總之,未必協律也。〔註5〕

或形式非套非令,如顧曲散人於《太霞新奏·答寄》用曲〔半面二郎神〕、〔攤
破集賢賓〕、〔驚斷鶯啼序〕、〔歇拍黃鶯兒〕、〔減字簇御林〕、〔偷聲貓兒墜〕、
〔小尾〕之後注之:

> 曲名亦方諸生自創。每曲減一二句,所取何義?此亦好奇之過?既
> 可減,何不可增?遂有〔兩條江兒水〕、〔雙聲貓兒墜〕。并〔尾聲〕
> 亦添句,如近日〔蕉帕〕所刻者。文人作俑,不可不慎。〔註6〕

元人體製,至此已蕩然無存,北曲愈見律殘聲冷,沈寵綏慨嘆曰:

> 總是牌名,此套唱法,不施於彼套;總是前腔,首曲腔規,非同後
> 曲。以變化為新奇,以合掌為卑拙,符者不及二三,異者十常八九,
> 即使以今式今,且毫無把捉,欲一一古律繩之,不徑庭哉!《度曲
> 須知·弦律存亡》〔註7〕

有關南曲犯調問題,陳萬鼐《元明清劇曲史》引用汪經昌主講〈南詞犯調與
唐樂移宮換羽之關係〉云:

〔註3〕見《續詞餘叢話》。收錄於《傳世藏書集庫文藝論評》第三冊(湖南:誠成企
　　　業集團有限公司組織編纂,海南國際新聞出版中心,1996年12月),頁2508。
〔註4〕見吳梅著《顧曲麈談·論宮調》,頁203。
〔註5〕見《太霞新奏》二,頁704～705。
〔註6〕見《太霞新奏》二,頁469。
〔註7〕見《中國古典戲曲論著集成》五,頁241。

南曲的犯調，利用各曲牌句腔以象徵七旦交犯。因此，犯格也分兩類：一類是本犯格，它是以一支曲調為主，去其腹部，而換以同管色的其它曲牌中的腔格，如二犯月雲高之類，首尾均是月雲高本曲腔格，中間取它句腔相犯；另一種便是集調，在同一管色的原則下，將各宮調曲腔截取數句以合成一曲，如江頭金桂之類，以雙調的五馬兒江水犯仙呂桂枝香句腔，這種採合運用，正表現了唐樂七旦互犯的背景。此種犯調技巧，是值得我們製譜家參考的，它的技巧是基於以下幾項條件：一、管色必求其同；二、是聲必求其同；三、是板眼必求其相互銜節；四、是樂必求其均勻。〔註8〕

根據以上條件，陳萬鼐並選用《牡丹亭》第二十四齣〈拾畫〉為例，說明甚詳：

> 【顏子樂】（泣顏回首至四）則見風月暗消磨（叶）　畫牆西正南側左（不）　蒼苔滑擦（不）　倚逗著斷垣低堁（叶）（刷子序五至合）因何（叶）　客來過年月偏多（叶）（普天樂八至末）刻畫盡琅玕千個（叶）〔合〕早則是寒花遶砌（叶）　荒草成窠（叶）

> 該曲（【顏子樂】）由中呂泣顏回、正宮刷子序、普天樂而成，中呂與正宮皆可用小工笛色，合於管色必求其同之條件；其次泣顏回、刷子序、普天樂皆各宮之過曲，是聲必求其同；關於板眼必求其相互銜節，如泣顏回第四句末腔，畢於頭眼，刷子序第五句接腔，恰始於中眼，至合頭處末腔，畢於頭眼，而普天樂末組起腔，恰有始於中眼，三曲各本自身原來的板眼，而自然的相互承接，現該曲各譜確實如此；至樂分必求其均勻，大概指集各曲詞句，不可多寡懸殊。〔註9〕

就樂理而言，〔刷子序〕腔激昂，首尾配以音格充沛的〔泣顏回〕、音格幽怨的〔普天樂〕，中和了〔刷子序〕的激昂，曲腔迭宕，正如峰轉山坑，表現徵羽應聲，轉犯移柱的原理。諸曲合綴，曲情變化，展現俊逸幽怨風格，達到中和藝術效果。再就搬演藝術而言，因劇情發展不一，或由動轉靜，由文轉武，然在同一場中，既不便於使用二套曲調，又不便於分場，用「集曲」可

〔註8〕見陳萬鼐著《元明清劇曲史·明清傳奇篇》（台北：商務印書館，民國55年2月，初版），頁367。

〔註9〕見陳萬鼐著《元明清劇曲史·明清傳奇篇》，頁367～368。

資救濟。蓋集曲若小令傳唱性質，雜於正曲之間，既不影響正曲之一貫性，復能巧妙協調劇情，達到「戲」、「曲」統一的舞臺效果。以進行戲劇性的表現。如《琵琶記‧稱慶》中，蔡伯喈所唱〔錦堂月〕一曲，係採〔畫錦堂〕一曲之前半與〔月上海棠〕一曲之後半集爲新曲。前半表現人物對雙親年邁一喜一憂的內心矛盾，後半則表現祝福雙親長壽的願望。

雖說如此，羅忼烈反對仍甚，在《曲禁》疏證中云：

> 蓋南曲在宮調方面之痛病，有用宮調而文情與聲情不符者；聯套除
> 引子、過曲及尾聲有定之外，其中間諸曲，竟有不同宮調或緊慢失
> 次者；至於集曲則割裂諸宮之曲爲之，有音節聲情不一致者。甚焉
> 者有南北合套，南北集曲之制，魏良輔《曲律》謂「曲有兩不難，
> 南曲不可雜北腔，北曲不可雜南字」，此又雜之甚者。〔註10〕

羅氏以爲集曲一道，「家家新造，人人首創，割裂湊合，無有繩墨」，〔註11〕是「宮調亂用」之尤者，雖淵源於宋詞之犯聲，而「音律鮮克盡善，作者詭銜竊轡者眾矣」。並抨擊《南曲全譜》附錄過曲之梁伯龍〔巫山十二峰〕，是集〔三仙橋〕、〔白練序〕、〔醉太平〕、〔普天樂〕、〔犯胡兵〕、〔香遍滿〕、〔瑣窗寒〕、〔劉潑帽〕、〔三換頭〕、〔賀新郎〕、〔節節高〕、〔東甌令〕等十二曲爲之，然「每曲只用數句，凡二百八十餘字，各牌所屬宮調不一，此『宮調亂用』之顯例」。又評《孟子梅》傳奇之〔三十腔〕：

> 凡三百八十二字，割裂三十曲雜湊而成，其中諸句，採自何牌，又
> 不題明，其繁碎雜亂可知，復起此老而問之，亦將茫然也。〔註12〕

對「三十腔」，任中敏也說「非套非令，非驢非馬，元人體製，至此蕩然！」〔註13〕集曲之弊昭然，賢者仍不免因襲，《太霞曲話》曾譏沈璟「駁少白，而躬自蹈」之陋習，〔註14〕況專精不逮沈者？

〔註10〕見羅忼烈撰《詞曲論稿》（臺北：木鐸出版社，民國71年6月，初版），頁352。
〔註11〕見羅忼烈撰《詞曲論稿‧曲禁疏證》，頁353。
〔註12〕本段引用語皆摘自羅忼烈撰《詞曲論稿》，頁353～354。
〔註13〕見任中敏輯《散曲叢刊‧散曲概論‧體段》，頁19。
〔註14〕見《太霞曲話》載：沈伯英〔巫山十二峰〕，仿梁少白「院落清明左右」作。
　　　詞隱先生評云：「〔三換頭〕前二句是〔五韻美〕，中二句是〔臘梅花〕，今用
　　　於此，是巫山十三峰，非十二峰矣；須用南呂別幾曲句以代之，方得。」先
　　　生既駁少白，而躬自蹈之，吾所不解。大抵作者每多因襲之病，總以爲舊曲
　　　已經行世，若改調，必置弗歌；夬因陋仍弊，以求不廢於俗，此亦作者之羞
　　　也（見《太霞新奏》二，頁704）。

分析現存作品，集曲最少者集兩支，最多者集數十支。集曲之名，雖皆取正曲之牌中隻字片語聯綴而成，亦有以一種名詞概括若干曲牌者，非睹其譜，莫由知其究竟，如一秤金、金釵十二行，前者爲十六種曲調，後者爲十二種曲調結構而成。集曲久而成爲定例，幾與正曲無異，如何組構，吳梅有云：「至於集曲之配合，純以管色爲主，同宮調曲固可集也，宮調雖異管色則同，亦可集也。若卑亢高下，格不相入，強合一曲，如方底而圓蓋，必貽笑於通方矣。」〔註15〕故仍須視曲譜始能辨析。李殿魁於《元明散曲之分析與研究》歸納集曲之律有四，摘要於下：〔註16〕

子：所集取譜曲詞句，宮調必須彼此相合，或犯本宮，或犯笛色相同之他調，且必須音節相諧，拍板唧接。

丑：集曲句法之佈置，必須與所截諸曲詞句之原來次序相符。蓋集曲之首數句，必用正曲之首數句；集曲之末數句，必正曲之末數句；集曲中間之句，亦必正曲中間之句，不得前後倒置，紊亂順序。

寅：集曲既截取諸曲詞句以成一曲，故往往長短不一，然所截取之詞句，必係慢曲，急曲例不採用，一曲集成後，其首句屬於某宮調之曲牌，則此集曲，即屬於某宮調。

卯：集曲體製，只許在正調中選集句調，決不可採用集曲牌調相連，所謂以正集正，不可以集犯正是也。

第二節　作家與作品

爲明瞭集曲在明代盛行概況，本節亦先輯《全明散曲》曾作集曲之作家與作品總表如下，再作分析。

曾作集曲作家作品總表

編號	曲家姓名	作品總數	曲牌總數	宮調	曲牌名	重頭首數		非重頭首數	
						有題目	無題目	有題目	無題目
1	劉兌	4	1	南呂	七賢過關	4	0	0	0
2	朱有燉	4	1	南呂	楚江情	4	0	0	0

〔註15〕見吳梅序《飲虹簃所刻曲》。
〔註16〕見《華岡論集》，第 1 期，頁 625～626。

3	楊傑	3	1	仙呂	一封書	3	0	0	0
4	劉龍田	1	1	仙入雙	孝南枝	0	0	1	0
5	陳鐸	16	3	仙入雙	二犯江兒水	4	0	0	0
				仙呂	醉羅歌	8	0	0	0
				商調	金落索	4	0	0	0
6	祝允明	9	2	商調	金落索	4	0	0	0
				南呂	七犯玲瓏	4	0	1	0
7	王九思	9	3	仙呂	一封書	4	0	0	0
				雙調	錦堂月	0	0	1	0
				仙呂	醉羅歌	4	0	0	0
8	唐寅	4	1	仙呂	二犯月兒高	4	0	0	0
9	康海	9	2	仙呂	醉羅歌	8	0	0	0
				仙呂	月雲高	0	0	1	0
10	張合	1	1	仙呂	一封書	0	0	1	0
11	朱應辰	5	2	商調	金索掛梧桐	0	0	4	0
				仙呂	二犯月兒高	0	0	1	0
12	楊應奎	4	1	商調	黃鶯學畫眉	4	0	0	0
13	夏言	4	1	仙呂	二犯傍妝臺	4	0	0	0
14	劉良臣	4	1	正宮	錦庭樂	4	0	0	0
15	顧應祥	4	1	南呂	七犯玲瓏	0	4	0	0
16	張寰	4	1	南呂	七犯玲瓏	0	4	0	0
17	劉泰之	4	1	南呂	七犯玲瓏	0	4	0	0
18	沈仕	3	3	仙呂	二犯傍妝臺	0	0	1	0
				中呂	榴花泣	0	0	1	0
				仙入雙	六么令犯	0	0	1	0
19	楊慎	25	5	南呂	羅江怨	5	4	0	0
				南呂	七犯玲瓏	8	0	0	0
				仙呂	一封書	0	0	1	1
				黃鐘	四犯傳言玉女	0	2	0	0
				商調	金落索	0	4	0	0
20	沐石崗	1	1	仙呂	一封書	0	0	1	0
21	楊惇	3	1	南呂	七犯玲瓏	0	3	0	0
22	常倫	10	6	仙呂	醉羅歌	0	3	0	0
				仙呂	一封書	0	2	0	0
				仙入雙	二犯江兒水	0	0	0	1

				正宮	錦庭樂	0	0	0	1
				仙呂	甘州歌	0	0	0	1
				雙調	落韻鎖南枝	0	0	0	2
23	楊愷	4	1	南呂	七犯玲瓏	0	4	0	0
24	王寵	8	2	仙呂	二犯傍妝臺	4	0	0	0
				仙呂	醉羅歌	4	0	0	0
25	金鑾	4	1	仙呂	一封書	4	0	0	0
26	張鍊	8	2	仙呂	醉羅歌	4	0	0	0
				仙呂	二犯月兒高	4	0	0	0
27	李一元	4	1	南呂	七犯玲瓏	0	4	0	0
28	李鈞	4	1	南呂	七犯玲瓏	0	4	0	0
29	李丙	4	1	南呂	七犯玲瓏	0	4	0	0
30	陸之裘	1	1	仙呂	江頭金桂	0	0	1	0
31	馮惟敏	26	5	商調	黃羅歌	4	0	3	0
				仙呂	二犯傍妝臺	6	0	0	0
				中呂	倚馬待風雲	4	0	0	0
				仙呂	二犯月兒高	8	0	0	0
				雙調	錦堂月	0	0	1	0
32	秦時雍	5	2	仙呂	二犯桂枝香	4	0	0	0
				仙呂	一封書	0	0	1	0
33	周天球	1	1	仙入雙	二犯江兒水	0	0	1	0
34	孫樓	4	1	南呂	羅江怨	4	0	0	0
35	梁辰魚	8	6	南呂	六犯碧桃花	0	0	1	0
				南呂	七賢過關	0	0	1	0
				仙入雙	二犯江兒水	0	0	2	0
				雙調	孝南歌	0	0	1	0
				南呂	七犯玲瓏	0	0	2	0
				南呂	六犯清音	0	0	1	0
36	曹大章	1	1	仙呂	醉花雲	0	0	1	0
37	劉效祖	4	1	仙呂	醉羅歌	4	0	0	0
38	蘭陵笑笑生	5	2	仙呂	一封書	0	0	0	1
		0		仙入雙	二犯江兒水	0	4	0	0
39	臧允中	1	1	正宮	番馬舞秋風	0	0	1	0
40	陳所聞	21	6	商調	金落索	10	0	2	0

			0		仙呂	月雲高	0	0	1	0
			0		仙呂	九迴腸	0	0	1	0
			0		仙呂	二犯傍妝臺	3	0	2	0
			0		仙呂	解袍歌	0	0	1	0
					中呂	倚馬待風雲	0	0	1	0
41	張鳳翼	9	4		仙呂	九迴腸	2	0	0	0
					仙呂	二犯傍妝臺	4	0	0	0
					商調	鶯花皂	2	0	0	0
					仙呂	傍妝臺犯	0	0	1	0
42	史槃	6	3		仙呂	醉羅歌	3	0	0	0
					南呂	六犯清音	0	0	2	0
					仙呂	九迴腸	0	0	1	0
43	殷都	1	1		仙呂	二犯桂枝香	0	0	1	0
44	王穉登	1	1		仙呂	月雲高	0	0	1	0
45	薛崗	6	2		仙呂	二犯月兒高	4	0	0	0
					商調	金落索	2	0	0	0
46	程可中	1	1		南呂	六犯清音	0	0	1	0
47	顧正誼	4	1		商調	金索掛梧桐〔註17〕	4	0	0	0
48	陳與郊	2	1		南呂	七犯玲瓏	2	0	0	0
49	梅鼎祚	5	1		南呂	羅江怨	5	0	0	0
50	趙南星	4	2		雙調	孝南枝	0	0	0	2
					雙調	鎖南枝半插羅江怨	0	2	0	0
51	沈璟	11	8		南呂	宜春樂	0	0	0	1
					商調	金絡索〔註18〕	0	0	2	0
					仙呂	二犯桂枝香	0	0	1	0
					仙呂	解袍歌	0	0	1	0
					仙呂	醉羅歌	0	0	1	0
					仙呂	醉歸花月渡	0	0	1	0
					南呂	梁沙潑大香	0	0	1	0
					南呂	浣溪劉月蓮	2	0	1	0
52	沈瓚	2	2		商調	金絡索	0	0	1	0

〔註17〕即〔金落索〕。
〔註18〕即〔金落索〕。

				黃鐘	啄木鸝	0	0	0	1
53	王驥德	30	23	正宮	錦芙容	4	0	0	0
				雜調	梧桐秋夜打瑣窗	0	0	1	0
				雜調	白樂天九歌	0	0	1	0
				雜調	五月紅樓別玉人	0	0	1	0
				商調	十二紅	0	0	1	0
				仙呂	一封書	0	0	1	0
				仙呂	解醒歌	0	0	1	0
				仙呂	解袍歌	0	0	1	0
				仙呂	醉花雲	0	0	1	0
				仙呂	月雲高	0	0	1	0
				羽調	勝如花	0	0	1	0
				羽調	四季盆花燈	0	0	1	0
				商調	金絡索	0	0	1	0
				南呂	梁州新郎	3	0	1	0
				商調	山羊轉五更	0	0	2	0
				黃鐘	太平花	0	0	1	0
				商調	梧葉襯紅花	0	0	1	0
				商調	梧葉墮羅袍	0	0	1	0
				商調	黃鶯逐山羊	0	0	1	0
				商調	貓兒入御林	0	0	1	0
				商調	貓兒逐黃鶯	0	0	1	0
				仙入雙	姐姐寄封書	0	0	0	1
				仙入雙	步步入江水	0	0	1	0
54	景翩翩	2	2	仙入雙	二犯江兒水	0	0	1	0
				南呂	七犯玲瓏	0	0	1	0
55	沈珂	1	1	南呂	太師接學士	0	0	0	1
56	丁綵	23	2	雙調	瑣南枝半插羅江怨	9	0	11	0
				商調	金絡索	0	0	3	0
57	王化隆	16	10	雙調	錦堂月	0	0	1	0
				仙呂	甘州歌	0	0	2	0
				商調	金索掛梧桐	0	0	1	0
				正宮	鴈漁錦	0	0	1	0
				正宮	二犯漁家傲	0	0	1	0

				中呂	二犯漁家燈	0	0	1	0
				仙入雙	江頭金桂	2	0	1	0
				南呂	三學士	0	0	1	0
				中呂	馬蹄花	0	0	4	0
				中呂	喜漁燈	0	0	1	0
58	高濂	7	2	仙呂	九迴腸	0	0	2	0
				商調	金絡索	4	0	1	0
59	馮夢龍	2	2	仙呂	月雲高	0	0	1	0
				商調	梧蓼金羅	0	0	1	0
60	俞琬綸	8	5	商調	十二紅	0	0	0	1
				雜調	鬧十八	0	0	1	0
				仙入雙	二犯江兒水	4	0	0	0
				仙入雙	五玉枝	0	0	0	1
				仙入雙	金段子	0	0	1	0
61	宛瑜子	3	2	仙呂	月高雲	2	0	0	0
				仙呂	一封書	0	0	1	0
62	沈靜專	3	2	南呂	懶畫眉	0	0	1	0
				商調	金絡索	2	0	0	0
63	施紹莘	4	3	商調	金索掛梧桐	0	0	2	0
				南呂	六犯清音	0	0	1	0
				仙呂	月雲高	0	0	1	0
64	沈君謨	1	1	仙入雙	東風江水	0	0	1	0
65	張琦	4	1	商調	金絡索	4	0	0	0
66	張積潤	1	1	雙調	公子醉東風	0	0	0	1
67	沈自徵	1	1	雜調	新樣四時花	0	0	1	0
68	趙近山	4	1	仙呂	羅袍落妝臺	4	0	0	0
69	朱世徵	1	1	商調	金絡索	0	0	1	0
70	范晶山	2	1	南呂	六犯清音	2	0	0	0
71	孫起都	4	1	商調	金絡索	4	0	0	0
72	張茅亭	7	1	仙呂	一封書	7	0	0	0
73	丁惟恕	4	3	仙呂	二犯傍妝臺	0	0	0	1
				仙呂	二犯月兒高	0	0	1	1
				雙調	鎖南枝半插羅江怨	0	0	0	1
74	張葦如	5	2	仙呂	二犯桂枝香	4	0	0	0

				仙呂	九迴腸	0	0	1	0
75	卜世臣	4	4	仙呂	二犯傍妝臺	0	0	1	0
				仙呂	醉花雲	0	0	1	0
				仙呂	月照山	0	0	1	0
				南呂	六犯清音	0	0	1	0
76	陳子升	3	2	商調	金絡索	2	0	0	0
				南呂	楚江情	0	0	1	0
77	何西來	1	1	南呂	六犯清音	0	0	1	0
78	張伯瑜	4	1	仙呂	月雲高	4	0	0	0
79	張栩	2	1	仙入雙	江頭金桂	2	0	0	0
80	張景嚴	2	1	仙入雙	六幺令犯	2	0	0	0
81	王厚之	1	1	仙入雙	玉枝供	0	0	1	0
82	虞交俞	1	1	南呂	六犯清音	0	0	1	0
	無名氏	85	18	仙呂	一封書	0	0	1	0
				仙呂	二犯月兒高	4	4	0	4
				仙呂	二犯傍妝臺	0	0	1	0
				仙呂	醉羅歌	0	0	1	1
				中呂	番馬舞秋風	2	0	0	1
				南呂	七犯玲瓏	0	0	0	1
				南呂	繡帶引	0	2	0	0
				南呂	羅江怨	36	0	0	0
				越調	山桃紅	0	0	0	1
				商調	金絡索	4	0	0	0
				商調	黃鶯學畫眉	4	0	0	0
				雙調	錦堂月	4	0	0	0
				雙調	鎖南枝半插羅江怨	0	0	1	0
				仙入雙	二犯江兒水	4	0	1	0
				仙入雙	二犯柳搖金	0	0	1	0
				仙入雙	江頭金桂	0	0	1	0
				仙入雙	風雲會四朝元	4	0	0	0
				仙入雙	攤破金字令	0	0	2	0
	小計	532				304	58	143	27

補　遺

編號	曲家姓名	作品總數	曲牌總數	宮調	曲牌名	重頭首數		非重頭首數	
						有題目	無題目	有題目	無題目
1	秦時雍	4	1	商調	鶯集畫臺	4	0	0	0
2	張守中	12	1	仙呂	羅袍歌	12	0	0	0
	無名氏	6	2	仙呂	一封書	2	0	0	0
				商調	二犯簇御林	4	0	0	0
	補遺小計	22				22	0	0	0
	上表小計	532				304	58	143	27
	總計	554				326	58	143	27

就上表歸納結果，分析如下：

一、作　家

《全明散曲》所收南曲集曲（不含散套）作家，無名氏除外，作者可考計有八十三位（秦時雍又見補遺部份），約佔南曲小令作家 64％，亦即半數以上南曲小令作家有集曲之作。前期有三十五位，後期有四十九位，後期多於前期。至於前、後期作品數，比較如下：

	重頭有題首數	重頭無題首數	非重頭有題首數	非重頭無題首數	總計
前期	130	46	22	6	204
後期	128	6	112	13	259
小計	258	52	134	19	463
無名式	68	6	9	8	91
總計	326	58	143	27	554

就作品數而言，後期略多於前期。不論作家數或作品數，南曲集曲皆後期盛於前期，為集曲盛於明，又盛於明代後期，提供了有力數據。南曲家作集曲者眾，集曲是南曲的產物，實不虛。分析如下：

（一）作曲不足十首者

前期：劉龍田、張含、沐石崗、陸之裘、周天球（以上五人各作一首）；

楊傑、沈仕、楊惇（以上三人各作三首）；劉兌、朱有燉、唐寅、楊應奎、夏言、劉良臣、顧應祥、夏言、劉泰之、張寰、楊愷、金鑾、李一元、李鈞、李丙、孫樓（以上十六人各作四首）；朱應辰（五首）；王寵、張鍊（以上二人各作八首）；祝允明、王九思、康海、秦時雍（以上四人各作九首）。

　　後期：曹大章、臧允中、殷都、王　登、程可中、沈珂、沈君謨、張積潤、沈自徵、朱世徵、何西來、王厚之、虞交俞（以上十三人各作一首）；陳與郊、沈瓚、景翩翩、馮夢龍、范晶山、張栩、張景嚴（以上七人各作二首）；宛瑜子、沈靜專、丁惟恕、陳子升（以上四人各作三首）；劉效祖、顧正誼、趙南星、施紹莘、張琦、趙近山、孫起都、卜世臣、張伯瑜（以上九人各作四首）；蘭陵笑笑生、梅鼎祚、張葦如（以上三人各五首）；史槃、薛崗（以上二人各作六首）；高濂、張茅亭（以上二人各作七首）；梁辰魚、俞琬綸（以上二人各作八首）；張鳳翼（九首）。前期僅有一首曲作的有五位，約佔百分之十五；後期有十三位，約佔百分之二十七，顯現參與作家倍增。

（二）作曲十首至二十首者

　　前期有陳鐸（十六首）、常倫（十首）；後期有沈璟（十一首）、張首中（十二首）、王化隆（十六首）。

（三）作曲二十一首至三十首者

　　前期有楊愼（二十五首）、馮惟敏（二十六首）；後期有陳所聞（二十一首）、丁綵（二十三首）。

（四）作曲三十首以上

　　後期有王驥德（三十首）。

　　就以上數據，除了王驥德個人創作數遙遙領先外，作曲十首以上，三十首以下的作家數，前、後期比例不相上下。

　　前期大家除常倫用調六支稍多外，餘皆是曲多調少之作：陳鐸用調三支，作曲十六首；楊愼用調五支，作曲二十五首；馮惟敏用調五支，作曲二十六首。後期大家除丁綵用調二支，作曲二十三首；陳所聞用調六支，作曲二十一首外，餘多是調多曲少之作：沈璟用調八支，作曲十一首；王驥德用調二十三支，作曲三十首；王化隆用調九支，作曲十五首。兩相對照，明顯看出，集曲雖盛行於全明，然前期作品多爲曲多調少之作，後期作品多爲曲少調多之作。明代後期，集曲之盛行，不在大家的多寡，在參與人口之多及新曲牌

孳衍之盛行，顯見作家創調的標新立異，一時新聲競起，格律難尋，北曲自見律殘聲冷了。

二、作　品

據前表，將集曲曲家重頭與非重頭之作比例列表分析如下：

南曲集曲重頭與非重頭比例表

編號	曲家姓名	作品總數	曲牌總數	重頭首數	非重頭首數	重頭百分比
1	劉兌	4	1	4	0	100%
2	朱有燉	4	1	4	0	100%
3	楊傑	3	1	3	0	100%
4	劉龍田	1	1	0	1	0%
5	陳鐸	16	3	16	0	100%
6	祝允明	9	2	8	1	89%
7	王九思	9	3	8	1	89%
8	唐寅	4	1	4	0	100%
9	康海	9	2	8	1	89%
10	張含	1	1	0	1	0%
11	朱應辰	5	2	0	5	0%
12	楊應奎	4	1	4	0	100%
13	夏言	4	1	4	0	100%
14	劉良臣	4	1	4	0	100%
15	顧應祥	4	1	4	0	100%
16	張寰	4	1	4	0	100%
17	劉泰之	4	1	4	0	100%
18	沈仕	3	3	0	3	0%
19	楊慎	25	5	23	2	92%
20	沐石崗	1	1	0	1	0%
21	楊悍	3	1	3	0	100%
22	常倫	10	6	5	5	50%
23	楊慥	4	1	4	0	100%
24	王寵	8	2	8	0	100%
25	金鑾	4	1	4	0	100%
26	張鍊	8	2	8	0	100%

27	李一元	4	1	4	0	100%
28	李鈞	4	1	4	0	100%
29	李丙	4	1	4	0	100%
30	陸之裘	1	1	0	1	0%
31	馮惟敏	26	5	22	4	85%
32	秦時雍	9	2	8	1	89%
33	周天球	1	1	0	1	0%
34	孫樓	4	1	4	0	100%
35	梁辰魚	8	6	0	8	0%
36	曹大章	1	1	0	1	0%
37	劉效祖	4	1	4	0	100%
38	蘭陵笑笑生	5	2	4	1	80%
39	臧允中	1	1	0	1	0%
40	陳所聞	21	6	13	8	62%
41	張鳳翼	9	4	8	1	89%
42	史槃	6	3	3	3	50%
43	殷都	1	1	0	1	0%
44	王稺登	1	1	0	1	0%
45	薛崗	6	2	6	0	100%
46	程可中	1	1	0	1	0%
47	顧正誼	4	1	4	0	100%
48	陳與郊	2	1	2	0	100%
49	梅鼎祚	5	1	5	0	100%
50	趙南星	4	2	2	2	50%
51	沈璟	11	8	2	9	18%
52	沈瓚	2	2	0	2	0%
53	王驥德	30	23	7	23	23%
54	景翩翩	2	2	0	2	0%
55	沈珂	1	1	0	1	0%
56	丁綵	23	2	9	14	39%
57	王化隆	16	10	2	14	13%
58	高濂	7	2	4	3	57%
59	馮夢龍	2	2	0	2	0%
60	俞琬綸	8	5	4	4	50%
61	宛瑜子	3	2	2	1	67%

62	沈靜專	3	2	2	1	67%
63	施紹莘	4	3	0	4	0%
64	沈君謨	1	1	0	1	0%
65	張琦	4	1	4	0	100%
66	張積潤	1	1	0	1	0%
67	沈自徵	1	1	0	1	0%
68	趙近山	4	1	4	0	100%
69	朱世徵	1	1	0	1	0%
70	范晶山	2	1	2	0	100%
71	孫起都	4	1	4	0	100%
72	張茅亭	7	1	7	0	100%
73	丁惟恕	4	2	0	4	0%
74	張葦如	5	2	4	1	80%
75	卜世臣	4	4	0	4	0%
76	陳子升	3	2	2	1	67%
77	何西來	1	1	0	1	0%
78	張伯瑜	4	1	4	0	100%
79	張栩	2	1	2	0	100%
80	張景嚴	2	1	2	0	100%
81	王厚之	1	1	0	1	0%
82	虞交俞	1	1	0	1	0%
83	張守中	12	1	12	0	100%
	小　計	463		310	153	67%
	無名氏	91	18	74	17	81%
	總　計	554		384	170	69%

　　據上表歸納結果，說明如下：

　1、作者人數

　　《全明散曲》八十三位作有集曲（非散套）可考作者中，有三十四位所作皆為重頭，約佔41%，比例最高；二十七位未作重頭作家，約佔32%，比例居次；十八位重頭之作（含）超過作品之半，約佔 21%；四位重頭之作未達作品之半的，約佔5%。而未作重頭之作家中，有十五位僅作一首，可以說集曲作家多作重頭之作。其餘重頭之作少於非重頭之作曲家，除王化隆、丁綵、沈璟三人作品超過十首外，餘皆不足十首。本文於第四章小令研究，已

得「重頭小令多於單支小令」，此節又得集曲（非散套）重頭之作亦多於非重頭之作，可得不論小令或集曲，重頭之作必多於非重頭之作。

前期集曲作家作品十首以上的有：陳鐸（十六首，用調三支）、楊慎（二十五首，用調五支）、常倫（十首，用調六支）、馮惟敏（二十六首，用調五支），四位集曲之作皆超過 50％。以上四人，除常倫外，重頭小令之作亦多於單支小令。

後期集曲作家作品十首以上的有：陳所聞（二十一首，用調六支）、沈璟（十一首、用調十支）、王驥德（三十首、用調二十三支）、丁綵（二十三首，用調二支）、王化隆（十六首，用調十支）、張守中（十二首，用調一支），六位集曲作家中，除張守中所作皆屬集曲及陳所聞重頭之作超過曲作半數外，餘皆不及半，與前期大異其趣。而此六人重頭小令之作亦多於單支小令者，僅有三人。故集曲盛於明尤盛於晚明之說，當指曲牌之翻新曲巧，是以後期集曲作家重頭之作未多於前期，而用調卻普遍增多。

2、作品總數

在總計五百五十四首南曲集曲（非散套）作品中，有題和無題的重頭集曲分別是三百二十六首和五十八首，共有三百八十四首，約佔集曲總數 69％。有題和無題的非重頭集曲分別是一百四十三首和二十七首，共有一百七十首，約佔集曲總數 31％。

第三節　宮調與曲牌

《全明散曲》南曲集曲曲牌，計有八十六調，分屬十一個宮調。以下先列集曲曲牌總表，再作分析說明。

南曲集曲曲牌總表

編號	曲牌名	宮調	作者人數	作品總數	曲家姓名	重頭首數		非重頭首數	
						有題目	無題目	有題目	無題目
1	七賢過關	南呂	2	5	劉兌	4	0	0	0
	七賢過關	南呂			梁辰魚	0	0	1	0
2	楚江情	南呂	2	5	朱有燉	4	0	0	0
	楚江情	南呂			陳子升	0	0	1	0

3	一封書	仙呂	12	28	楊傑	3	0	0	0
	一封書	仙呂			王九思	4	0	0	0
	一封書	仙呂			張含	0	0	1	0
	一封書	仙呂			楊慎	0	0	1	1
	一封書	仙呂			沐石崗	0	0	1	0
	一封書	仙呂			常倫	0	2	0	0
	一封書	仙呂			金鑾	4	0	0	0
	一封書	仙呂			秦時雍	0	0	1	0
	一封書	仙呂			蘭陵笑笑生	0	0	0	1
	一封書	仙呂			王驥德	0	0	1	0
	一封書	仙呂			宛瑜子	0	0	1	0
	一封書	仙呂			張茅亭	7	0	0	0
	一封書	仙呂	*	1	無名氏	0	0	1	0
4	孝南枝	仙入雙	1	1	劉龍田	0	0	1	0
5	二犯江兒水	仙入雙	7	17	陳鐸	4	0	0	0
	二犯江兒水	仙入雙			常倫	0	0	0	1
	二犯江兒水	仙入雙			周天球	0	0	1	0
	二犯江兒水	仙入雙			梁辰魚	0	0	2	0
	二犯江兒水	仙入雙			蘭陵笑笑生	0	4	0	0
	二犯江兒水	仙入雙			景翩翩	0	0	1	0
	二犯江兒水	仙入雙			俞琬綸	4	0	0	0
	二犯江兒水	仙入雙	*	5	無名氏	4	0	1	0
6	醉羅歌	仙呂	9	39	陳鐸	8	0	0	0
	醉羅歌	仙呂			王九思	4	0	0	0
	醉羅歌	仙呂			康海	8	0	0	0
	醉羅歌	仙呂			常倫	0	3	0	0
	醉羅歌	仙呂			王寵	4	0	0	0
	醉羅歌	仙呂			張鍊	4	0	0	0
	醉羅歌	仙呂			劉效祖	4	0	0	0
	醉羅歌	仙呂			史槃	3	0	0	0
	醉羅歌	仙呂			沈璟	0	0	1	0
	醉羅歌	仙呂	*	2	無名氏	0	0	1	1
7	金落索〔註19〕	商調	19	62	陳鐸	4	0	0	0

〔註19〕即〔金索掛梧桐〕。

	金落索	商調			祝允明	4	0	0	0
	金落索	商調			朱應辰	0	0	4	0
	金落索	商調			楊愼	0	4	0	0
	金落索	商調			陳所聞	10	0	2	0
	金落索	商調			薛崗	2	0	0	0
	金落索	商調			顧正誼	4	0	0	0
	金落索	商調			沈璟	0	0	2	0
	金落索	商調			沈瓚	0	0	1	0
	金落索	商調			王驥德	0	0	1	0
	金落索	商調			丁綵	0	0	3	0
	金落索	商調			王化隆	0	0	1	0
	金落索	商調			高濂	4	0	1	0
	金落索	商調			沈靜專	2	0	0	0
	金落索	商調			施紹莘	0	0	2	0
	金落索	商調			張琦	4	0	0	0
	金落索	商調			朱世徵	0	0	1	0
	金落索	商調			孫起都	4	0	0	0
	金落索	商調			陳子升	2	0	0	0
	金落索	商調	*	4	無名氏	4	0	0	0
8	七犯玲瓏	南呂	13	49	祝允明	4	0	1	0
	七犯玲瓏	南呂			顧應祥	0	4	0	0
	七犯玲瓏	南呂			張寰	0	4	0	0
	七犯玲瓏	南呂			劉泰之	0	4	0	0
	七犯玲瓏	南呂			楊愼	8	0	0	0
	七犯玲瓏	南呂			楊惇	0	3	0	0
	七犯玲瓏	南呂			楊愷	0	4	0	0
	七犯玲瓏	南呂			李一元	0	4	0	0
	七犯玲瓏	南呂			李鈞	0	4	0	0
	七犯玲瓏	南呂			李丙	0	4	0	0
	七犯玲瓏	南呂			梁辰魚	0	0	2	0
	七犯玲瓏	南呂			陳與郊	2	0	0	0
	七犯玲瓏	南呂			景翩翩	0	0	1	0
	七犯玲瓏	南呂	*	1	無名氏	0	0	0	1
9	錦堂月	雙調	3	3	王九思	0	0	1	0
	錦堂月	雙調			馮惟敏	0	0	1	0

	錦堂月	雙調			王化隆	0	0	1	0
	錦堂月	雙調	*	4	無名氏	4	0	0	0
10	二犯月兒高	仙呂	6	23	唐寅	4	0	0	0
	二犯月兒高	仙呂			朱應辰	0	0	1	0
	二犯月兒高	仙呂			張錬	4	0	0	0
	二犯月兒高	仙呂			馮惟敏	8	0	0	0
	二犯月兒高	仙呂			薛崗	4	0	0	0
	二犯月兒高	仙呂			丁惟恕	0	0	1	1
	二犯月兒高	仙呂	*	12	無名氏	4	4	0	4
11	月雲高	仙呂	8	12	康海	0	0	1	0
	月雲高	仙呂			陳所聞	0	0	1	0
	月雲高	仙呂			王穉登	0	0	1	0
	月雲高	仙呂			王驥德	0	0	1	0
	月雲高	仙呂			馮夢龍	0	0	1	0
	月雲高〔註20〕	仙呂			宛瑜子	2	0	0	0
	月雲高	仙呂			施紹莘	0	0	1	0
	月雲高	仙呂			張伯瑜	4	0	0	0
12	黃鶯學畫眉	商調	1	4	楊應奎	4	0	0	0
	黃鶯學畫眉	商調	*	4	無名氏	4	0	0	0
13	二犯傍妝臺	仙呂	8	26	夏言	4	0	0	0
	二犯傍妝臺	仙呂			沈仕	0	0	1	0
	二犯傍妝臺	仙呂			王寵	4	0	0	0
	二犯傍妝臺	仙呂			馮惟敏	6	0	0	0
	二犯傍妝臺	仙呂			陳所聞	3	0	2	0
	二犯傍妝臺	仙呂			張鳳翼	4	0	0	0
	二犯傍妝臺	仙呂			丁惟恕	0	0	0	1
	二犯傍妝臺	仙呂			卜世臣	0	0	1	0
	二犯傍妝臺	仙呂	*	1	無名氏	0	0	1	0
14	錦庭樂	正宮	2	5	劉良臣	4	0	0	0
	錦庭樂	正宮			常倫	0	0	0	1
15	榴花泣	中呂	1	1	沈仕	0	0	1	0
16	六么令犯	仙入雙	2	3	沈仕	0	0	1	0
	六么令犯	仙入雙			張景嚴	2	0	0	0

〔註20〕《全明散曲》目錄標〔月雲高〕，然內文標〔月高雲〕，見頁 3672。

17	羅江怨	南呂	3	18	楊愼	5	4	0	0
	羅江怨	南呂			孫樓	4	0	0	0
	羅江怨	南呂			梅鼎祚	5	0	0	0
	羅江怨	南呂	*	36	無名氏	36	0	0	0
18	四犯傳言玉女	黃鐘	1	2	楊愼	0	2	0	0
19	甘州歌	仙呂	2	3	常倫	0	0	0	1
	甘州歌	仙呂			王化隆	0	0	2	0
20	落韻鎖南枝	雙調	1	2	常倫	0	0	0	2
21	江頭金桂	仙呂	1	1	陸之裘	0	0	1	0
22	黃羅歌	商調	1	7	馮惟敏	4	0	3	0
23	倚馬待風雲	中呂	2	5	馮惟敏	4	0	0	0
	倚馬待風雲	中呂			陳所聞	0	0	1	0
24	二犯桂枝香	仙呂	4	10	秦時雍	4	0	0	0
	二犯桂枝香	仙呂			殷都	0	0	1	0
	二犯桂枝香	仙呂			沈璟	0	0	1	0
	二犯桂枝香	仙呂			張葦如	4	0	0	0
25	六犯碧桃花	南呂	1	1	梁辰魚	0	0	1	0
26	孝南歌	雙調	1	1	梁辰魚	0	0	1	0
27	六犯清音	南呂	8	10	梁辰魚	0	0	1	0
	六犯清音	南呂			史槃	0	0	2	0
	六犯清音	南呂			程可中	0	0	1	0
	六犯清音	南呂			施紹莘	0	0	1	0
	六犯清音	南呂			范晶山	2	0	0	0
	六犯清音	南呂			卜士臣	0	0	1	0
	六犯清音	南呂			何西來	0	0	1	0
	六犯清音	南呂			虞交俞	0	0	1	0
28	醉花雲	仙呂	3	3	曹大章	0	0	1	0
	醉花雲	仙呂			王驥德	0	0	1	0
	醉花雲	仙呂			卜世臣	0	0	1	0
29	番馬舞秋風	正宮	1	1	臧允中	0	0	1	0
30	九迴腸	仙呂	5	7	陳所聞	0	0	1	0
	九迴腸	仙呂			張鳳翼	2	0	0	0
	九迴腸	仙呂			史槃	0	0	1	0
	九迴腸	仙呂			高濂	0	0	2	0

	九迴腸	仙呂			張葦如	0	0	1	0
31	解袍歌	仙呂	3	3	陳所聞	0	0	1	0
	解袍歌	仙呂			沈璟	0	0	1	0
	解袍歌	仙呂			王驥德	0	0	1	0
32	鶯花皂	商調	1	2	張鳳翼	2	0	0	0
33	傍妝臺犯	仙呂	1	1	張鳳翼	0	0	1	0
34	孝南枝	雙調	1	2	趙南星	0	0	0	2
35	宜春樂	南呂	1	1	沈璟	0	0	0	1
36	醉歸花月渡	仙呂	1	1	沈璟	0	0	1	0
37	梁沙潑大香	南呂	1	1	沈璟	0	0	1	0
38	浣溪劉月蓮	南呂	1	3	沈璟	2	0	1	0
39	啄木鸝	黃鐘	1	1	沈瓚	0	0	0	1
40	錦芙蓉	正宮	1	4	王驥德	4	0	0	0
41	梧桐秋夜打瑣窗	雜調	1	1	王驥德	0	0	1	0
42	白樂天九歌	雜調	1	1	王驥德	0	0	1	0
43	五月紅樓別玉人	雜調	1	1	王驥德	0	0	1	0
44	十二紅	商調	2	2	王驥德	0	0	1	0
	十二紅	商調			俞琬綸	0	0	0	1
45	解酲歌	仙呂	1	1	王驥德	0	0	1	0
46	勝如花	羽調	1	1	王驥德	0	0	1	0
47	四季盆花燈	羽調	1	1	王驥德	0	0	1	0
48	梁州新郎	南呂	1	4	王驥德	3	0	1	0
49	山羊轉五更	商調	1	2	王驥德	0	0	2	0
50	太平花	黃鐘	1	1	王驥德	0	0	1	0
51	梧葉襯紅花	商調	1	1	王驥德	0	0	1	0
52	梧葉墮羅袍	商調	1	1	王驥德	0	0	1	0
53	黃鶯逐山羊	商調	1	1	王驥德	0	0	1	0
54	貓兒入御林	商調	1	1	王驥德	0	0	1	0
55	貓兒逐黃鶯	商調	1	1	王驥德	0	0	1	0
56	姐姐寄封書	仙入雙	1	1	王驥德	0	0	0	1

57	步步入江水	仙入雙	1	1	王驥德	0	0	1	0
58	太師接學士	南呂	1	1	沈珂	0	0	0	1
59	鎖南枝半插羅江怨	雙調	3	23	趙南星	0	2	0	0
	鎖南枝半插羅江怨	雙調			丁綵	9	0	11	0
	鎖南枝半插羅江怨	雙調			丁惟恕	0	0	0	1
	鎖南枝半插羅江怨	雙調	*	1	無名氏	0	0	1	0
60	喜漁燈	中呂	1	1	王化隆	0	0	1	0
61	鴈漁錦	正宮	1	1	王化隆	0	0	1	0
62	二犯漁家傲	正宮	1	1	王化隆	0	0	1	0
63	二犯漁家燈	中呂	1	1	王化隆	0	0	1	0
64	江頭金桂	仙入雙	2	5	王化隆	2	0	1	0
	江頭金桂	仙入雙			張栩	2	0	0	0
	江頭金桂	仙入雙	*	1	無名氏	0	0	1	0
65	三學士	南呂	1	1	王化隆	0	0	1	0
66	馬蹄花	中呂	1	4	王化隆	0	0	4	0
67	梧蓼金羅	商調	1	1	馮夢龍	0	0	1	0
68	鬧十八	雜調	1	1	俞琬綸	0	0	1	0
69	五玉枝	仙入雙	1	1	俞琬綸	0	0	0	1
70	金段子	仙入雙	1	1	俞琬綸	0	0	1	0
71	懶鶯兒	南呂	1	1	沈靜專	0	0	1	0
72	東風江水	仙入雙	1	1	沈君謨	0	0	1	0
73	公子醉東風	雙調	1	1	張積潤	0	0	0	1
74	新樣四時花	雜調	1	1	沈自徵	0	0	1	0
75	羅袍落妝臺	仙呂	1	4	趙近山	4	0	0	0
76	月照山	仙呂	1	1	卜士臣	0	0	1	0
77	玉枝供	仙入雙	1	1	王厚之	0	0	1	0
78	番馬舞秋風	中呂	*	3	無名氏	2	0	0	1
79	繡帶引	南呂	*	2	無名氏	0	2	0	0

80	山桃紅	越調	＊	1	無名氏	0	0	0	1
81	二犯柳搖金	仙入雙	＊	1	無名氏	0	0	1	0
82	風雲會四朝元	仙入雙	＊	4	無名氏	4	0	0	0
83	攤破金字令	仙入雙	＊	2	無名氏	0	0	2	0
	小計					304	58	143	27

補　遺

編號	曲牌名	宮調	作者人數	作品總數	曲家姓名	重頭首數		非重頭首數	
						有題目	無題目	有題目	無題目
1	鶯集畫臺	商調	1	4	秦時雍	4	0	0	0
2	羅袍歌	仙呂	1	12	張守中	12	0	0	0
3	一封書	仙呂	＊	2	無名氏	2	0	0	0
4	二犯簇御林	商調	＊	4	無名氏	4	0	0	0
	補遺小計					22	0	0	0
	上表小計					304	58	143	27
	總計					326	58	143	27

就上列表格分析，曲牌隸屬之宮調分別是：

南呂：七賢過關、楚江情、七犯玲瓏、羅江怨、六犯碧桃花、六犯清音、宜春樂、梁沙潑大香、浣溪劉月蓮、梁州新郎、太師接學士、三學士、懶鶯兒、繡帶引，計十四調。

仙呂：一封書、醉羅歌、二犯月兒高、月雲高、二犯傍妝臺、甘州歌、江頭金桂、二犯桂枝香、醉花雲、傍妝臺犯、醉歸花月渡、九迴腸、解袍歌、解醒歌、羅袍落妝臺、月照山、羅袍歌、計十七調。

仙呂入雙調：孝南枝、二犯江兒水、六么令犯、姐姐寄封書、步步入江水、江頭金桂、五玉枝、金段子、東風江水、玉枝供、二犯柳搖金、風雲會四朝元、攤破金字令，計十三調。

商調：金落索、黃鶯學畫看、黃羅歌、鶯花皂、十二紅、山羊轉五更、梧葉襯紅花、梧葉墮羅袍、黃鶯逐山羊、貓兒入御林、貓兒逐黃鶯、梧蓼金羅、鶯集畫臺、二犯簇御林，計十四調。

雙調：錦堂月、落韻鎖南枝、孝南歌、孝南枝、鎖南枝半插羅江怨、公
　　　子醉東風，計六調。

正宮：錦庭樂、番馬舞秋風、錦芙蓉、鴈漁錦、二犯漁家傲，計五調。

中呂：榴花泣、倚馬待風雲、二犯漁家燈、馬蹄花、番馬舞秋風、喜漁
　　　燈，計六調。

黃鐘：四犯傳言玉女、啄木鸝、太平花，計三調。

雜調：梧桐秋夜打瑣窗、白樂天九歌、五月紅樓別玉人、鬧十八、新樣
　　　四時花，計五調。

羽調：勝如花、四季盆花燈，計二調。

越調：山桃紅，計一調。

以上八十六調，以【仙呂宮】十七調爲最多。若扣除僅一人創作的五十
四調，及無名氏創作八調，二人以上創作的集曲曲牌才二十四調。若把十人
以上染指創作的曲牌，稱爲常用曲牌，依序爲：金落索、七犯玲瓏、一封書，
三調而已，數量極少。

　　曲牌使用者寡，作品一定少；曲牌使用次數多，並不一定等同作品數量
多。由上表統計，得知創作人數排序前十的集曲曲牌（加＊者，爲含無名氏
作品），依次爲：＊金落索（十九人）；＊七犯玲瓏（十三人）；＊一封書（十
二人）；＊醉羅歌（九人）；月雲高、二犯傍妝臺、六犯清音（以上三調作者
皆爲八人）；二犯江兒水（七人）；二犯月兒高（六人）；九迴腸（五人）。

　　而作品數排序前十的集曲曲牌，依次爲：金落索（六十六首）；羅江怨（五
十四首）；七犯玲瓏（五十首）；醉羅歌（四十一首）；二犯月兒高（三十五首）；
一封書（二十九首）；二犯傍妝臺（二十七首）；瑣南枝半插羅江怨（二十四
首）；二犯江兒水（二十二首）；月雲高（十二首）。

　　大致看來，作品數與作者人數仍呈正比例，曲的聲歌部份雖已不傳，從
曲牌使用頻率，依舊可窺曲壇流行概況。

　　曲牌使用頻率最高的〔金落索〕，作品數在集曲作品中仍居冠外，〔七犯
玲瓏〕創作數卻不如〔羅江怨〕；〔一封書〕的作品總數亦不及〔醉羅歌〕、〔二
犯月兒高〕。若有大家的參與，作品數則明顯提升，如〔金落索〕有陳所聞多
產作家參與；〔七犯玲瓏〕有楊愼、梁辰魚、陳與郊的參與；〔一封書〕及〔醉
羅歌〕皆有王九思參與；〔二犯月兒高〕有馮惟敏的參與，作品數大增。可知
作者數多不意謂作品數多。作品數多也許是因作者數多，更可能是有多產作

家參與。由此，更見個人偏好與風格。如可考作家作〔金落索〕總計六十二首，陳所聞一人即作了十首，其餘曲作皆在五首以下，可見陳所聞好用【商調·金落索】抒懷。〔羅江怨〕則是無名氏作品數超越可考作家作品數，無名氏的影響力不可忽視，在此又一證。

在作者數排名前五的七個曲牌中，〔金落索〕屬【商調】，〔七犯玲瓏〕、〔六犯清音〕屬【南呂宮】，餘四個曲牌皆屬【仙呂宮】，也可以說明代曲家愛作近喜感的【仙呂宮】集曲。

不論就作者數或作品數言，前十支常用集曲曲牌，有八支產生於前期，其中〔六犯清音〕為梁辰魚始作，梁辰魚正是前後期之界，屬後期之初期作家。唯〔鎖南枝半插羅江怨〕是產生於後期的曲牌，可考作者僅趙南星、丁綵、丁惟恕三人，總計二十四首作品，丁綵獨寫二十一首，是曲多調少作家，亦非常用曲牌。說明著，集曲使用在明代前期已極發達，非至晚期集曲才流行。

梁辰魚之前，使用之集曲曲牌才二十八調，梁辰魚之後，扣除純無名氏之作，使用之集曲曲牌，有五十八調，足足是前期四倍多，主因是新曲暴增之故。前期所用之二十八調，僅一人有作品的才只有九調，然在後期五十八調中，卻只有六調是二人以上之作，餘五十二調皆僅見一人之作，其中三十六調為一人一曲之作，集曲之新生，可見一斑。一般學者所謂南曲盛行後集曲乃盛行之說，當指集曲新曲之衍生而言，不能做為明代散曲前、後期分野之界。看上表編號二十七後曲牌名之翻新，可見文人立異之力，再再印證文人好奇鬥巧，別立新名，以炫耳目之習，及任中敏謂「不復用同調」景況。

若就個人創作言，無名氏除外，前期曲家用調最多者為常倫，使用了六調，次為楊慎、馮惟敏，各用了五調，用調三個的有三位曲家，用調二個的有六位曲家，餘二十二位曲家皆只用了一調，用調二個以上的才佔 35%。後期卻不然，後期四十九位曲家（含補遺部份之張守中），有二十七位曲家僅使用了一調，其餘個人用調數超乎前期甚多：王驥德用調二十三支；王化隆用調十支；沈璟用調八支；梁辰魚、陳所聞各用調六支；張鳳翼、卜世臣用調四支；史槃、施紹莘用調三支；蘭陵笑笑生、薛崗、趙南星、沈瓚、景翩翩、丁綵、高濂、馮夢龍、宛瑜子、沈靜專、丁惟恕、陳葦如、陳子升等十三人皆用調二支。曲牌之創新，之炫人耳目，全在單調單曲之多。王驥德使用了二十三調，個人創調十七支，有十四調僅作一曲，尤為爭巧。沈璟創調四支，

有三調僅作一曲，王化隆創調四支，俞琬綸創調三支，皆一曲之作。爭奇鬥巧之盛，度越前期，大曲家、小曲家皆然。奇巧歸奇巧，純爲個人偏好，並未蔚爲風潮，屬於常用曲牌全屬前期之作可證。

在常用曲牌中，無名氏皆有作品，無名氏亦創調七支。論曲壇流行概況，無名氏當佔有一席之地。

小　結

集曲盛行於崑腔成熟之後。集曲有協調劇情，統一「戲」、「曲」舞臺效果之功，亦難免有宮調亂用之弊。《全明散曲》南曲集曲可考作家八十三位，約佔南曲小令作家 64%，即半數以上南曲小令作家有集曲之作，其中南曲作家集曲之作又多於北曲作家。前期集曲大家多曲多調少之作，後期多曲少調多之作。單調單曲之作，爲集曲之大宗，說明集曲之盛在參與曲家之眾，曲牌新生之盛。集曲重頭之作多於非重頭之作，同於重頭小令多於單支小令，曲家習用重頭抒懷，於小令與集曲之作，可見一斑。

《全明散曲》南曲集曲曲牌，計有八十六調，分屬十一個宮調，以【仙呂宮】調數居冠。作品數前十的集曲常用曲牌，依序爲：金落索、羅江怨、七犯玲瓏、醉羅歌、二犯月兒高、一封書、二犯傍妝臺、二犯江兒水、瑣南枝半插羅江怨、月雲高。創作人數前十的集曲曲牌，依序爲：金落索、七犯玲瓏、一封書、醉羅歌、月雲高、二犯傍妝臺、六犯清音、二犯江兒水、二犯月兒高、九廻腸。二者不盡相同，乃因若該調有大家參與，作品數必大幅提升之故。

第六章　南曲散套聯套研究

第一節　概　況

　　套曲是一種音樂形式，因此必須按照音樂的要求，在結構上保持音樂的完整性。它的結構基礎，在於將若干單支曲牌按一定章法組成，相聯成套，形成一組結構嚴密，形式完整的套曲。南曲聯套，至無一定，然自梁辰魚《江東白苧》詞後，其聯絡貫串處，又似有一定不可更改之處，吳梅以爲「大抵小齣可以不拘（即丑淨過脈處，俗謂之饒戲），大齣則全套曲牌各有定次，前後聯貫，不能倒置。作者順其次序，按譜塡之，不可自作聰明，致有冠履倒易之謂。」〔註1〕

　　南曲聯套之法，大抵引子曲在前，過曲居中，尾聲殿後，中間之曲可以增刪改易及前後倒置。即引子必用於出場時，尾聲必用於歸結處，中間各曲，孰前孰後頗難一定。然慢曲必在前、急曲必在後，則爲無定中之定則。至於可慢可急之曲，置前、置後皆可。引子與尾聲視作獨立性質，不必與過曲音節論序列。

　　除此外，南詞聯套，特例甚多，汪經昌《曲學例釋》卷二載其特例有四，摘要敘述如下：〔註2〕

　　一、聯套原則，本以同宮同笛色之曲牌相聯爲限，然實際上，同管色而

〔註 1〕 見吳梅著《顧曲麈談》，頁 237。
〔註 2〕 見汪經昌著《曲學例釋》，頁 88～89。

異宮之曲牌亦可相聯,謂之借宮。孰可借孰不可借,或須取決於樂程之進展,或須斟酌於曲情之變化,純在意會,非盡可著相以求。

二、引子在套前,原係獨立地位,然部分過曲,又兼具引子性質。設聯用此類牌調數隻,則第一隻視作引子,以次數隻均作過曲填製。若一律作成過曲,自非當行手筆。

三、南詞集曲甚多,在套內視作獨立性質,搭配使用,原不受前後曲牌之影響。然何隻集曲,可與其它過曲相間用。何隻集曲,可自成一套,亦非漫無規則。大抵在散套中插用集曲,應從樂程上求其勻稱。在曲劇套中,又須從場面上求其吻合。

四、引子與尾聲,例居套數之首尾,然亦有不用引子及尾聲者,在曲劇套中,甚屬常見。求其運用適當,必先注意成譜規格。

鄭騫於《北曲套式彙錄詳解·序例》中亦云:

> 雜劇散曲,每有其專用之套式而不相通假。雜劇用者偶可通用於散
> 曲,散曲用者極少通用於雜劇。〔註3〕

雖然鄭氏說的是北曲套式,在南曲聯套中,散套與劇套亦當有所分別。因此,辨明體式,實為重要。吳梅於《顧曲麈談》即云:

> 體式不名,任取一曲填之,以丑角或唱〔懶畫眉〕,生旦反用〔普賢
> 歌〕,張冠李戴,實為笑柄。……是故填詞者謹守宮譜外,第一當明
> 體式。〔註4〕

南曲聯套,特例雖多,總以求樂曲之勻稱,合曲情之變化為要。本章乃歸納南曲套式實況,以尋前人成譜規格。為方便計數,先分類統計,再依一般聯套、重頭聯套、南北合套、其他聯套四節分述之。各套若同時具有二類以上之特性者,在本表中僅列其一,概不二見,而於各節分述時,再並見析論。各類套式先依有尾聲、無尾聲分為二類,再依可考作者與無名氏二小類表述。下列數目皆以套為單位。

〔註 3〕見鄭騫著《北曲套式彙錄詳解》,頁 3。
〔註 4〕見吳梅著《顧曲麈談》,頁 234。

全明散曲南曲散套總表

宮調	一般聯套				重頭聯套				循環聯套				含子母調聯套		南北合套				含帶過曲聯套				有尾總數		無尾總數		總計
	有尾		無尾		有尾		無尾		有尾		無尾		有尾		有尾		無尾		有尾		無尾						
	可考	無名	可考	無名	可考	無名	可考	無名	可考	無名	可考	無名	可考	無名	可考	無名	可考	無名	可考	無名	可考	無名	可考	無名	可考	無名	
仙呂	80	11	7	0	9	1	5	1	0	0	0	0	4	2	2	0	0	0	0	0	0	0	95	14	12	1	122
羽調	6	0	1	0	0	0	0	0	0	0	0	0	0	0	0	0	0	0	0	0	0	0	6	0	1	0	7
正宮	41	1	3	0	1	4	0	0	25	2	0	0	1	0	3	2	0	1	1	1	0	0	72	10	3	1	86
大石調	12	0	0	0	0	0	0	0	0	0	0	0	0	0	0	0	0	0	0	0	0	0	12	0	0	0	12
中呂	70	9	3	0	1	1	4	0	1	0	0	0	1	0	8	2	0	0	0	0	0	0	81	12	7	0	100
南呂	136	13	5	2	2	1	16	0	0	0	0	0	0	0	6	2	0	0	0	0	0	0	144	16	21	2	183
黃鐘	42	21	8	2	0	0	3	0	0	0	0	0	0	0	9	1	0	0	3	0	0	0	54	22	11	2	89
越調	9	2	1	0	3	2	1	0	0	0	0	0	0	0	2	2	0	1	1	1	0	0	15	6	2	1	24
商調	171	12	6	1	3	1	13	0	0	0	0	0	4	0	3	2	0	0	1	1	0	0	182	16	19	1	218
小石調	2	0	1	0	0	0	1	0	0	0	0	0	0	0	0	0	0	0	0	0	0	0	2	1	1	0	4
雙調	10	4	1	0	1	0	1	0	0	0	0	0	0	0	4	0	3	0	22	7	23	1	37	11	28	1	77
仙呂入雙	123	9	4	1	1	1	4	0	0	0	1	0	0	0	0	0	0	0	0	0	0	0	124	10	9	1	144
雜調	2	0	0	0	0	0	0	0	0	0	0	0	0	0	0	0	0	0	0	0	0	0	2	0	0	0	2
總計	704	82	40	6	21	11	47	1	26	2	1	0	10	2	37	11	3	2	28	10	23	1	826	118	114	10	1068

　　就上表所列，可知南曲散套，以商調套數最多。其次爲南呂宮、仙呂入雙調、仙呂宮、中呂宮，餘皆不滿百套。小石調、羽調、雜調，甚或不足十套。故南曲雖有十三宮調，作品數超過二十套之宮調，亦不過九個而已。南曲散套總計一千零六十八套，可考作者作九百四十套，約佔 88%；無名氏作一百二十八套，約佔 12%。其中有尾聲作品計有九百四十四套，約佔 88%。無尾聲作品計有一百二十四套，約佔 12%。大石調、雜調全爲有尾聲之作。可知南曲散套，以有尾聲爲常格，無尾聲爲變格，各宮調有尾聲之作比例，

依序如下：正宮 94％；仙呂入雙調 93％；中呂宮 92％；商調 91％；仙呂宮89％；越調 88％；南呂宮 87％；羽調 86％；黃鐘宮 85％；小石調 75％；雙調 62％。但任中敏於《散曲概論‧體段》云：

> 芝菴論曲所謂：「有尾聲名套數。」乃通常之情形也。元曲散套，已
>
> 多無尾聲者，明時散套更不待言矣。〔註5〕

揆之上述數據比例，任氏之說有待修正。且鄭騫以元代北曲散套爲例，北曲散套亦以有尾聲爲格律，無尾聲者僅爲特例，亦非如任氏所謂「元曲散套，已多無尾聲者」的情形。〔註6〕

第二節　一般聯套的探討

任中敏論散套體段分「有尾聲」、「無尾聲」二類，二類中若再依尋常散套與重頭散套細分，可得「尋常散套」、「重頭加尾聲」、「尋常散套無尾聲」、「重頭無尾聲」四類。〔註7〕尾聲之有無，實攸關組套常習。尾聲在套式內，雖居於獨立地位，然其用法，仍須視每套聯牌情形而定。汪經昌《曲學例釋》卷二云：

> 大抵凡拈一調疊作二隻或四隻六隻八隻以成套式者，如朝元令疊用
>
> 四隻祝英臺之類，或僅用二種曲牌，而各止一二曲者，如風入松二
>
> 隻急三槍二隻相間聯套之類，則多不用尾聲，此通例也。至其聯用
>
> 某類曲牌，須配某式尾聲，備載譜律，可資稽覈。〔註8〕

是以選詞協律，實非易事，若有「譜律」可尋，則可收「稽覈」之便。一般聯套係指依引子、過曲、尾聲之常格組套者，是爲聯套之正格，即任中敏所謂「尋常散套」者。《全明散曲》中一般聯套計有八百三十二套，約佔全明散曲南曲散套 78％。可考作者作七百四十四套，約佔 89％；無名氏作八十八套，約佔 11％。茲分有尾聲、無尾聲探討如下：

一、有尾聲

共有七百八十六套，可考作者作七百零四套，無名式作八十二套，約佔

〔註 5〕見任中敏輯《散曲叢刊‧散曲概論‧體段》卷一，頁 16。

〔註 6〕詳見鄭騫著《北曲套式彙錄詳解》。

〔註 7〕見任中敏《散曲叢刊‧散曲概論‧體段》，頁 16。

〔註 8〕見汪經昌著《曲學例釋》，頁 114。

一般聯套94％，以有尾聲爲常格。任中敏《散曲概論・體段》云：

> 南尾聲則極簡單，句法平仄，雖爲宮調而異，但大抵十二板。故尾
> 聲又名十二時。又北尾聲亦稱煞、尾、煞尾、收尾、結音、慶餘。
> 南尾聲亦稱餘音、餘文、意不盡、情不斷、十二拍尾。〔註9〕

南曲散套尾聲稱名，已列於第三章第三節，再依各宮調作品數歸納列表如下：

一般聯套尾聲總表

名稱＼宮調	尾聲	尾	尾文	餘音	餘文	尚輕圓煞	意不盡	隨煞	有結果煞	意難忘	尚繞梁煞	小尾	有餘情煞	十二時	鳳毛兒	總計
黃鐘	49	3	3	4	3	0	0	0	0	0	0	0	0	1	0	63
正宮	35	1	2	2	1	1	0	0	0	0	0	0	0	0	0	42
仙呂	69	6	6	2	6	0	2	0	0	0	0	0	0	0	0	91
中呂	61	5	4	1	5	0	0	1	0	0	0	0	0	1	1	79
南呂	111	6	14	7	10	0	0	0	0	0	0	0	0	1	0	149
大石調	10	0	1	0	1	0	0	0	0	0	0	0	0	0	0	12
小石調	2	0	0	0	0	0	0	0	0	0	0	0	0	0	0	2
雙調	12	0	1	0	1	0	0	0	0	0	0	0	0	0	0	14
仙入雙	102	14	7	2	4	0	1	0	1	0	0	0	0	1	0	132
商調	142	7	17	8	4	0	1	0	0	1	1	1	0	1	0	183
越調	7	0	0	2	0	0	0	0	0	0	0	0	1	0	0	11
羽調	6	0	0	0	0	0	0	0	0	0	0	0	0	0	0	6
雜調	2	0	0	0	0	0	0	0	0	0	0	0	0	0	0	2
總計	608	42	55	28	36	1	4	1	1	1	1	1	1	5	1	786

　　由上表得知，用〔尾聲〕者居多，共六百零八套，約佔一般聯套 77％。
其次，依序爲：用〔尾文〕者共五十五套，約佔 7％；用〔尾〕者共四十二套，
約佔 5％；用〔餘文〕者共三十六套，約佔 4.5％；用〔餘音〕者共二十八套，
約佔 3.5％。其餘〔尚輕圓煞〕、〔意不盡〕、〔隨煞〕、〔有結果煞〕〔意難忘〕、
〔十二時〕、〔尚繞梁煞〕、〔小尾〕、〔十二時〕、〔鳳毛兒〕之稱名，共用十六
套，總佔一般聯套 2％而已，除〔意不盡〕外，皆爲孤例。卻無任中敏所謂〔情
不斷〕、〔十二拍尾〕之稱名。

〔註 9〕見任中敏輯《散曲叢刊・散曲概論》卷一，頁28。

二、無尾聲

無尾聲之作共有四十六套，可考作者作四十一套，無名氏作六套，約佔一般聯套 6%。元人散曲，多有尾聲。無尾聲之例，任中敏《散曲概論‧用調》歸納為三種情形，摘要敘述如下：〔註10〕

甲、所用曲調有特別情形者不用尾，如無名氏貨郎擔雜劇，南呂一套一枝花後，用九轉貨郎兒，九轉既完，樂遂闋，不用尾。

乙、用帶過曲作結者則省尾。

丙、所用之末調可以代替尾聲者，則不再用尾。

若以鄭騫所言，元人散套絕無此一情形。而貨郎擔雜劇是為劇套，不知任氏何據抑或誤採明代北曲之誤。任中敏又以為「南曲尋常無尾者，在散曲中極少。有之則所謂重頭無尾者也」。〔註11〕若以《全明散曲》統計言之，任氏之說亦謬。南曲一般聯套中，無尾之套用作結曲之曲牌如下：

仙呂：排歌（二套）。園林好（一套）。涼草蛩（一套）。清江引（一套）。
　　　▲解三酲（一套）。朝天子（一套）。

羽調：▲黃鶯兒（一套）。

正宮：朱奴兒（一套）。▲香柳娘（一套）。一撮棹（一套）。

中呂：麻婆子（一套）。美娘兒（一套）。清江引（一套）。

南呂：玉嬌枝（一套）、皂羅袍（一套）、惜芳春（一套）。▲鑔鍬兒（一
　　　套）。簇御林（一套）。▲三學士（一套）。尾犯序（一套）。

黃鐘：月裡嫦娥（一套）。歸朝歡（七套）。大勝樂（一套）。一撮棹（一
　　　套）。

越調：▲鬥黑麻（一套）。

商調：滿園春（一套）。▲簇御林（三套）。皂羅袍（一套）。▲貓兒墜桐
　　　花（一套）。▲憶鶯兒（一套）。

小石調：傾杯序（一套）。

雙調：▲憶多嬌（一套）。

仙入雙：夜雨打梧桐（一套）。清江引（三套）。江頭金桂（一套）。

以上標▲者，為連用二支或三支之曲牌。並見於二宮調之同名曲牌有：

一撮棹：黃鐘宮、正宮。

〔註10〕見任中敏輯《散曲叢刊‧散曲概論‧用調》卷一，頁 30～31。
〔註11〕見任中敏輯《散曲叢刊‧散曲概論‧用調》卷一，頁 31。

　　清江引：仙呂宮、中呂宮。

　　皂羅袍、簇御林：南呂宮、商調。

　　上列南曲一般聯套用作結曲曲牌，只有三十調。其中，除【黃鐘宮】以〔歸朝歡〕作結有七例，【仙呂入雙調】以〔清江引〕作結有三例外，及【仙呂宮】、【中呂宮】各有一例以〔清江引〕作結外，餘皆為孤例。

　　南曲聯套無尾情形，大致有下列情形：

　　（一）一調連用二支或三支者，多省尾聲，此即任中敏所謂「兩牌各作二曲以成套者，固可無尾聲。即三牌或四牌各作二曲四曲不等以成一套者，亦可無尾聲。」者。〔註12〕計有十套，約佔一般聯套無尾聲之作的五分之一，佔一般聯套的百分之一，比例極微。調有十支：香柳娘（正宮）；解三酲（仙呂宮）；鏵鍬兒、三學士（南呂宮）；憶多嬌（雙調）；簇御林、貓兒墜桐花、憶鶯兒（商調）；鬥黑麻（越調）；黃鶯兒（羽調）。除商調〔貓兒墜桐花〕連用三支外，餘皆連用二支。

　　（二）結曲為孤例之套式，大抵為短套，全套所用曲牌不超過五支。結曲為孤例之曲牌，計有十九調：月裡嫦娥（該套總用三調，以下括號內為該套使用總調數）、大勝樂（四調）、一撮棹（二調）、朱奴兒（四調）、排歌（二調）、園林好（四調）、涼草蚱（四調）、麻婆子（四調）、美娘兒（四調）、鳳毛兒（五調）、玉嬌枝（三調）、皂羅袍（二或三調）、惜芳春（五調）、尾犯序（四調）、傾杯序（三調）、夜雨打梧桐（二調）、江頭金桂（四調）、滿園春（二調）簇御林（二調）。

　　（三）非孤例之結曲僅有三調：歸朝歡（黃鐘宮）、排歌（仙呂宮）、清江引（仙呂入雙調）。若扣除二曲成套的〔排歌〕，一般聯套習用結曲僅剩二調，即【黃鐘宮】習用〔歸朝歡〕、【仙呂入雙調】習用〔清江引〕作結。

　　（四）南曲無尾散套，亦有以集曲作結者，如【仙呂入雙調】之〔夜雨打梧桐〕、〔江頭金桂〕；【商調】之〔貓兒墜桐花〕、〔憶鶯兒〕。以小曲作結者，則有【中呂宮】之〔美娘兒〕。

第三節　重頭聯套的探討

　　重頭聯套係指一個曲牌重複使用聯套者。

〔註12〕見任中敏輯《散曲概論》卷一，頁31～32。

任中敏《散曲概論》以為「頭尾悉同之調，一再重複用之」是為重頭，〔註13〕「用一調重頭以成套」是為「重頭散套」，〔註14〕南曲始有之。此疊用曲牌大多係細曲，引子可有可無，亦可不用尾聲。《全明散曲》中重頭散套共有八十套，約佔全明散曲南曲散套7%。可考作者作六十八套，約佔重頭聯套85%；無名氏作十二套，約佔15%。十套以上的宮調依序為：南呂宮、商調、仙呂宮，餘皆不滿十套。大石調、羽調、雜調無重頭散套作品。茲分有尾聲、無尾聲探討如下。

一、有尾聲

共有三十二套，可考作者作二十一套，無名氏作十一套，約佔重頭聯套40%，是唯一有尾聲作品少於無尾聲作品的聯套。任中敏以為「重頭加尾聲之套」濫殤於「至簡之北套」，載於《散曲概論·體段》：

> 至簡之北套，有僅一調一煞者，稍長則為一調、一么篇、一煞。此一調一么而加以一煞之格局，不啻即南套中重頭加尾聲之濫殤矣。
> 〔註15〕

任氏之說，以全元散曲觀之，並無此情形，不知任氏何據。

重頭聯套有尾聲之作，以【仙呂宮】的十套為最多，其次為【正宮】，【越調】各有五套，餘各宮調作品皆不足五套，【大石調】、【羽調】、【雜調】甚至無重頭散套，【黃鐘宮】僅有重頭散套無尾聲之作。

其重頭用調，實有定則。任中敏《散曲概論·體段》載明：

> 套中重頭與小令中之重頭不同。凡調之能為小令者，即無不可為小令重頭。至於調之可以聯套者，則不必其皆可重頭加尾而成套也。……蓋宜疊用者，方可以屢用前腔，加尾成套。勿疊用者，必不能如是也。

全明散曲南曲中重頭有尾聯套可疊用之曲牌、疊用次數及作品總數如下：

> 仙呂：皂羅袍（二支、一套）。八聲甘州（四支、一套）。甘州歌（四支、七套）、解三醒（四支、一套）。
>
> 正宮：錦亭樂（四支、五套）。

〔註13〕見任中敏輯《散曲叢刊·散曲概論·體段》，頁20。
〔註14〕見任中敏輯《散曲叢刊·散曲概論·體段》卷一，頁30。
〔註15〕見任中敏輯《散曲叢刊·散曲概論·體段》卷一，頁30。

中呂：古輪臺（二支、一套）、尾犯序（四支、一套）。

南呂：梁州序（四支、一套）、奈子花犯（四支、一套）。六犯清音（四支、一套）。

越調：綿搭絮（四支、一套）。番山虎（四支、四套）。

商調：四犯黃鶯兒（二支、一套）。高陽臺（四支、一套；八支、一套）、黃鶯學畫眉（四支、一套）。

小石調：罵玉郎（四支、一套）。

雙調：鎖南枝（二支、一套）。

仙入雙：四朝元（四支、一套）。

以上所列各宮調疊用加尾聲以成套之曲牌，總計十八調隸屬九個宮調。其重頭次數，或二或四或八，皆成雙。以疊用四次居多，計有二十七套，約佔重頭聯套 84%，可以說重頭聯套有尾以疊用四次為常，是以重頭聯套多為短套。疊用二次者有四套；疊用八次者，僅商調〔高陽臺〕一調，為南曲重頭疊用次數最高者。與任中敏《散曲概論・體段》所言「其重頭之數，為二、為四、為六，皆成雙。間有如三仙橋，用者多作三枝，是特殊者也」微有異處，〔註16〕南曲散曲重頭加尾聲之套，並無疊用六次者。且各重頭曲牌，除〔錦亭樂〕作有五套、〔甘州歌〕作有七套、〔番山虎〕作有四套外，餘皆為孤例。

二、無尾聲

共有四十八套，可考作者作四十七套，無名氏作一套，約佔重頭聯套 60%，亦是全明散曲南曲套數無尾聲作品的大宗，以【南呂宮】十六套居冠，【商調】以十三套次之，餘皆不及十套。是以任中敏謂之「重頭成套，本以不加尾聲為原則，所以加尾聲者，多因文意方面，必須有幾句結束之語耳。」〔註17〕故重頭聯套多無尾聲。

重頭無尾聲套數，亦南曲中始有之，任中敏以為沈璟是立說最早者，其《散曲概論・用調》云：

> 沈璟南曲譜曰，一個牌名做二曲，或四曲、六曲、八曲及兩個牌名各止一二曲者，俱不用尾聲。此重頭無尾聲立說最早者也。〔註18〕

〔註16〕見任中敏輯《散曲叢刊・散曲概論・體段》卷一，頁31。
〔註17〕見任中敏輯《散曲叢刊・散曲概論・體段》卷一，頁30。
〔註18〕見任中敏輯《散曲叢刊・散曲概論・體段》卷一，頁31。

沈氏之說，泛指不用尾聲之例，任中敏進一步說明重頭無尾聲之例宜含：

> 一牌做兩曲四曲不等，與兩牌各做二曲以成一套者，固可無尾聲，
> 即三牌或四牌各做二曲四曲不等以成一套者，亦可無尾聲。此三牌
> 或四牌之前加用引子者亦有之，是皆在重頭無尾聲之列也。又兩牌
> 之重頭有相間以列者，惟其每牌不止一首，而為重頭，故亦可無尾
> 聲。〔註19〕

至於重頭散套義界，個人以為任中敏「用一調重頭以成套」最為精確。因此本節論述以「一調重頭以成套」之套式為界，其它如沈璟所謂「二個牌名」各止一、二曲者，或如任中敏所謂「三牌或四牌各做二曲四曲不等以成一套者」及「三牌四牌之前加用引子者」併入一般聯套論述，而將「兩牌重頭有相間以列者」，劃入循環聯套以論。

任又敏《散曲概論・體段》又云：

> 總之，既以一調或諸調重頭以組套，則引與尾之有無，皆可任意焉。
>
> 特尾聲之無，益為注目耳。〔註20〕

由此可知，具重頭聯套之前提，尾聲始可任意有無。全明散曲南曲中重頭無尾共有四十八套，其使用之曲牌及重頭次數，作品數如下：

仙呂：二犯桂枝香（二支、一套）。九迴腸（二支、一套）。桂枝香（四支、二套）。甘州歌（四支、一套）。醉羅歌（四支、一套）。

中呂：石榴花（四支、一套）。駐馬聽（四支、一套）、駐雲飛（四支、一套）。尾犯序（四支、一套）。

南呂：解三酲（三支、二套；四支、二套）。賀新郎（四支、一套）。梁州賀新郎（四支、一套）。梁州新郎（四支、一套）。〔註21〕紅衲襖（四支、一套）。懶畫眉（四支、二套；八支，一套）。紅錦袍（四支、一套）。〔註22〕宜春令（四支、二套）。六犯清音（四支、一套）。一江風（四支、一套）。

黃鐘：降黃龍（二支、一套）。畫眉序（四支、二套）。

越調：綿搭絮（四支、一套）。

〔註19〕見任中敏輯《散曲叢刊・散曲概論・體段》卷一，頁31～32。
〔註20〕見任中敏輯《散曲叢刊・散曲概論・體段》卷一，頁32。
〔註21〕即〔梁州賀新郎〕。
〔註22〕即〔紅衲襖〕。

商調：黃鶯兒（四支、五套）。山坡羊（四支、一套）。集賢賓（四支、一套）。金索掛梧桐（四支、五套）。高陽臺（六支、一套）。

雙調：鎖南枝（四支、一套）。

仙入雙：二犯江兒水（四支、二套）。朝元歌（四支、一套）。柳搖金（四支、一套）。

以上所列各宮調疊用成套不加尾聲之曲牌，計有二十九調，隸屬八個宮調。其重頭次數亦多成雙。疊用二次者有三套，疊用三次者有二套，疊用四次者有三十九套，疊用六次者有一套，疊用八次者有一套。與有尾聲之套同，皆以疊用四次爲常。疊用六次者僅【商調】〔高陽臺〕一調（在有尾稱聲之例中，是疊用八次）。【南呂宮】〔懶畫眉〕可疊用四次與八次。疊用三次的【南呂宮】〔解三酲〕是南曲重頭散套唯一疊次爲單數的曲牌，是較特殊的一調。各重頭曲牌，除〔桂枝香〕有二套、〔解三酲〕有四套、〔懶畫眉〕有三套、〔黃鶯兒〕有五套、〔金索掛梧桐〕有五套外，餘皆爲孤例。

總之，在南曲散套中，重頭聯套是無尾聲作品多於有尾聲作品的唯一套式。蓋一調連用，多不用尾聲，汪經昌以爲是南曲聯套「通例」。〔註23〕至於疊用原則，歸納如下：

（一）重頭曲牌疊用次數多成雙，以疊用四次爲常。疊用次數爲單的曲牌，僅見於無尾聲之作的【南呂宮】〔解三酲〕一調，疊用三次。疊次最多爲八，有尾聲之作有【商調】〔高陽臺〕一調；無尾聲之作有【南呂宮】〔懶畫眉〕一調。

（二）同一曲牌，在有尾與無尾套中，疊用次數各不同。【商調】〔高陽臺〕一調在無尾聲套中疊用六次，在有尾套中疊用八次。然【雙調】〔鎖南枝〕有尾疊用二次，少於無尾疊用四次，只能說疊與不疊，以及疊用次數，當視曲情而定。至於同在無尾之例，疊用次數不同的有〔懶畫眉〕有疊用四次、八次之異；同在有尾之例，〔高陽臺〕亦有疊用四次、八次之異。

（三）重頭散套加尾聲以成套與重頭散套無尾聲所疊用之曲牌，大抵不相類，並見二類之曲牌如下：

〔註23〕見《曲學例釋》卷二：「大抵凡拈一調疊作二隻或四隻六隻八隻以成套式者，如朝元令疊用四隻，祝英臺疊用四隻之類。或僅用二種曲牌，而各止一二曲者，如風入松二隻急三槍二隻相關聯套之類，則多不用尾聲，此通例也。」頁114。

仙呂：甘州歌（有尾、無尾皆疊用四次）。

中呂：尾犯序（有尾、無尾皆疊用四次）。

南呂：六犯清音（有尾、無尾皆疊用四次）。

越調：綿搭絮（有尾、無尾皆疊用四次）。

商調：高陽臺（有尾疊用四次與八次，無尾疊用六次）。

雙調：鎖南枝（有尾疊用二次，無尾疊用四次）。

亦即僅有〔甘州歌〕、〔尾犯序〕、〔六犯清香〕、〔綿搭絮〕四調，疊用四次，不論加尾聲與否皆可成套，若〔鎖南枝〕、〔高陽臺〕疊用次數則有異。

（四）疊用曲牌中，亦含集曲：錦亭樂、甘州歌、柰子花犯、六犯清音、四犯黃鶯兒、黃鶯學畫眉、番山虎，以上七調用於有尾聲之套。二犯桂枝香、九迴腸、甘州歌、醉羅歌、梁州賀新郎、紅錦袍、六犯清音、二犯江兒水、金索掛梧桐，以上九調用於無尾聲之套。

第四節　南北合套的探討

南北合套者，蓋取南北曲曲牌性質相近者，聯成一套謂之。由於南曲與北曲在音階與節奏等方面均有不同，這就形成了彼此間風格色彩的差異。通常南套適用纏綿俳惻的場面，北套適用威武雄壯的場面，將南曲與北曲同用於一組套曲之中，利用曲調風格的變換，在戲劇的表現上，將具有對立的、獨特的藝術效果。以南北調合腔，舊說自沈和始。今人則以為南北合腔始於民間，故南戲《錯立身》中已用南北合套。且《全元散曲》中南北合套共十三套，如杜善夫〈商調集賢賓七夕套〉、荊幹臣〈黃鐘醉花陰閨情套〉，皆為元初作品，早於沈和。〔註24〕蓋因北曲每套限一人主唱，歌者勞苦，聽者亦感單調。且南北曲各有所偏，若融合成套，「則各捄其弊，得中和之美矣」，〔註25〕是以南北合套在散曲、劇曲中並行不廢。至於合套規律，任中敏於《散曲概論・體段》云：

> 合套規律，要在南北兩調之聲音恰能銜接而和美。……祇要音律和
> 美諧應，亦不必守定一南一北相間之成例也。〔註26〕

〔註24〕見隋樹森《全元散曲》，頁 34～35，又頁 139～141。

〔註25〕見任中敏輯《散曲叢刊・散曲概論・體段》卷一，頁 29。

〔註26〕見任中敏輯《散曲叢刊・散曲概論・體段》卷一，頁 29。

語雖簡要，實非易事，「必熟玩古曲成套，始能循徑而求」。〔註27〕全明散曲
南曲之南北合套共有一百一十五套，其中有六十二套含帶過曲，數量超過半
數，故本文將其放在「含帶過曲聯套」小節論述。本節只論五十三套不含帶
過曲之南北合套。不含帶過曲之南北合套，約佔南曲散套5％，比例極微。可
考作者作四十套，約佔 75％；無名氏作十三套，約佔 25％。【黃鐘宮】、【中
呂宮】各有十套，餘皆不足十套，【大石調】、【小石調】、【仙呂入雙調】、【羽
調】、【雜調】皆無南北合套之作。茲分有尾聲、無尾聲探討如下。

一、有尾聲

共有四十八套，可考作者作三十七套，無名氏作十一套，約佔全明散曲
南北合套91％，以有尾聲為常格。若再依南北曲相間排列不同情形，又可分：

（一）全套一南一北相間

即不論首支為南曲或北曲，皆以一支南曲、一支北曲相間以列者，各宮
調所佔比例如下：

宮調	總套數	南北相間數（套）	百分比	非南北相間數（套）	百分比
仙呂	2	1	50％	1	50％
正宮	5	2	40％	3	60％
中呂	10	7	70％	3	30％
南呂	8	7	88％	1	12％
黃鐘	10	10	100％	0	0％
越調	4	1	25％	3	75％
商調	5	3	60％	2	40％
雙調	4	0	0％	4	100％
總計	48	31	65％	17	35％

由上表得知，一南一北相間合套共有三十一套，約佔南北合套 65％，非
一南一北相間合套共有十七套，約占南北合套 35％，得知南曲散曲南北合套
以一南一北相間為常格。若將含帶過曲南北合套一併計數，一南一北相間的
比例更大，主因雙調之南北合套多含帶過曲所致。

至於非一南一北相間的情形，尚有二支北曲或二支南曲相連二類。含二

〔註27〕見汪經昌著《曲學例釋》，頁 115。

支北曲連用相間以成套的有三套：無名氏〈萬種離愁〉、王克篤〈半輪明月塵中現〉、王克篤〈今朝有酒今朝樂〉，二支北曲皆放在過曲位置。兼有南曲連用及北曲連用成套的有五套：王九思〈雨過層樓〉、楊循吉〈夏景雲初〉、無名氏〈寒風佈野〉、楊循吉〈初寒瀟洒正萬國〉、王克篤〈憑著輪自己錢合鈔〉，多屬長套。南北合套中的北曲連用曲牌為：

北曲：鴈兒落、得勝令；綿搭絮、拙魯速；貨郎兒、醉太平；感皇恩、採茶歌；金菊香、醋葫蘆，以上是二曲連用之曲牌。三曲連用之曲牌為：耍廝兒（禿廝兒）、聖藥王、金蕉葉。

以上連用之北曲曲牌，在北曲聯套法則中，多具連用特性，據《北曲套式彙錄詳解》云：

（南呂宮）罵玉郎、感皇恩、採茶歌，此三者小令中為兼帶曲，在套數中無論散劇均須連用。〔註28〕

（雙調）雁兒落、得勝令兩曲須連用。獨用雁兒落者有東堂老等十劇套，未見獨用得勝令者。〔註29〕

（商調）逍遙樂後，接用金菊香者居大多數，次多者為梧葉兒、醋葫蘆。〔註30〕

（越調）禿廝兒後，必接用聖藥王。綿搭絮後常接用拙魯速。〔註31〕

〔貨郎兒〕、〔醉太平〕雖非連用曲牌，但在北曲套式中，同套中並用二曲牌者，散套有一例，劇套有二例；劇套中僅見連用一例，即楊顯之〈瀟湘雨〉第四折，亦有例可尋。

由此可知，南北合套中北曲部份連用曲牌，必謹守北曲聯套法則，再一次証明北曲聯套規律之謹嚴。

連用二支南曲相間以成套的二類，一類是用在曲末，以一支南曲接南曲尾聲，曲牌為：〔小桃紅〕、〔普天樂〕、〔春歸犯〕、〔撲燈蛾〕、〔生姜芽〕、〔僥僥令〕、〔漿水令〕、〔耍鮑老〕，計有八調。此八調在一般聯套中，亦多用於尾聲前，例有十一：康海〈長空霧捲〉、康海〈和氣滿門闌〉、無名氏〈新綠池邊〉、無名氏〈晚天晴〉、沈蛟門〈小扇輕羅〉、無名氏〈錦繡封疆〉、殷士儋

〔註28〕見鄭騫著《北曲套式彙錄詳解》，頁71。
〔註29〕見鄭騫著《北曲套式彙錄詳解》，頁155。
〔註30〕見鄭騫著《北曲套式彙錄詳解》，頁129。
〔註31〕見鄭騫著《北曲套式彙錄詳解》，頁140。

〈臘盡春回〉、楊循吉〈金風送早涼〉、王克篤〈半輪明月塵中現〉、王克篤〈今朝有酒今朝樂〉、鄭若庸〈簫聲喚起瑤臺月〉。二支南曲，必用在曲末，一支必是〔尾聲〕。

另一類為連用二支南曲與北曲相間成套，或用在開頭，或用在曲中，或用在曲末。二支南曲或同調連用，或異調連用，其曲牌為：

南曲：好事近（二支）、千秋歲（二支）、越恁好（二支）、紅繡鞋（二支）；步步嬌、江兒水，以上用在開頭；兩頭蠻、風入松；風入松、罵玉郎；山坡羊、出隊子；東甌令、玉交枝；合笙、道合；山馬客、憶多嬌；玉抱肚、錦羅袍（集），以上用在曲中；豹子令、梅花酒；醉扶歸、一撮棹，以上用在曲末，接尾聲。

以上二十四調，僅〔步步嬌〕、〔江兒水〕、〔風入松〕、〔山坡羊〕、〔玉交枝〕、〔憶多嬌〕、〔玉抱肚〕、〔醉扶歸〕八調，為套曲兼作小令曲牌，餘皆為套曲曲牌。這些連用之南曲曲牌，在南曲聯套法則中，有些具連用特性，有些難尋法則，說明如下：

1、〔好事近〕、〔千秋歲〕、〔越恁好〕、〔紅繡鞋〕在南曲散套中連用之例，僅見龍膺〈榮藩冊封稱賀里詞〕套。但〔越恁女〕聯〔紅繡鞋〕為【中呂宮】聯套定則。

2、〔山麻客〕聯〔憶多嬌〕，僅見無名氏〔越調·秋景〕一例。

3、其餘曲牌，在南曲套曲中，均不見連用之例。

可証南北合套聯套法則，多以北曲套式為骨幹，間以南曲，南曲或用小令或用套曲則不定。此一現象，可証成李昌集「南散套並非南曲自身組曲成篇方式，而是仿造北套形式的產物」，而是「曲家將散曲視作一種文體（韻體），於是用南曲之曲牌，依北套之形式寫『文章』。〔註32〕張敬於〈南曲聯套述例〉一文中，亦云：

自其運用上來說：最初南曲曲牌，僅著重於小唱。及北曲盛行後，

於是摹擬北曲格式，將一部份曲牌，仿北曲體製而編配。〔註33〕

因此，從南北合套南曲部份多用劇曲而言，亦可看出散曲與劇曲的相互影響。

（二）首曲、尾聲之組合

全明散曲南北合套首曲尾聲之組合，有南起南收、北起北收、北起南收

〔註32〕見李昌集著《中國古代散曲史·南曲之淵源與形成》，頁94。
〔註33〕見《文史哲學報》，15期，民國55年8月，頁345。

－401－

三式，無南起北收例，茲先歸納列表如下：

宮調	總套數	南起南收	南起北收	北起北收	北起南收
黃鐘	10	1	0	0	9
正宮	5	3	0	0	2
仙呂宮	2	0	0	0	2
中呂宮	10	1	0	5	4
南呂宮	8	4	0	0	4
雙調	4	4	0	0	0
商調	5	4	0	0	1
越調	4	3	0	0	1
總計	48	20	0	5	23
總比例		42%	0%	10%	48%

由上表得知，南曲南北合套以南起南收與北起南收套式居多，此二類作品總套數佔南北合套 90%。北起北收套式僅【中呂宮】有五例。可知，南曲南北合套以南收爲常格。

（三）南起引子與北曲引子

南曲聯套法則是引子在前、過曲居中、尾聲殿後。故南起散套，首曲必用引子曲牌無疑。若用過曲當首曲，必具引子性質。至於南起散套的第二支曲若爲北曲，或北曲作首曲，是否皆爲北曲習用首曲，則有待進一步探討。

1、南起次曲

一南一北相間合套，若首曲爲南曲，則第二支必爲北曲，其北曲曲牌如下：

正宮：朝天子、塞鴻秋。

中呂宮：石榴花。

南呂宮：罵玉郎。

黃鐘：▲醉花陰。

越調：鬼三台、小桃紅。

商調：罵玉郎、梧葉兒。

雙調：折桂令、▲新水令。

以上標▲者，在聯套中爲習用首曲。上列十一調，在北曲聯套法則中，

僅黃鐘〔醉花陰〕及雙調〔新水令〕爲北套習用首曲，見《北曲套式彙錄詳解》分析如下：

> （黃鐘）醉花陰、喜遷鶯、出隊子、刮地風、四門子、古水仙子，
> 此六曲照例連用，其後綴以尾聲，七曲成套，是爲黃鐘宮聯套之通
> 用基本形式。〔註34〕

> （雙調）新水令劇套散套通用，爲雙調最常用之首曲，但有時可聯
> 入套中。〔註35〕

除此外，其餘九調皆不曾作首曲用，正宮〔朝天子〕乃借中呂宮，在正宮、中呂宮中皆未作首曲用。正宮〔朝天子〕僅用於劇套，〔塞鴻秋〕多位於〔尾聲〕前。商調〔罵玉郎〕，在《北曲套式彙錄詳解》，不論劇套或散套，都不見實例，而竟出現在南北合套中，至爲特殊。

2、北起首曲

仙呂宮：▲賞花時、▲八聲甘州。

正宮：▲端正好、驀山溪。

中呂宮：▲粉蝶兒、石榴花。

南呂宮：▲一枝花、四塊玉。

黃鐘：▲醉花陰。

越調：▲鬥鵪鶉。

商調：▲集賢賓。

以上十一調，是南北合套北起首支曲牌，多數（加▲者）爲常用首曲，見《北曲套式彙錄詳解》：

> （黃鐘）醉花陰爲黃鐘套數最常用之首曲、散套劇套通用。〔註36〕

> （正宮）劇套首曲必用端正好。散套首曲亦以用端正好者居大多數；
> 不用者只有三套，兩套用月照庭，一套用菩薩蠻，皆散曲初期作品。
> 〔註37〕

> （仙呂宮）劇套首曲必用點絳唇，……僅五劇代以八聲甘州。散套
> 首曲亦以用點絳唇居多，用賞花時者與用點絳唇者之數量大致相

〔註34〕見鄭騫著《北曲套式彙錄詳解》，頁4。
〔註35〕見鄭騫著《北曲套式彙錄詳解》，頁153。
〔註36〕見鄭騫著《北曲套式彙錄詳解》，頁3。
〔註37〕見鄭騫著《北曲套式彙錄詳解》，頁12。

等，八聲甘州次之。〔註38〕

（中呂）劇套首曲必用粉蝶兒，無例外。散套絕大多數用粉蝶兒，只有三套例外：用醉春風者二，古調石榴花者一（只見關漢卿作一例）。〔註39〕

（南呂）無論劇套散套，首曲必用一枝花。〔註40〕

（商調）劇套首曲必用集賢賓，無例外。散套絕大多數用集賢賓，只有四套例外。〔註41〕

（越調）首曲照例用鬥鵪鶉。例外者、劇套二套；散套三套。〔註42〕

（頁140）

此外，中呂〔石榴花〕、〔四塊玉〕未有作首曲實例，正宮〔鳳山溪〕不論在劇套或散套中皆無實例，卻出現在南北合套中，甚為特殊。

二、無尾聲

無尾聲之南北合套，總計才五套，皆為一南一北相間成套。其首曲、結曲之組合如下：

宮調	總套數	南起北結	北起北結	北起南結
正宮	1	1	0	0
雙調	3	1	1	1
越調	1	0	0	1
總計	5	2	1	2

與有尾聲套數最大差異是：有尾聲南北合套無南起北收套，無尾聲南北合套卻無南起南收套。北起北收所佔比例最小，則為二者共同點。可知，南曲南北合套以南曲收尾為常格。其用在北起的首支曲牌為：

雙調：▲新水令、▲風入松。

越調：▲鬥鵪鶉。

以上〔新水令〕、〔鬥鵪鶉〕為北套常用首曲，已見前文敘述。至於〔風

〔註38〕見鄭騫著《北曲套式彙錄詳解》，頁39～40。
〔註39〕見鄭騫著《北曲套式彙錄詳解》，頁89。
〔註40〕見鄭騫著《北曲套式彙錄詳解》，頁71。
〔註41〕見鄭騫著《北曲套式彙錄詳解》，頁129。
〔註42〕見鄭騫著《北曲套式彙錄詳解》，頁140。

入松〕爲雙調「作小令用又可聯入套中」之曲牌，〔註 43〕即爲摘調，在北曲散套中有八套用作首曲。〔註 44〕故南曲南北合套無尾聲之作，北起聯套用作首曲曲牌，皆爲北曲常用首曲曲牌，無例外。

　　至於南起的第二支北曲曲牌有：

　　正宮：朝天子。

　　雙調：水仙子。

　　〔朝天子〕未見北曲實例，已見前述。〔水仙子〕則爲雙調「作小令用又可聯入套中」曲牌，〔註45〕皆非首曲常用曲牌。

　　而代尾聲用諸曲及其使用次數如下：

　　正宮：朝天子（北），一套。此套爲無名氏〈俏冤家〉，亦爲循環聯套無
　　　　　尾聲之套。

　　雙調：江兒水（南），一套。轉調（北），一套。收江南（北），一套。〔收
　　　　　江南〕一曲在北曲劇套代作尾聲，亦有十八例，散套則無。〔註46〕

　　例式雖少，亦同証南北合套北起曲牌，在北曲聯套法則中，多爲常用首曲。

第五節　其它套式的探討

　　由於循環聯套、含子母調聯套、含帶過曲聯套之套數不多，併爲一節探討。

一、循環聯套

　　循環聯套，係指兩支或三支曲牌循環使用以聯成套數者。即任中敏《散曲概論・體段》所謂「兩牌之重頭有相間以列者」，〔註47〕有如詞之聯章。其體式爲：

　　二曲循環：ＡＢＡＢ……。

　　三曲循環：ＡＢＣＡＢＣ……。

〔註43〕見鄭騫著《北曲套式彙錄詳解》，頁 153。
〔註44〕見鄭騫著《北曲套式彙錄詳解》，頁 154。
〔註45〕見鄭騫著《北曲套式彙錄詳解》，頁 153。
〔註46〕見鄭騫著《北曲套式彙錄詳解》，頁 155。
〔註47〕見任中敏輯《散曲叢刊・散曲概論・體段》卷一，頁 32。

　　全明南曲循環聯套計有二十九套，佔南曲散套約 3%，數量極微。可考作者作二十七套，佔 93%；無名氏作二套，佔 7%。其中，除【中呂宮】有一套有尾聲、【仙呂入雙調】有一套無尾聲之作外，餘全隸屬【正宮】。另外，南北合套【正宮】中亦有二套兼含循環散套特性，若一並計數，南曲循環散套共有三十一套。茲將循環曲牌依有尾聲、無尾聲二類，探討如下。

（一）有尾聲

　　可考作者作二十六套，無名氏作三套，計有二十九套。

正宮：白練序、醉太平（各曲無換頭有十八套，第二、三支曲有換頭佔九套）。

正宮：普天樂（南）、朝天子（北）（一套、南北合套）。

中呂：駐馬聽、泣顏回（換頭）（一套）。

（二）無尾聲

　　可考作者與無名氏各作一套，計有二套。

正　宮：普天樂（南）、朝天子（北）（一套、南北合套）。

仙入雙：江頭金桂（集）、二犯江兒水（集）（一套）。

　　南曲散套計有一千零七十三套，循環散套所用曲牌總計才五組，皆二曲（含集曲、南北曲）循環套式，體式為ＡＢＡＢ。可以說循環聯套以二曲循環加尾為常，用在無尾之套，則以集曲或南北曲互為循環。其中四組皆為孤例，僅【正宮】〔白練序〕、〔醉太平〕二調為習用循環曲牌。

二、含子母調聯套

　　含子母調聯套係指一套中包含有一二支曲牌循環者。其不同於循環聯套處為循環聯套全套純由一二支曲牌循環（或加尾或無尾）成套，與含子母調聯套全套只有一二支曲牌循環有別，故別出討論。含子母調聯套多為長套，共有十二套，皆為有尾聲之作，佔南曲散套 1%，是所有聯套類別中數量最少者。可考作者作十套，無名氏作二套。另外，有三套南北合套亦具含子母調聯套特性，若一並計數，含子母調聯套共有十五套。套中所用循環曲牌如下：

仙呂：八聲甘州、傍妝臺（一套）。循環三次，用在第一、二、三、四、五、六曲位。

　　　油核桃、解三酲（一套）。循環二次，用在尾聲前。

解三酲、掉角兒（一套）。循環二次，用在尾聲前。

解三酲、油葫蘆（三套）。循環三次，用在尾聲前。

正宮：素帶兒、昇平樂（一套）。循環二次，用在第一、二、三、四曲位。

中呂：泣顏回、石榴花（一套）。循環二次，用在第一、二、三、四曲位。

上小樓（北）、撲燈蛾（南）（二套、南北合套）。循環二次，用在尾聲前。

黃鐘：畫眉序（南）、出隊子（北）（一套、南北合套）。循環二次，用在第四、五、六、七曲位。

商調：黃鶯兒、琥珀貓兒墜（二套）。循環二次，用在尾聲前。

黃鶯兒、香柳娘（二套）。循環二次，用在尾聲前。

以上九個「循環曲組」曲牌，與循環散套聯綴曲牌全不同，亦即含子母調聯套並非一般散套插入循環散套而成，而是各有其習用曲牌，不可相混。這些「循環曲組」位於曲前計有三套，位於曲中計有四套，位於尾聲前計有八套，以位於尾聲前為常。此十五套含子母調聯套，其體式有十類：

（一）A、B、A、B、C、尾。

（二）A、B、A、B、A、B、C、B、尾。

（三）引、A、B、C、B、C、尾。

（四）引、A、B、C、B、C、D、尾。

（五）引、A、B、A、C、D、C、D、尾。

（六）引、A、B、A、C、D、E、D、E、D、尾。

（七）引（二支）、A、B、A、B、尾。

（八）引（二支）、A、B、C、B、C、B、C、B、尾。

（九）引（二支）、A、B、C、D、E、F、E、F、尾。

（十）引、A、B、A、C、A、C、D、E、F、G、H、I、尾。

上列十式，除第（二）、（八）式曲組循環三次外，餘皆循環二次。以第（二）式最近似循環聯套，只不過多增一曲加入循環而已。就其體式分析，含子母調聯套可以說是在循環聯套的基礎上增曲成套，所增曲位有下列幾式：

（一）增加引子一或二支，如第（七）式。

（二）引子與曲組間增曲，如第（三）、（五）、（六）、（九）式。

（三）曲組與尾聲間增曲，如第（一）、（二）式。

（四）上三項並用，如第（四）、（八）、（十）式。

三、含帶過曲聯套

含帶過曲聯套係指一套中具有帶過曲者。任中敏以爲「初僅北曲小令中有之，後來南曲內與南北合套內亦偶爾仿用」。〔註48〕南曲散套含帶過曲聯套計有六十二例，可考作者作五十一例，無名氏作十一例，約佔南曲散套6%。茲亦先分有尾聲、無尾聲統計列表於下：

宮調	有尾聲（套）		無尾聲（套）		總套數
	一般聯套	南北合套	一般聯套	南北合套	
黃鐘宮	1	2	0	0	3
正宮	0	2	0	0	2
雙調	0	29	0	24	53
仙入雙	1	0	0	0	1
商調	1	1	0	0	2
越調	0	1	0	0	1
總計	3	35	0	24	62
比例	5%	56%	0%	39%	

南曲散套含帶過曲的套式並不多，一般聯套中含帶過曲者只有三套，餘皆爲南北合套含帶過曲套式，其中雙調有五十三套，約佔 85%，其它宮調作品皆在五套之下。可知，南曲散套中含帶過曲之聯套，以南北合套含帶過曲爲常，且以雙調爲常例。有尾聲作品計有三十八套，約佔 61%，稍多於無尾聲作品的二十四套。無尾聲作品全屬【雙調】，二十四套中除一套以〔沽美酒帶太平令〕作結曲外，餘全以〔清江引〕作結。任中敏所謂「用帶過曲作結者則省尾」，在明代散曲南曲散套中，實僅見一例。可考作者共作五十一套，佔82%，亦多於無名氏之作的十一套。汪經昌《曲學例釋》：

> 凡帶過曲，必取同宮調，或同音色之正曲爲之。所帶曲牌，最多不過三隻，通常均帶兩隻。南北詞同宮調笛色之曲牌，亦可互帶。但南帶北時，南曲部份，宜限於以北作南，或南北兼用之曲牌。〔註49〕

茲將各宮調所用帶過曲，羅列如下：

黃鐘宮：賣花聲帶歸僊洞（一例、南曲、第二支曲位）、快活三帶鮑老兒

〔註48〕見任中敏輯《散曲叢刊・散曲概論・體段》，頁18。
〔註49〕見汪經昌著《曲學例釋》，頁31。

（一例、北曲、第六支曲位）、脫布衫帶過小梁州（一例、北曲、
第五支曲位）。

正宮：脫布衫帶過小梁州（二例、北曲、第三支曲位）。

雙調：雁兒落帶過得勝令（五十二例、北曲、第五支曲位）。

沽美酒帶太平令（三十八例，皆與〔雁兒落帶得勝令〕並用、北
曲、尾聲前〔註50〕）。

川撥棹過七弟兄（一例，與〔梅花酒過收江南〕並用、北曲、第
七支曲位）。

梅花酒過收江南（一例，與〔川撥棹過七弟兄〕並用、北曲、第
九支曲位）。

疊字錦帶沉醉東風（一例，與〔雁兒落帶得勝令〕、〔川撥棹過七
弟兄〕並用、南曲、第六支曲位）。

梅花酒帶喜江南（一例，與〔雁兒落帶得勝令〕、〔疊字錦帶沉醉
東風〕、〔川撥棹帶七弟兄〕並用、北曲、尾聲前）。

商調：金菊香帶醋葫蘆（北曲、第九支曲位）。

元和令帶上馬嬌遊四門（北曲、第十三支曲位）。

黃鶯兒帶梧葉兒（南曲、第十四支曲位）。

以上三曲在同一例中並用。

東甌令帶皂羅袍（一例、南曲、尾聲前〔註51〕）。

仙入雙：鴈兒落帶得勝令（一例、北曲、第五支曲位）。

越調：山馬客帶憶多嬌（南曲）。

禿廝兒帶聖藥王金蕉葉（北曲、第六支曲位）。

豹子令帶梅花酒（南曲、第七支曲位）。

以上三曲在同一例中並用。

以上帶過曲計有十六式，其中十一式為北曲，五式為南曲，以北曲為多。
在南北合套中，不論北起或南起，北曲帶過曲多居於單數曲位，南曲帶過曲
多居於偶數曲位。例外者僅【越調】、【黃鐘宮】各一套為南曲帶過曲居於偶

〔註50〕此套帶過曲後或接北曲〔清江引〕、〔北煞〕，或接南曲〔尾聲〕。由於〔清江
引〕常用作結曲，故在此註位於尾聲前。

〔註51〕此套帶過曲後或接北曲〔清江引〕、〔北煞〕，或接南曲〔尾聲〕。由於〔清江
引〕常用作結曲，故在此註位於尾聲前。

數曲位，北曲帶過曲居於奇數曲位。

（一）北曲帶過曲

其中〔脫布衫帶過小梁州〕、〔雁兒落帶過得勝令〕、〔沽美酒帶太平令〕三式，任中敏列爲帶過曲常用調式，〔註 52〕亦俱見於全元散曲，〔註 53〕不再贅述。至於〔元和令帶上馬嬌遊四門〕、〔金菊香帶醋葫蘆〕、〔禿廝兒帶聖藥王金蕉葉〕、〔川撥棹過七弟兄〕、〔梅花酒過收江南〕、〔梅花酒帶喜江南〕、〔快活三帶鮑老兒〕六式，不見錄於任中敏《散曲概論》所載帶過曲三十四調式中，汪志勇師考証亦不見於全元散曲帶過曲中。揆之北曲套式，在元代尙屬連用之曲，發展至明，已結合爲帶過曲，簡述如下：

黃　鐘

1、快活三帶鮑老兒

此調式雖不見於任中敏《散曲概論》所載帶過曲三十四調式中，然在元散曲的帶過曲中卻有〔快活三帶朝天子〕、〔快活三帶朝天子四換頭〕、〔快活三帶朝天子四邊靜〕三式。〔註 54〕〔快活三〕爲套曲曲牌，〔鮑老兒〕爲摘調，套曲中〔快活三〕之後必接用〔朝天子〕或〔鮑老兒〕。可知〔快活三〕、〔鮑老兒〕二調在元代尙屬連用之曲，至明已結爲帶過曲。

商　調

1、元和令帶上馬嬌遊四門

由於商調本宮可用之曲太少，劇套如不借宮，無從發揮其效果，鄭騫有云：

> 商調劇套大多數有借宮曲，全用本宮曲者僅有二套：隔江鬥智、馮
> 玉蘭。此兩劇皆後期無名氏之作，且並非佳製，可見商調劇套竟以
> 借宮者爲常格；散套則借者與不借者數量大致相等。〔註 55〕

本式之〔元和令〕、〔上馬嬌〕、〔遊四門〕即借【仙呂宮】曲。其聯套法則，據《北曲套式彙錄詳解》載爲：

> 村裡迓鼓、元和令、上馬嬌、游四門、勝葫蘆；此五曲常接連使用，

〔註 52〕見任中敏輯《散曲叢刊・散曲概論・用調》，頁 35～36。

〔註 53〕本節所引全元散曲帶過曲之資料，皆見於汪志勇著《元人散曲新探・元人散曲中的帶過曲研究》，頁 10～25。

〔註 54〕見汪志勇著《元人散曲新探・元散曲中的帶過曲研究》，頁 23。

〔註 55〕見鄭騫著《北曲套式彙錄詳解》，頁 129。

自成一組，因俱為仙呂與商調兩收之曲也。〔註56〕

在北曲套式中，不論在【仙呂宮】或【商調】聯套中，〔村里迓鼓〕、〔元和令〕、〔上馬嬌〕、〔游四門〕皆連用，無一例外。三曲結為帶過曲，雖不見全元散曲，至明代已結合成帶過曲。

2、金菊香帶醋葫蘆

〔金菊香〕與〔醋葫蘆〕均為套曲曲牌，在北曲套式中，二曲多為連用。據鄭騫《北曲套式彙錄詳解》聯套法則所載：

> 商調劇套首曲必用集賢賓，無例外。散套絕大多數用集賢賓，只有四套例外……集賢賓後照例用逍遙樂……不用集賢賓之散套亦均不用逍遙樂。集賢賓後如不用逍遙樂，以用金菊香者為最多。逍遙樂後，接用金菊香者居大多數，次多者為梧葉兒、醋葫蘆。醋葫蘆可以多用，有連用十支者，如黃粱夢。金菊香亦可多用，但只限於兩三支。〔註57〕

據鄭騫於《北曲套式彙錄詳解》中所列商調套式，除有上述法則外，尚可補一法則，即〔金菊香〕、〔醋葫蘆〕多為連用，若並用而未連用，中間之曲以加入一支〔梧葉兒〕、或一至二支〔么（篇）〕為定格，例外的僅有二例，一為尚仲賢柳毅傳書第二折，於二曲中加入〔梧葉兒〕、〔後庭花〕、〔柳葉兒〕三曲；一為庾天錫〈迤邐秋來到·思情〉散套，加入〔鳳鸞吟〕一曲。元代帶過曲調式，在北曲套式中必連用。然此式雖非必連用曲，亦屬常連用曲，至明已結為帶過曲，此調式可稱為明代新生北曲帶過曲曲牌。

越　調

1、禿廝兒帶聖藥王金蕉葉

〔禿廝兒〕、〔聖藥王〕、〔金蕉葉〕皆為越調本宮用曲，鄭騫謂其聯套法則為：

> 禿廝兒後必接用聖藥王，偶有例外如下：
>
> 赤壁賦、鴛鴦被、西遊記第六本、貶黃州、豫讓吞炭、詐妮子等六劇、周仲彬棄職張良套，以上七例獨用聖藥王；吳弘道蘭蕊檀心、無名氏雨意雲情兩套獨用禿廝兒；望江亭劇兩曲顛例，聖藥王在前，

〔註56〕見鄭騫著《北曲套式彙錄詳解》，頁40。
〔註57〕見鄭騫著《北曲套式彙錄詳解》，頁129。

> 禿廝兒在後。〔註58〕

至於〔金蕉葉〕，在散套中則偶作首曲用。若三曲並用時，〔金蕉葉〕必在前，接他曲後再接〔禿廝兒〕、〔聖藥王〕，無例外。此式之〔金蕉葉〕與另二曲並不連用，亦非連用曲組合成帶過曲之例。可見明代集曲之盛，亦施及帶過曲之組合。

雙　調

1、川撥棹過七弟兄、梅花酒過收江南

〔梅花酒帶收江南〕、〔梅花酒帶七弟兄〕任中敏列為帶過曲非習用調式之一，〔註59〕汪志勇師考証為「任氏有，全元散曲闕如」之曲：

> 汪經昌《南北曲小令譜》收張養浩一首，斠律云：「七弟兄在套內緊連梅花酒後，作小唱乃題作帶過。」應即任氏所本。此當為張養浩雙調新水令辭官散套，全套六曲為新水令、川撥棹、七弟兄、梅花酒、收江南、離亭宴煞。隋樹森註云：「雲莊樂府原有梅花酒兼七弟兄一首，在小令帶過沽美酒兼太平令後，而屬新水令套。」

> 鄭騫亦云：「張作此曲，譜本歧異甚多，今從明本雲莊樂府（飲虹簃覆刻）。此係急流勇退不爭多套中之一曲，見太平樂府及雍熙十一。雲莊樂府於此套僅有川撥棹、七弟兄、梅花酒、收江南……元明曲中從無用梅花酒七弟兄作小令者：且如雲莊樂府及雍熙所題，川撥棹收江南均成梅花酒七弟兄之一部份，不亦太可笑乎。」據此任汪二氏之謬可知。〔註60〕

由以上論証，可知以上數曲不論如何組套，必兼用〔川撥棹〕、〔七弟兄〕、〔梅花酒〕、〔收江南〕四調，在全元散曲中皆無彼此帶過之曲例。然在全明散曲南北合套中卻有曲例：陳鐸〈富文堂·富文堂內四時春〉例，於〔梅花酒過收江南〕後接〔漿水令〕（南），再接尾聲。另無名氏〈春景·霽景融和〉與王九思〈賀對山先生六十一壽·甲子重回〉二例中，皆用〔梅花酒帶喜江南〕後接尾聲成套。以上三例，各例並用〔川撥棹過七弟兄〕調。個人以為，全元散曲雖無曲例，而在全明散曲中確有曲例，但不離此四曲之互帶。則任氏

〔註58〕見鄭騫著《北曲套式彙錄詳解》，140。
〔註59〕見任中敏輯《散曲叢刊·散曲概論·用調》，頁36。
〔註60〕見汪志勇《元人散曲新探》，頁19。以下有關全元散曲帶過曲作品數，皆參考汪師此作，不再贅述。

所列〔梅花酒帶七弟兄〕調，或有可能，亦可爲北曲格律壞於明人及明人好奇之証。

（二）南曲帶過曲

黃　鐘

1、賣花聲帶歸僊洞

〔賣花聲〕、〔歸僊洞〕二曲均爲套曲曲牌，在全明散曲套數中僅見二例，一爲黃洪憲〈春歸後〉套，此套用曲五支，順序爲啄木兒（二支）、賣花聲、歸仙洞、餘文。〔賣花聲〕、〔歸仙洞〕二曲連用。一爲梁辰魚〈題幽閨女郎・誰家女〉套，此套用曲數僅三支，順序爲〔啄木兒〕、〔賣花聲帶歸僊洞〕、〔尾聲〕。比較上述二套，用曲數雖不同，所用曲牌實同。意謂著南曲帶過曲，亦是連用之曲組成。

商　調

1、東甌令帶皂羅袍

〔皂羅袍〕爲摘調，小令、套曲兼用。〔東甌令〕爲套曲專用。在散套中，二曲連用爲定格，別無例外。連用之例，有：金鑾〈春晚・鶯停柳外聲〉及〈冬夜譚平橋江霞館宴集・茅堂夜正寒〉、黃祖儒〈攜酒訪殷子餘・繁花滿樹飄〉、無名氏〈春遊・殘紅水上飄〉、沈自徵〈丰姿艷雪瑩〉五套。二曲結爲帶過曲，僅見沈瓚〈咏白蓮・瑤池出素莖〉一套。

2、黃鶯兒帶梧葉兒

〔梧葉兒〕、〔黃鶯兒〕爲摘調曲牌，〔梧葉兒〕或作爲首曲。〔梧葉兒〕，並見南北曲。北曲〔梧葉兒〕獨用於南曲南北合套中，例見於無名氏〈中秋・太平年四時多美景〉、〈冬景・寒風布野〉、楊循古〈冬景・初寒瀟洒正萬國〉套中。若南散套或帶過曲則用南曲〔梧葉兒〕。〔梧葉兒〕、〔黃鶯兒〕二曲並用，僅見於燕仲義〈途思・霍索起披襟〉套中，且二曲並未連用。二曲組成帶過曲，僅見於無名氏〈中秋・太平年四時多美景〉套中，屬孤例。此爲並用非連用之曲組成帶過曲之例。

越　調

1、山馬客帶憶多嬌

〔憶多嬌〕爲摘調，小令、套曲兼用。〔山馬客〕僅用於南北合套中。另散套中有〔山麻客〕一曲，不知是否同調。在南北合套中，〔山馬客〕獨用之

例，有無名氏〈七夕・四海昇平〉、〈元宵應制・錦重重寶殿金門〉二套。〔山馬客〕、〔憶多嬌〕二曲連用之例，有楊循吉〈夏景・夏景雲初〉、王九思〈壽對山先生・雨過層樓〉二套。另無名氏〈怨別・萬種離愁〉套，二曲雖並用，中間尚加入〔調笑令〕北曲一支。若說全明散曲散套中的帶過曲曲牌，若分開必以連用為定格，此式又為變例。此為連用、並用皆可之曲組成帶過曲之例。至於〔山馬客帶憶多嬌〕曲，僅見於王文昌〈夏景・院落春餘〉套，屬孤例。

2、豹子令帶梅花酒

〔梅花酒〕為套曲曲牌，並見於南、北曲。南曲〔梅花酒〕或用在無尾聲套式之結曲，僅見於無名氏〈元宵應制・錦重重寶殿金門〉套；或緊接〔尾聲〕成套，亦僅見於王九思〈壽對山先生・雨過層樓〉套。若〔豹子令〕、〔梅花酒〕二曲並用，不論〔梅花酒〕屬南曲或北曲，皆以連用為定格。〔豹子令帶梅花酒〕帶過曲，僅見於王文昌〈夏景・院落春餘〉套，此套之〔梅花酒〕為南曲，故此曲亦歸入南曲帶過曲中。

雙 調

1、疊字錦帶沉醉東風

〔沉醉東風〕為摘調曲牌，小令、套曲兼用，〔疊字錦〕為套曲曲牌。〔沉醉東風〕可單用於南北合套中，見於鄭若庸〈阻歡・簫聲喚起瑤台月〉套。若二曲並用，則連用之，見於楊循吉〈春景・太皥司行〉套。二曲組合成帶過曲，有二例，一為無名氏〈春景・霽景融和〉；二為王九思〈賀對山先生六十一壽・甲子重回〉套。

由以上分析，可知帶過曲為北曲習用套式，全明散曲中的南曲含帶過曲套數並不多，總計六十二套，佔南曲散曲散套5%，所佔比例雖微不足道，相對於汪師所作〈元散曲中的帶過曲研究〉，亦有可觀之道：

（一）含帶過曲聯套以有尾聲為常例，僅【雙調】有無尾聲之例，「以帶過曲作結者省尾」之例，僅周履靖〈欲超塵劫究玄玄〉一例，餘皆以〔沽美酒帶太平令〕接〔清江引〕（或用南曲，或用北曲）作結。

（二）北曲帶過曲數多在三首以下，全明散曲南曲帶過曲數亦然。

（三）元代曲家作帶過曲，多偶一嘗試，明代散曲南曲家亦然。明代可考南曲作家為二百九十七人，僅三十九人作有帶過曲。作品最多不過三例，是為趙南星、周覆靖、施紹莘三人，作二例者為四人，餘皆僅作一例作品。

（四）元代帶過曲所用牌調十之八九均爲套曲曲牌與摘調，絕大多數在套曲及小令中爲連用情形，大多不能單獨用爲小令。明代四首南曲帶過曲所用牌調，均爲套曲曲牌與摘調。其中〔東甌令〕與〔皂羅袍〕；〔豹子令〕與〔梅花酒〕在套曲中以連用爲定格。〔山麻客〕聯〔憶多嬌〕有一例，然〔黃鶯兒〕與〔梧葉兒〕；只有並用而不連用之例。且〔皂羅袍〕、〔黃鶯兒〕、〔憶多嬌〕、〔梧葉兒〕、〔沉醉東風〕，則爲摘調，可單獨爲小令。

總之，帶過曲在明代作品已銳減，格律不似元代嚴格，有些在元代屬連用之曲，至明已結合成帶過曲，可說是受集曲影響所致。同時，以上論証，亦可証成汪師「帶過曲絕非作者填完一調，但覺意猶未盡，於是再續一或二調補足之體裁」之論，及與套曲之密切關係，屬小令與套曲之中間體裁。

小　結

（一）一般聯套中，約有 94％爲有尾聲之作。尾聲稱名以使用〔尾聲〕最多次，其次爲〔尾文〕、〔尾〕、〔餘文〕、〔餘音〕、〔意不盡〕。至於使用〔尚輕圓煞〕、〔隨煞〕、〔有結果煞〕、〔意難忘〕、〔尚繞梁煞〕、〔小尾〕、〔十二時〕、〔鳳毛兒〕，皆爲孤例。無任中敏所謂〔情不斷〕、〔十二拍尾〕之名。結曲爲孤例之曲牌，大抵爲短套，亦有以集曲或小曲作結曲者。

（二）無尾聲之作，約佔 6％。用作結曲之曲牌共有三十調，以【黃鐘宮】之〔歸朝歡〕、【仙呂入雙調】之〔清江引〕爲常用結曲。曲牌連用成套省尾者，有十調：【正宮】〔香柳娘〕；【仙呂宮】〔解三醒〕；【南呂宮】〔鑔鍬兒〕、〔三學士〕；【雙調】〔憶多嬌〕；【商調】〔簇御林〕、〔貓兒墜桐花〕、〔憶鶯兒〕；【越調】鬥黑麻；【羽調】〔黃鶯兒〕。

（三）唯一無尾聲作品多於有尾聲作品的是重頭聯套，重頭曲牌疊用次數多成雙，同一曲牌在有尾、無尾中的疊用次數亦不相類。

（四）南北合套雖能融合南北曲之長，得中和之美，作品並不多，總計五十三套，僅佔南曲散套 5％。南曲、北曲間列情形，以一南一北（或一北一南）相間多於其它組合。若二支南曲或二支北曲連用相間者，此連用曲牌，北曲多具連用特性，可知北曲聯套法則之謹嚴，南曲則難尋連用法則，然多爲劇曲所用曲牌，是散曲、劇曲相互影響例証。

（五）有尾聲之南北合套無南起北收之例，無尾聲之南北合套無南起南

收之例。北起之曲牌，在北曲套式中大多用作首曲。南起後之第一支北曲，多數非作首曲用，有些在劇套中甚且未見實例，甚為特殊。

　　（六）循環聯套以【正宮】作品數最多，體式全為 ABAB 二曲循環。含子母調聯套全為有尾聲之作，套中循環曲牌不同於循環聯套用曲，循環曲組亦為二曲循環，循環次數或二或三，以循環二次為常。含帶過曲聯套，所用帶過曲多為北曲，若有新增，在北曲套式中必是連用之曲，至明緊密結合為帶過曲。南曲帶過曲之組曲，在南曲套式中有連用與不連用之例。含帶過曲之聯套多為有尾之作，僅【雙調】有無尾之作。無尾之作，除一例以〔沽美酒帶太平令〕作結外，餘皆以〔清江引〕作結曲。

第七章　南曲散套套式述例

王驥德《曲論‧雜論》上有言：「作散套較傳奇更難。傳奇各有本等事頭鋪襯，散套鑿空爲之。散套中登臨、遊賞之詞較易，閨情尤難，蓋閨情古之作者甚多，皆爲前人所道，不易脫此窠臼故也。」〔註1〕此論內容匠心獨運之難。而散套曲牌之聯綴，則須依音律之高下亢卑以類從，配合曲情。至於借宮集曲或南北合套之類，則爲老於音律者之所爲，張敬於〈南曲聯套述例〉一文即云：

> 南套是強附北套而成，所有的牌調，固不能逐一加以嚴格的音準化。因爲所有的南調曲牌，均各就其淵源上之特質爲聲律：譬如〔風入松〕是以詩餘嘌唱爲音質，〔華嚴讚〕是以佛樂爲音質；〔桂枝香〕是以唐、宋小唱爲音質。其後水磨調興起，雖以口法來統一各曲聲，但仍有若干原始特質存在，並未能完全混一音質的特點。所以南套的組成條件不一，音律的順序，只是各項條件之一項而已。〔註2〕

因此南曲聯套不似北曲聯套，有其成規可循。就散套而言：

> 一套南曲，在甲題的填詞，算是運用合格的，但未必適用於乙題。儘管同一抒情曲，像沈三白〈題情〉曲用〔步步嬌〕，聲情相孚，可稱合作。若換題爲〔愁情〕，那雖用同樣套式，亦算違律。原因是決定正確與否的條件，並不單純，〈愁情〉比〈題情〉的感情來得重，而此套內容各曲，若墨守其順序，便顯得輕，所以必須將其最輕的曲子，換除一、二隻，始能合情。〔註3〕

〔註 1〕 見《中國古典戲曲論著集成》四，頁 154。
〔註 2〕 見《文史哲學報》，15 期，民國 55 年 8 月，頁 346。
〔註 3〕 見《文史哲學報》，15 期，民國 55 年 8 月，頁 345～346。

張敬乃歸納出南曲聯套，繫於三點：〔註4〕

（一）音律順序。

（二）各曲牌與曲詞的距離關係——在散套內可以聯用的，一入劇套，因賓白隔離曲文的關係，反不能同式相用。

（三）利用先後曲牌的音律，變幻其中間曲牌的運用。如〔江兒水〕本係悲調，而〔月令承應〕以之作吉詞。

為使今後對南曲散套聯套有所依傍，以下就宮調及用曲章數為之述例，以尋前人聯綴之跡。

第一節　一般聯套

一、有尾聲

（一）仙呂宮

共五十八式（尾聲稱名雖異，若其餘曲組相同，列為同式，以下皆同。曲牌同，用曲數不同，則屬不同式。換頭與否則不計），計有九十一套，可考作者作八十套，無名氏作十一套。最短者三曲，最長者十七曲，以用曲五支為常。

首曲二十章：桂枝香（二十八套）。八聲甘州（十九套）。二犯傍妝臺（集、六套）。鵲橋仙（五套）。醉扶歸、望吾鄉、傍妝臺（三曲各四套）。小措大、一封書犯（集）、甘州歌（集）（三曲各三套）。羽調排歌、二犯月兒高（二曲皆二套）。美中美、西河柳、皂羅袍、一封歌（集）、一封書（集）、四季花、月雲高（集）、月兒高（八曲各一套）。故以桂枝香、八聲甘州為常用首曲。

尾聲六章：尾聲（六十九套）。尾、尾文、餘文（三曲皆六套）。餘音、意不盡（二曲皆二套）。以〔尾聲〕為最常用。

過曲七十一章，參閱第三章第三節過曲曲牌。曲牌聯綴有以下諸類：

1、八聲甘州、不是路、賺（二曲可省）聯解三酲為定式，例外者僅沈則年（長亭執手）一套，於八聲甘州後聯皂羅袍、羽調排歌、掉角兒序、尾。若欲為長套，八聲甘州與解三酲用曲數可增加。

2、玉抱肚後以聯掉角兒（或掉角兒序）為常。

〔註4〕見《文史哲學報》，15期，民國55年8月，頁346。

3、不是路（或賺）聯解三酲（或解三酲犯）或掉角兒（或掉角兒序）。欲爲長套，不是路之前可加桂枝香。不是路之後可加排歌、皂羅袍、大聖樂（三曲順序可任意互換）。

4、長拍聯短拍。之前，以聯不是路（或賺）爲常。

5、皂羅袍（或錦羅袍、皂羅袍犯）聯勝葫蘆（或錦葫蘆、勝葫蘆犯）聯樂安神（或安神歌、樂安神犯）爲常。

故可得常例六：

1、八聲甘州（傍妝臺、二犯傍妝臺，一或二支）、不是路（或賺，或省）、解三酲（掉角兒、掉角兒序，二或三支）、尾。

2、引、（或可增不等之單曲）、玉抱肚、掉角兒（或掉角兒序）、尾。

3、引、（或可增曲）、不是路（或賺、傍妝臺、傍妝臺犯）、解三酲（或解三酲犯，二支或省）、掉角兒（或掉角兒序）、尾。

4、引、不是路（或賺）（或省）、長拍、短拍、尾。

5、引、（或可增曲）、桂枝香、不是路（或賺）、排歌、皂羅袍、大聖樂（三曲順序可互換、或省）、掉角兒（或掉角兒序）、尾。

6、引、皂羅袍（或錦羅袍、皂羅袍犯）、勝葫蘆（或錦葫蘆、勝葫蘆犯、葫蘆歌、大河蟹犯）、樂安神（或安神歌、樂安神犯）（可省）、一封書、尾。

以上仙呂宮散套一般聯套聯綴方式，同於明代傳奇例式者有七：〔註5〕

1、桂枝香、不是路、長拍、短拍、尾聲。傳奇另加引子成套。長拍聯短拍，在散套或傳奇中皆爲定則。

2、小措大、不是路、長拍、短拍、尾聲。傳奇另加引子成套。

3、二犯傍妝臺、長拍、短拍、尾聲。傳奇除加引子外，並連用二支〔二犯傍妝臺〕成套。

4、不是路（賺）聯掉角兒（或掉角兒序）。散套在二曲之間必聯〔解三酲〕或〔解三酲犯〕，傳奇則無。

5、八聲甘州（二支）聯解三酲（二支）。散套或在二曲間聯〔不是路〕或〔賺〕，傳奇則無。

6、甘州歌（二支）聯解三酲（二支）。散套、傳奇同有此例，散套尚有

〔註5〕有關明代傳奇聯套套式，參見汪志勇《明傳奇聯套研究》，頁73～249。及許子漢著《明傳奇排場三要素發展歷程之研究》（臺灣大學出版委員會，民國86年8月，初版）頁548～635。後皆據此，不另註。

以〔解三酲犯〕或〔解酲歌〕代〔解三酲〕例。

7、桂枝香（二支）聯大迓鼓（二支）。散套、傳奇同有此例。

實例如下：

用曲三支，七套：

1、鵲橋仙、玉女搖仙佩、尾聲。共五套：張全一〈因尋地內天〉、張全一〈看歸根復命篇〉、張全一〈先調呼吸均〉、張全一〈閒看龍虎經〉、張全一〈不容意馬狂〉。

2、八聲甘州、解三酲、尾聲。一套：無名氏〈鶯喉乍逞〉。

3、美中美、下山虎、尾聲。一套：無名氏〈日墜西〉。

用曲四支，四套：

1、桂枝香、玉抱肚、掉角兒序、尾聲。一套：無名氏〈金纓疊翠〉。

2、西河柳、水紅花、梧葉兒、尾聲。一套：無名氏〈體態嬌〉。

3、皂羅袍、勝葫蘆、一封書（集）、尾聲。一套：沈璟〈別後春山眉淡〉。

4、二犯傍妝臺（集）、長拍、短拍、尾聲。一套：陳所聞〈今宵月在畫樓前〉。

用曲五支，三十五套：

1、桂枝香（三支）、掉角兒序、尾聲。一套：李東陽〈未拈針線〉。

2、桂枝香、不是路、長拍、短拍、尾。一套：唐寅〈相思如醉〉。

3、桂枝香、不是路、長拍、短拍、尾聲。八套：吳嶔〈畫樓憑倚〉、王登〈今宵何夕〉、屠隆〈青燈殘夜〉、許次紓〈春愁無賴〉、沈自徵〈雲峰簇繡〉、張叔元〈蕭疏風雨〉、陳子升〈綠楊三月〉、張枏〈蕭森雨夕〉。

4、桂枝香、不是路〔註6〕、長拍、短拍、餘文。共四套：梁辰魚〈江東日暮〉、張鳳翼〈一天愁緒〉、張佳胤〈因他別後〉、余壬公〈炎威雨送〉。

5、桂枝香、不是路、長拍、短拍、尾文。一套：施紹莘〈風頭雨急〉。

＊上四式實同，僅尾聲稱名不同。

6、桂枝香、賺、長拍、短拍、尾聲。共三套：王驥德〈江南春早〉、吳載伯〈涼颭初至〉、施紹莘〈支頤獨坐〉。

＊〔賺〕即〔不是路〕，上五式實同。

7、小措大、不是路、長拍、短拍、尾聲。共三套：羅欽順〈暗潮拍岸〉、梁辰魚〈桂堂東畔〉、史槃〈敲冰進舫〉。

〔註6〕〔不是路〕為〔賺〕曲俗名，見《新譜》，頁195。

＊此式與上一式僅第一支曲不同，以〔小措大〕代〔桂枝香〕。

8、桂枝香（二支）、不是路、掉角兒、尾文。一套：施紹莘〈一堆雪裡〉。

9、八聲甘州、不是路、解三酲（二支）、尾聲。一套：顧養謙〈幽思悄悄〉。

10、八聲甘州、皂羅袍、羽調排歌、掉角兒序、尾聲。一套：沈則平〈長亭執手〉。

11、一封歌（集）、錦羅袍（集）、葫蘆歌（集）、安神歌（集）、尾。一套：康海〈金風動暑收〉。

12、醉扶歸、江兒水、皂羅袍、香柳娘、尾聲。一套：李文瀾〈聽敲窗夜雨知多少〉。

13、望吾鄉、傍妝臺、解三酲、掉角兒序、尾聲。共二套：無名氏〈膏雨初情〉、秦時雍〈歸計蕭然〉。

14、一封書犯（集）、皂羅袍犯（集）、大河蟹犯（集）、〔註7〕樂安神犯（集）、尾聲。一套：陳鐸〈池水泮乍暖〉。

15、一封書犯（集）、皂羅袍犯（集）、大河蟹犯（集）、樂安神犯（集）、餘音。一套：陳鐸〈朔風勁透幙〉。

16、一封書犯（集）、皂羅袍犯（集）、勝葫蘆犯（集）、安樂神犯（集）、尾聲。一套：陳鐸〈驚一葉墜井〉。

＊上三式實同。

17、一封書（集）、皂羅袍、勝葫蘆、樂安神、尾聲。一套：無名氏〈人皆畏夏日〉。

18、望吾鄉、傍妝臺犯（集）、解三酲犯（集）、掉角兒犯（集）、尾聲。一套：楊文岳〈爛熳春光〉。

19、甘州歌（二支）（集）、解三酲（二支）、尾聲。一套：秦時雍〈幽窗自省〉。

20、甘州歌（二支）（集）、解三酲犯（二支）（集）、尾聲。一套：王思軒〈歸來未晚〉。

用曲六支，十六套：

1、八聲甘州、不是路、解三酲（三支）、尾。一套：吳國寶〈良宵霽景〉。

2、八聲甘州（二支）、不是路、解三酲（二支）、尾聲。共二套：梁辰魚

<hr />

〔註7〕即〔勝葫蘆犯〕。

〈紅樓繡榜〉、無名氏〈古道長堤〉。

3、八聲甘州（二支）、不是路、解三酲（二支）、尾文。一套：施紹莘〈鴛鴦牒上〉。

＊上二式實同，僅尾聲稱名不同。

4、傍妝臺（二支）、不是路、掉角兒（二支）、尾。一套：吳國寶〈近重陽〉。

5、傍妝臺（二支）、不是路、掉角兒序（二支）、餘音。一套：夏完淳〈客愁新〉。

6、臨鏡序（二支）、賺、掉角兒序（二支）、尾聲。一套：李開先〈夢雖成〉。

＊上三式實同，只是首曲與尾聲用異名。

7、八聲甘州（二支）、賺、掉角兒（二支）、尾聲。一套：無名氏〈東風太猛〉。

8、八聲甘州（二支、換頭）、不是路、掉角兒序（二支）、尾聲。一套：杜子華〈梨花小雨〉。

＊上二式實同。

9、八聲甘州（二支、換頭）、不是路、解三酲（二支）、尾聲。一套：沈仕〈相思無底〉。

＊由上列九式，可歸納：〔八聲甘州〕與〔傍妝臺〕；〔解三酲〕、〔掉角兒（序）〕，在組構上可替換。

10、醉扶歸、皂羅袍、月上海棠、江兒水、僥僥令、尾聲。一套：沈瓚〈效于飛鴛侶天生就〉。

11、醉扶歸、步步嬌、皂羅袍、好姐姐、香柳娘、尾聲。一套：程可中〈自你劣心腸〉。

12、四季花、集賢賓、簇林鶯集、琥珀貓兒墜、水紅花、尾聲。一套：梁辰魚〈寒氣透疎櫺〉。

13、二犯傍妝臺（二支、換頭）（集）、不是路、掉角兒序（二支）、尾聲。一套：周瑞〈景淒涼〉。

14、二犯傍妝臺（二支）（集）、不是路、掉角兒（二支）、尾。一套：馮惟敏〈恨匆匆〉。

15、月雲高（集）、桂枝香、皂羅袍、玉抱肚、掉角兒、尾。一套：吳國

寶〈象床豹枕〉。

　　用曲七支，十四套：

　　1、八聲甘州、不是路、解三酲（四支）、尾聲。一套：陳所聞〈海天月上〉。

　　2、八聲甘州、賺、解三酲（四支）、尾聲。一套：陳所聞〈高秋月朗〉。

　　＊上二式實同。

　　3、八聲甘州（四支）、解三酲（二支）、尾聲。一套：無名氏〈弓弓鳳鞋〉。

　　4、羽調排歌（四支）、金錢花（二支）、尾聲。一套：夏言〈碧酒金樽〉。

　　5、桂枝香（二支）、香柳娘（二支）、琥珀貓兒墜（二支）、意不盡。共二套：胡文煥〈廣寒謫下〉、胡文煥〈香車送罷〉。

　　6、桂枝香（四支）、不是路、掉角兒、尾文。一套：施紹莘〈留春不住〉。

　　7、傍妝臺（二支）、不是路（二支）、掉角兒（二支）、尾聲。一套：無名氏〈勢滔天〉。

　　8、醉扶歸、步步嬌、江兒水、園林好、五供養、叨叨令、尾聲。一套：王登〈相思欲見渾難見〉。

　　9、甘州歌（二支）（集）、解酲歌（二支）（集）、皂羅歌（二支）（集）、尾文。一套：施紹莘〈天容我懶〉。

　　10、羽調排歌（二支）、甘州歌（四支）（集）、尾聲。一套：陳與郊〈何處春來〉。

　　11、二犯傍妝臺（二支）（集）、簇林鳥（二支）、琥珀貓兒墜（二支）、尾聲。一套：張鳳翼〈無語淚闌干〉。

　　12、二犯傍妝臺（集）、醉歸花月渡（集）、皂袍公子（集）、解三酲、解羅歌（集）、感亭秋、尾聲。一套：馮夢龍〈小書生龐兒齋整〉。

　　13、桂枝香、排歌、繡太平（集）、三解酲（集）、大節高（集）、東甌蓮（集）、尾聲。一套：張葦如〈星期活現〉。

　　用曲八支，一套：

　　1、望吾鄉、傍妝臺犯（二支）（集）、解三酲犯（二支）（集）、掉角兒犯（二支）（集）、尾聲。一套：秦時雍〈合是冤家〉。

　　用曲九支，六套：

　　1、桂枝香（二支）、大迓鼓（二支）、大勝樂（二支）、解三酲（二支）、尾聲。一套：張鳳翼〈提心在口〉。

2、桂枝香、黃鶯兒、僥僥令（二支）、催拍、不是路、解三醒、掉角兒、尾聲。一套：蘇子文〈坐壇遣將〉。

3、月兒高、桂枝香、不是路、排歌、皂羅袍、大聖樂、解三醒、掉角兒、尾文。一套：施紹莘〈花星偏照〉。

4、二犯月兒高（集）、桂枝香、不是路、排歌、皂羅袍、大聖樂、解三醒、掉角兒、尾聲。一套：梁辰魚〈月冷青松殿〉。

5、二犯月兒高（集）、桂枝香、不是路、皂羅袍、排歌、大勝樂、解三醒、掉角兒、尾聲。一套：康海〈夢想八陵勝〉。

＊此式與上一式僅第四支曲與第五支曲順序對調。

6、二犯傍妝臺（集）、黃鶯兒、琥珀貓兒墜、皂羅袍、香柳娘、江兒水、僥僥令（二支）、尾聲。一套：秦時雍〈一別杜韋娘〉。

用曲十支，二套：

1、八聲甘州（二支、換頭）、不是路（二支）、解三醒（三支）、掉角兒（二支）、餘文。一套：康海〈幽懷悄悄〉。

2、八聲甘州（二支）、不是路（二支）、解三醒、皂羅袍犯（集）、解三醒、勝葫蘆犯（集）、解三醒、安樂神犯（集）、尾聲。一套：沈璟〈因緣簿冷〉。

用曲十一支，一套：

1、桂枝香、玉抱肚、憶多嬌、香柳娘、皂羅袍、賞宮花、園林好、五供養、琥珀貓兒墜、僥僥令、餘文。一套：無名氏〈玉人不見〉。

用曲十二支，二套：

1、八聲甘州（二支）、不是路、解三醒（二支）、鵝鴨滿渡船、赤馬兒（四支）、拗芝蔴、尾聲。二套：張瘦郎〈陰陰月上〉、席浪仙〈夢醒羅帳〉。

用曲十三支，一套：

1、八聲甘州（二支）、不是路、解三醒犯（二支）（集）、黃龍滾犯（二支）（集）、四犯黃龍滾（四支）（集）、鵝鴨滿渡船、尾聲。一套：李維楨〈相思難守〉。

用曲十四支，一套：

1、八聲甘州（二支）、賺（二支）、解三醒犯（二支）（集）、降黃龍犯（二支）（集）、黃龍袞犯（四支）（集）、鵝鴨滿渡船、尾聲。一套：王九思〈天長地久〉。

用曲十七支，一套：

1、桂枝香（四支）、宜春令（四支）、二郎神（二支）、集賢賓（二支）、黃鶯兒（二支）、琥珀貓兒墜（二支）、尾聲。一套：杜子華〈芳叢深處〉。

（二）羽　調

共四式，計有六套，可考作者作六套。最短者五曲，最長者六曲，各有三套。

首曲三章：勝如花（三套）。四季花（二套）。四時花（一套）。以勝如花為較常用。

尾聲一章：尾聲（六套）。

過曲聯入套中者八章，參閱第三章第三節過曲曲牌。曲牌聯綴方式僅得一式，即集賢賓聯簇林鶯。《明傳奇排場三要素發展歷程之研究》、《明傳奇聯套研究》一般聯套皆未列羽調。

實例如下：

用曲五支，三套：

1、勝如花（二支）（集）、三段子、滴溜子、尾聲。共三套：馮夢禎〈從他去經幾春〉、馮夢龍〈從他去春又更〉、秦冰澳〈從他去春幾更〉。

用曲六支，三套：

1、四時花、集賢賓、簇林鶯（集）、琥珀貓兒墜、水紅花、尾聲。一套：沈璟〈秋雨過空墀〉。

2、四季花、集賢賓、簇林鶯（集）、琥珀貓兒墜、水紅花、尾聲。一套：陳子升〈花下綠茵鋪〉。

3、四季花、集賢賓、簇林鶯（集）、水紅花、解三酲、尾聲。一套：張瘦郎〈瀟瑟小闌干〉。

（三）正　宮

共三十三式，計有四十二套，可考作者作四十一套，無名氏作一套。最短者三曲，最長者七曲，以用曲五支為常。

首曲十六章：普天樂（十套）。刷子序犯（集、八套）。錦纏道（五套）、傾杯賞（玉）芙蓉（集、四套）。玉芙蓉、雁過聲、四塊玉（三曲皆為二套）。白練序、刷子序、山漁燈犯（集）、攤破雁過聲（集）、刷子帶芙蓉（集）、端正好、二犯朝天子（集）、四邊靜、漁燈兒（以上九曲皆一套）。故普天樂為

最常用之首曲。

尾聲六章：尾聲（三十五套）。尾文（二套）。餘音（二套）。餘文、尚輕圓煞、尾（以上三曲皆一套）。以〔尾聲〕最常用。

聯入套中者四十八章，參閱第三章第三節過曲曲牌。曲牌聯綴有以下諸類：

1、雁過聲（或攤破雁過聲）當首曲，必接風淘沙（二支）、一撮棹。

2、普天樂（或普天樂犯、普天帶芙蓉）聯朱奴兒（或朱奴帶錦纏、朱奴插芙蓉）爲常。

3、傾杯序後必接玉芙蓉（芙蓉犯或省）、山桃犯（小桃紅、山桃紅）。

4、普天樂、雁過聲、傾杯序、小桃紅、玉芙蓉（可省）、尾，爲正宮基本套式。若欲變換套式，〔雁過聲〕可以換頭或〔雁過聲犯〕替換；〔傾杯序〕可以換頭替換；〔小桃紅〕可以〔山桃花〕、〔山桃花犯〕、〔山桃犯〕替換，或各支過曲皆增二支成長套。

5、以刷子序犯爲首曲，第三支曲必接普天樂或普天樂犯。若以刷子帶芙蓉爲首曲，第三支曲則接普天帶芙蓉。

故可得常例三：

1、雁過聲（攤破雁過聲）、風淘沙（二支）、一撮棹、尾。

2、引、玉芙蓉、普天樂（或普天樂犯）、普天帶芙蓉（或省）、朱奴兒（朱奴帶錦纏、朱奴插芙蓉）、尾。

3、普天樂、雁過聲（雁過聲換頭、雁過聲犯，或二支）、傾杯序（傾杯序換頭、二支）、玉芙蓉（二支或省）、小桃紅（或山桃花、山桃紅、山桃花犯、山桃犯，或二支）、尾。

以上正宮散套一般聯套聯綴方式，同於明代傳奇例式者有四：

1、普天樂、雁過聲、傾杯序、玉芙蓉、山桃犯、尾。此式在散套或傳奇中，皆爲基本套式。傳奇通常再加引子成套，或在引子後加一、二支他曲成套。〔傾杯序〕後必接〔玉芙蓉〕，於散套，傳奇皆爲定則。

2、刷子序犯隔一曲後必聯普天樂。在散套，〔普天樂〕或代以〔普天樂犯〕。傳奇通常將上二式連用加引子成套。

3、錦纏道聯普天樂。此式在散套可用在開頭或過曲曲位，在傳奇僅用在過曲曲位。

4、刷子序犯、山漁燈犯、普天樂犯、朱奴兒犯、尾聲。傳奇另加引子成

套。

實例如下：

用曲三支，一套：

1、白練序、醉太平、尾聲。一套：沈瓚〈殘月冷〉。

用曲四支，四套：

1、玉芙蓉、尾犯序、朱奴兒、尾聲。一套：陳子升〈初爻小半添〉。

2、錦纏道、普天樂、古輪臺、尾聲。共二套：馬守眞〈本待學樹交枝奇花並頭〉、王驥德〈憶年時〉。

3、錦纏道、玉芙蓉、山桃犯（集）、尾文。一套：施紹莘〈慘西風〉。

用曲五支，十九套：

1、雁過聲、風淘沙（二支）、一撮棹、尾聲。一套：張鍊〈十二樓中月正圓〉。

2、雁過聲、風淘沙（二支）、一撮棹、餘音。一套：康海〈萬紫千紅總是春〉。

＊上二式實同，僅尾聲稱名不同。

3、錦纏道、太師引、三學士（集）、解三酲、尾聲。一套：楊愼〈心悒快〉。

4、玉芙蓉（二支）、刷子序（二支）、尾聲。一套：周履靖〈浮生類轉蓬〉。

5、傾杯玉芙蓉（集）、玉芙蓉、普天樂、朱奴兒、尾聲。一套：祿洪〈幽閣沉沉絕繁華〉。

6、傾杯賞芙蓉（集）、玉芙蓉、普天樂犯（集）、朱奴帶錦纏（集）、尾聲。共二套：楊愼〈隔牆新月上梅花〉、陳子龍〈喚起生香軟玉屛〉。

7、普天樂、雁過聲犯（集）、傾盃序、山桃花犯（集）、尾聲。一套：申瑤泉〈對西風〉。

8、刷子序、虞美人犯（集）、普天樂犯（集）、針線箱犯（集）、餘文。一套：梁辰魚〈貼追想錦堂〉。

9、刷子序犯（集）、山漁燈犯（集）、普天樂犯（集）、朱奴兒犯（集）、尾聲。共三套：楊愼〈南浦雨初歇〉、卜世臣〈一線枕鴛痕〉、沈璟〈回首曉窻前〉。

10、刷子序犯（集）、漁家傲犯（集）、普天樂犯（集）、朱奴兒犯（集）、尾聲。一套：張栩〈花落武陵寂〉。

11、刷子序犯（集）、鍼線箱犯（集）、普天樂犯（集）、虞美人犯（集）、尾聲。共二套：程可中〈漂泊恨無主〉、程可中〈別了幾多時〉。

＊上三式僅第二支曲不同。

12、刷子序犯（集）、錦纏道、普天樂、朱奴兒、尾聲。一套：張叔元〈花落武陵寂〉。

13、山漁燈犯（集）、錦庭樂（集）、朱奴兒犯（集）、六么令、尾聲。一套：李翠微〈燈如畫〉。

14、攤破雁過聲（集）、風淘沙（二支）、一撮棹、餘音。一套：無名氏〈萬里無雲爽氣清〉。

15、刷子帶芙蓉（集）、山漁燈犯（集）、普天帶芙蓉（集）、朱奴插芙蓉（集）、尾聲。一套：劉兌〈雲雨阻巫峽〉。

用曲六支，十三套：

1、普天樂、雁過聲、傾杯序、玉芙蓉、小桃紅、尾文。一套：施紹莘〈我才名〉。

2、普天樂、雁過聲、傾杯序、玉芙蓉、小桃紅、尾聲。共二套：薛常吉〈閉月容〉、吳載伯〈前生緣〉。

＊上二式實同，僅尾聲稱名不同。

3、普天樂、雁過聲、傾杯序、玉芙蓉、山桃花、尾聲。一套：史槃〈武陵花〉。

＊此式與前二式僅第五支曲不同。

4、端正好、滾繡毬、倘秀才、脫布衫、醉太平、尾聲。一套：史直夫〈花下燕鶯期〉。

5、普天樂、鴈過聲（換頭）、傾盃序（換頭）、玉芙蓉、小桃紅、尚輕圓煞。一套：李東陽〈四時歡〉。

6、普天樂、鴈過聲（換頭）、傾盃序（換頭）、玉芙蓉、小桃紅、尾聲。一套：王驥德〈黑貂塵〉。

＊上二式僅尾聲稱名不同。

7、普天樂、雁過聲（換頭）、傾杯序（換頭）、玉芙蓉、山桃紅（集）、尾聲。一套：沈璟〈片時情〉。

＊上二式僅第五支曲不同。

8、普天樂、鴈過聲、傾盃序、玉芙蓉、山桃紅（集）、尾聲。一套：高

濂〈夜深沉〉。

　　＊上二式實同，僅第二、三支曲有無換頭之異。

　　9、普天樂、鴈過聲、傾盃序、玉芙蓉、山桃犯（集）、尾聲。一套：沈仕〈建安才〉。

　　＊此式與上一式僅第五支曲不同。

　　10、傾杯賞芙蓉（集）、雁過聲（換頭）、普天樂、朱奴兒、小桃紅、尾聲。一套：王驥德〈一徑春風轉狹斜〉。

　　11、四塊玉、雁過聲、傾盃序、芙蓉犯（集）、山桃犯（集）、尾聲。一套：陸治〈武陵花〉。

　　12、二犯朝天子（二支）（集）、不是路、掉角兒序（二支）、尾聲。一套：張伯瑜〈歌罷鶯簧舞罷鸞〉。

　　用曲七支，四套：

　　1、四邊靜（四支）、劉鈒兒（二支）、尾聲。一套：夏言〈白鷗園上風光好〉。

　　2、錦纏道（四支）、古輪臺（二支）、尾聲。一套：秦時雍〈記當時〉。

　　3、漁燈兒（二支）、錦漁燈、錦上花、錦中拍、錦後拍、尾聲。一套：王驥德〈我愛你仕女輩性格聰明〉。

　　4、刷子序犯（集）、雁過聲（換頭）、傾杯序（換頭）、玉芙蓉、小桃紅、一撮棹、尾聲。一套：王驥德〈白眼看青天〉。

　　用曲十支，一套：

　　1、四塊玉、鴈過聲（二支）、傾盃序（二支）、玉芙蓉（二支）、山桃紅（二支）（集）、尾。一套：吳國寶〈春歸去〉。

（四）大石調

　　共四式，計有十二套，可考作者作十二套。最短者五曲，最長者七曲，以用曲七支為常。

　　首曲三章：念奴嬌序（十套）。賽觀音、念奴嬌（二曲各一套）。以念奴嬌序為常用首曲。

　　尾聲三章：尾聲（十套）。尾文、餘文（二曲各一套）。以〔尾聲〕為最常用。

　　過曲聯入套中者十章，參閱第三章第三節過曲曲牌。曲牌聯綴有二式：

　　1、賽觀音（二支）、人月圓（二支）、尾。

2、念奴嬌序（念奴嬌）（四支、可換頭）、古輪臺（二支、可換頭）、尾。

以上大石調散套一般聯套聯綴方式，同於明代傳奇例式者有二：

1、念奴嬌序（四支）、古輪臺（二支）、尾聲。傳奇另加引子成套。

2、賽觀音（二支）、人月圓（二支）。傳奇另加引子作開頭組曲。

實例如下：

用曲五支，一套：

1、賽觀音（二支）、人月圓（二支）、尾聲。共一套：王驥德〈怕些羞〉。

用曲七支，十一套：

1、念奴嬌序（四支）、古輪臺（二支）、尾聲。共五套：顧夢圭〈同雲萬里〉、陳所聞〈淮南叢桂〉、陳所聞〈桃花萬樹〉、陳所聞〈煙波萬頃〉、馮廷槐〈湖光清淺〉。

2、念奴嬌序（四支）、古輪臺（二支）、尾文。一套：施紹莘〈陰情〉。

＊上二式實同，僅尾聲稱名不同。

3、念奴嬌序、尾犯序、錦纏道、傾盃序、玉芙蓉、小桃紅、尾聲。一套：王田〈麗譙落月〉。

4、念奴嬌序（四支、第二支換頭）、古輪臺（二支、換頭）、尾聲。一套：梁辰魚〈龍荒萬里〉。

5、念奴嬌序（四支、第二支換頭）、古輪臺（二支）、尾文。一套：施紹莘（予家烟水）。

6、念奴嬌序（四支、第二、三支換頭）、古輪臺（二支、換頭）、餘文。一套：余壬公〈江天望里〉。

7、念奴嬌（四支、第三支換頭）、古輪臺（二支、換頭）、尾聲。一套：周履靖〈停橈渡口〉。

＊上四式實同，僅首曲換頭曲位有異。

（五）中呂宮

共五十三式，計有七十八套，可考作者作六十九套，無名氏作九套。最短者四曲，最長者十三曲，以用曲五支爲常。

首曲十五章：好事近（集、二十一套）。石榴花（十二套）。榴花泣（十一套）。泣顏回（十套）。瓦盆兒（七套）。粉蝶兒（三套）。本序、山花子、粉孩兒（三曲各二套）。錦纏道、佳人捧玉盤、古輪臺、不是路、漁家傲、駐雲飛（八曲各一套）。以〔好事近〕、〔石榴花〕、〔榴花漁〕、〔泣顏回〕爲首曲

為常。

　　尾聲七章：尾聲（六十一套）。餘文、尾（各五套）。尾文（四套）。餘音、隨煞、鳳毛兒（各一套）。以使用〔尾聲〕為常。

　　過曲聯入套中者六十一章，參閱第三章第三節過曲曲牌。曲牌聯綴有以下諸類：

　　1、普天樂以聯古輪臺為常。

　　2、不是路（或賺）聯掉角兒（或解三酲）。

　　3、越恁好（一或二支）聯朱履曲（即紅繡鞋，一或二支）。

　　4、黃龍滾犯聯撲燈蛾犯聯上小樓犯聯疊字犯（或疊字錦犯）。

　　故可得常式四：

　　1、引、錦纏道、普天樂（可省）、古輪臺、尾。欲為長套，可在錦纏道、普天樂間增加玉芙蓉或千秋歲。

　　2、引（或二支）、不是路（或賺）、掉角兒（或解三酲）（一或二支）、尾。欲為長套，解三酲、掉角兒可連用。

　　3、引（或二支）、泣顏回（可省）、千秋歲（一或二支）、古輪臺（可省）、越恁好（一或二支）、朱履曲（一或二支）、尾。

　　4、粉蝶兒、泣顏回、上小樓（或下小樓、石榴花）、泣顏回（或思亞聖、喜漁燈）、黃龍滾犯、撲燈蛾犯、上小樓犯、疊字犯（或疊字錦犯）、犯。

　　以上中呂宮散套一般聯套聯綴方式，同於明代傳奇例式者有：

　　1、瓦盆兒、榴花泣、喜漁燈、尾聲。傳奇另加引子成套。

　　2、泣顏回（二支）、撲燈蛾（二支）、尾聲。傳奇另加引子成套。

　　3、古輪台（二支）、撲燈蛾（二支）、尾聲。傳奇另加引子成套。

　　4、泣顏回（二支）、古輪臺。散套在二曲間尚聯〔普天樂〕，再加尾成套。傳奇則不另加曲，以〔古輪臺〕（二支），再加引、尾成套。就用曲數而言，傳奇只是多一引子。

　　5、石榴花（榴花泣）（二支）、泣顏回（二支）。散套直接加尾成套，欲為長套，則聯〔榴花泣〕，並在尾聲前加他曲成套，傳奇則加引子做為開頭組曲。

　　6、粉孩兒、紅芍藥、耍孩兒、會河陽、越恁好、紅繡鞋、尾聲。傳奇則以此式多加二曲組套，例式有二：

　　（1）以粉孩兒為首曲，則在首曲後聯〔福馬郎〕，在〔會河陽〕後聯〔縷

縷金〕，組合成套。

（2）另加引子，則在〔越恁好〕後聯〔攤破地錦花〕，成為開頭組曲。

以上二式，就用用數而言實同。

實例如下：

用曲四支，十套：

1、錦纏道、普天樂、古輪臺、尾聲。一套：史槃〈滿帆風〉。

2、佳人捧玉盤（集）、天仙子、金錢花、尾聲。一套：無名氏〈自沉吟〉。

3、瓦盆兒、榴花泣（集）、喜漁燈（集）、尾聲。六套：唐寅〈一從分散鸞儔鳳侶〉、梁辰魚〈虔堂坐雨〉、高濂〈相思到底〉、李集虛〈教人對景無言終日減芳容〉、卜世臣〈瞥間又早落紅滿地晚春天〉、陳子升〈宮砂小印〉。

4、榴花泣（集）、喜漁燈（集）、撲燈蛾、尾聲。共二套：陳子升〈自君之出矣〉、王驥德〈經年驛使〉。

用曲五支，三十五套：

1、顏子樂、錦纏道、普天樂、古輪臺、尾聲。一套：馮夢龍〈心事好難說〉。

2、泣顏回（二支）、普天樂、古輪臺、餘音。一套：陳鐸〈天氣暖如春〉。

3、泣顏回（二支）、普天樂、古輪臺、尾文。一套：施紹莘〈見面勝聞名〉。

＊上二式實同，僅尾聲稱名不同。

4、泣顏回（二支、換頭）、撲燈蛾（二支）、尾聲。一套：陳鐸〈薄倖成情雜〉。

5、泣顏回、駐馬聽、漁家燈、千秋歲、尾聲。一套：沈璟〈風露怯青衫〉。

6、泣顏回（二支、換頭）、長拍、短拍、餘文。一套：張鳳翼〈解語一枝花〉。

7、古輪臺（二支、換頭）、撲燈蛾（二支）、尾聲。一套：沈璟〈問當時〉。

8、不是路、泣顏回（二支）、催拍、餘文。一套：無名氏〈徒壁深雞〉。

9、石榴花（二支）、泣顏回（二支）、尾聲。共六套：葉華〈千秋神物〉、陳所聞〈懷人千里〉、陳所聞〈楚天雲淨〉、胡汝嘉〈聽殘玉漏展轉動人愁〉、胡文煥〈世情參破〉、胡文煥〈晴光淑氣〉。

10、石榴花（二支）、剔銀燈（二支）、隨煞。一套：無名氏〈相思終日〉。

11、石榴花（二支）、思亞聖（二支）、尾聲。一套：周履靖〈風清日麗〉。

＊上三式僅第二支曲牌不同。

12、石榴花、駐馬聽、剔銀燈、漁家燈、尾聲。一套：沈璟〈碧桃花外忽聽一聲鐘〉。

13、本序（二支）、古輪臺（二支）、餘文。一套：李開先〈漫天風雨送新愁〉。

14、好事近（集）、錦纏道、普天樂、古輪臺、尾聲。七套：陳鐸〈兜的上心來〉、李文尉〈風月兩無功〉、周履靖〈六出舞長空〉、梁辰魚〈人去莫登樓〉、卜世臣〈貂錦換官粧〉、張栩〈雲雨正堪親〉、高濂〈風雪蕩梅花〉。

15、好事近（集）、錦纏道、普天樂、古輪臺、尾。一套：唐寅〈雲雨杳無蹤〉。

＊上二式實同，僅尾聲稱名不同。

16、好事近（集）、錦纏道、錦庭樂（集）、古輪臺、尾文。一套：施紹莘〈煙柳拂旗亭〉。

＊上二式第三支曲及尾聲稱名不同。

17、好事近（集）、泣顏回、榴花泣（集）、石榴花、尾聲。共二套：梁辰魚〈花館貯多嬌〉、陳所聞〈翹首望風雲〉。

18、好事近（集）、泣顏回、榴花泣（二支）（集）、尾聲。一套：陳所聞〈瞥見繡筵前〉。

19、榴花泣（集）、喜漁燈（集）、攤破地錦花（集）、麻婆子、尾聲。一套：陳子升〈心窩一幅圖〉。

20、榴花泣（二支）（集）、喜漁燈犯（集）、瓦漁燈集、尾。共二套：陳鐸〈佳期重會〉、唐寅〈折梅逢使〉。

21、榴花泣（集）、錦纏道、節節高、漁家燈、尾聲。一套：梁辰魚〈長江東注目斷荻花洲〉。

22、榴花泣（集）、錦纏道、玉芙蓉、古輪臺、尾聲。一套：王驥德〈鍾期已逝〉。

用曲六支，八套：

1、榴花泣（二支）（集）、不是路、掉角兒（二支）、尾聲。一套：無名氏〈別後費相思〉。

2、泣顏回（二支）、不是路、解三醒（二支）、尾聲。一套：趙毅陽〈想起舊姻緣〉。

3、泣顏回（二支、換頭）、賺、解三酲（二支）、尾聲。一套：無名氏〈無語對薔薇〉。

＊上二式實同，首曲有換頭、不換頭之異，尾聲稱名亦不同。

4、石榴花（二支）、不是路、掉角兒（二支）、尾聲。一套：趙南星〈波心華館〉。

5、朝天子（二支）、不是路、掉角兒（二支）、尾聲。一套：張鳳翼〈歌罷鶯簧舞罷鸞〉。

＊上二式僅首曲不同。

6、本序（四支）、古輪臺、尾聲。一套：無名氏〈鰕生羈旅〉。

7、榴花泣（集）、漁家傲、兩紅燈（集）、攤破地錦花（集）、麻婆子、尾聲。一套：張瘦郎〈過春社了〉。

8、瓦盆兒、榴花泣（集）、喜漁燈（集）、攤破地錦花（集）、麻婆子、尾聲。一套：史槃〈西陵渡口〉。

用曲七支，十三套：

1、石榴花（二支）、漁家傲（四支）、尾聲。二套：無名氏〈佳期重會〉、王田〈傷春未已那更又傷秋〉。

2、山花子（四支）、醉公子（二支）、尾聲。一套：夏言〈綠陰處他亭小〉。

3、泣顏回（二支）、太平令（二支）、風入松（二支）、尾聲。一套：卜世臣〈雲雨會巫峽〉。

4、泣顏回（四支）、賺、撲燈蛾、尾聲。一套：秦時雍〈花柳泛晴光〉。

5、泣顏回（三支）、不是路、解三酲（二支）、十二時。一套：陳鐸〈萬卉花王〉。

6、粉孩兒、紅芍藥、耍孩兒、會河陽、越恁好、紅繡鞋、尾聲。一套：陳子升〈巴巴的盼君家捱子夜〉。

7、榴花泣（二支）（集）、泣顏回（二支）、急板令（二支）、尾聲。一套：顏起元〈瑤天夜晃〉。

8、好事近（集）、普天樂、鴈過聲、傾杯樂（集）、小桃紅、笑賢歌、尾聲。一套：陳鐸〈談笑有鴻儒〉。

9、好事近（集）、泣顏回、千秋歲、古輪臺、越恁好、紅繡鞋、尾聲。一套：無名氏〈和氣斗回杓〉。

10、好事近（集）、千秋歲（二支）、越恁好、雙乘鳳（二支）、鳳毛兒。

一套：施紹莘〈花種降瑤池〉。

11、好事近（二支）（集）、千秋歲（二支）、越恁好、朱履曲、餘文。一套：龍膺〈皇眷捲桐圭〉。

12、好事近（二支）（集）、太平令（二支）、撲燈蛾（二支）、尾聲。一套：無名氏〈疎雨過蓮池〉

用曲八支，三套：

1、漁家傲、皂羅袍（四支）、下山虎（二支）、尾聲。一套：蘭陵笑笑生〈別後杳無書〉。

2、泣顏回（二支）、不是路、解三酲（二支）、掉角兒（二支）、餘文。一套：朱廷玉〈暗想配秋娘〉。

3、好事近（集）、榴花泣（集）、錦纏道、千秋歲、普天樂、鮑老催、古輪臺、尾聲。一套：梁辰魚〈書寄秣陵賒〉。

用曲九支，八套：

1、好事近（二支、換頭）（集）、千秋歲（二支）、越恁好（二支）、紅繡鞋（二支）、尾聲。一套：謝讜〈東野翠煙消〉。

2、好事近（二支）（集）、千秋歲（二支）、越恁好（二支）、紅繡鞋（二支）、尾文。二套：施紹莘〈簾外鵲聲高〉、梁辰魚〈蓬島聚群僊〉。

＊上二式實同，僅首曲有換頭，無換頭之別，尾聲稱名亦異。

3、粉蝶兒、泣顏回、下小樓、思亞聖、黃龍滾犯（集）、撲燈蛾犯（集）、上小樓犯（集）、疊字犯（集）、尾聲。一套：周履靖〈浮世紛華〉。

4、粉蝶兒、泣顏回、上小樓、泣顏回、黃龍滾犯（集）、撲燈蛾犯（集）、上小樓犯（集）、疊字錦犯（集）、尾。一套：吳延翰〈湖上逍遙〉。

5、粉蝶兒、泣顏回、石榴花、喜漁燈（集）、黃龍袞犯（集）、撲燈蛾犯（集）、上小樓犯（集）、疊字犯（集）、尾聲。一套：張瘦郎〈淚染青衫〉。

6、榴花泣（集）、錦纏道、玉芙蓉、普天樂、喜漁燈（集）、節節高、大迓鼓、撲燈蛾、尾聲。一套：王驥德〈伯勞飛燕〉。

7、粉孩兒、紅芍藥、兩休休、耍孩兒、大影戲、會河陽、孩兒燈（集）、攤破地錦花（集）、尾聲。一套：馮夢龍〈普天下害相思猶恨少〉。

用曲十二支，一套：

1、山花子（十支）、金錢花、尾聲。一套：夏言〈老臣此日歸田野〉。

用曲十三支，一套：

1、駐雲飛（四支）、皂羅袍（四支）、山花子（四支）、尾。一套：吳國寶〈壽際清朝〉。

（六）南呂宮

共六十三式，計有一百四十九套，可考作者作一百三十六套，無名氏作十三套。最短者二曲，最長者十四曲，以用曲七支爲常。

首曲二十八章：懶畫眉（二十六套）。香遍滿、梁州序（即梁州小序）（二曲各二十四套）。梁州新郎（即梁州賀新郎）（集、十四套）。宜春令（九套）。十樣錦（集、八套）。巫山十二峰（集、七套）。香羅帶、針線箱（二曲各四套）。三十腔（集）（三套）。一江風、石竹花、青衲襖、繡帶引（集）、紅衲襖、一枝花、繡帶兒、太師引（八曲皆二套）。九嶷山（集）、十一聲（集）、瑣窗寒、雁沖天、宜春樂、大勝樂、宜春引（集）、賀新郎、針線箱、折腰一枝花（十曲各一套）。故以懶畫眉、梁州序、梁州新郎爲常用首曲。

尾聲六章：尾聲（一百一十一套）。尾文（十四套）。餘文（十套）。餘音（七套）。尾（六套）、十二時（一套）。以〔尾聲〕爲最常用。

過曲聯入套中者九十四章，參閱第三章第三節過曲曲牌。曲牌聯綴有以下諸類：

1、一支集曲加尾聲成套，見下文用曲二支成例。

2、不是路（或賺）聯掉角兒（或掉角兒序）。

3、梁州序（或梁州賀新郎、二或四支）聯節節高（一或二支）。

4、五更轉、節節高二曲間可聯浣溪沙、大迓鼓、東甌令（可省）（三曲可互換）。

5、梧桐樹（或梧桐樹犯、二犯梧桐樹、金索掛梧桐）聯浣溪沙、劉潑帽（或劉潑帽犯）、秋夜月、東甌令、金蓮子。

6、東甌令可聯梧桐樹、浣溪沙成子母調。

7、尹令聯品令、豆葉黃、玉交枝、三月上海棠（集）、江兒水、川撥棹。

8、東甌令聯三換頭（集）、劉潑帽、大聖樂。

故可得常式七：

1、引、不是路（或賺）、掉角兒（或掉角兒序）、尾。

2、梁州序（或梁州賀新郎、二或四支）、節節高（一或二支）、尾。

3、懶畫眉（或其它引曲）、五更轉、浣溪沙（可省）、東甌令、大迓鼓（三曲順序可互換）、節節高、尾。

4、引、懶畫眉（或省）、梧桐樹（或梧桐樹犯、二犯梧桐樹、金索掛梧桐）、浣溪沙、劉潑帽（或劉潑帽犯）、秋夜月、東歐令、金蓮子、尾聲。

5、引、東歐令、四團花（或滿園香）、東甌令、梧桐樹、東歐令、浣溪沙、尾。

6、引（二支或聯他曲）、尹令、品令、荳葉黃、王交枝、月上海棠、江兒水、川撥棹（一或二支）、尾。

7、宜春令、太師引、瑣窗寒、三段子、東歐令、三換頭、劉潑帽、大聖樂、越恁好（可省，或加數支他曲成長套）、尾。

以上南呂宮散套一般聯套聯綴方式，同於明代傳奇例式者有九：

1、宜春令、太師引、鎖窗寒、三段子、東甌令、三換頭、劉潑帽、大勝樂、解三醒、節節高、三學士、大迓鼓、撲燈蛾、尾聲。此式，傳奇與散套全同。在散套，〔三學士〕曲位或可移在〔解三醒〕前。

2、梁州序（四支）、節節高（二支）、尾聲。傳奇另加引子成套，此式在明傳奇有一百一十六例。

3、針線箱（二支）、解三醒（二支）、尾聲。傳奇另加引子成套。

4、梧桐樹聯浣溪沙。傳奇將二曲各連用一次組套。

5、東甌令聯三換頭聯劉潑帽。此式在散套、傳奇中，同為組曲。

6、繡帶兒、宜春令、降黃龍、醉太平、浣溪沙。此式在散套或傳奇中，同用為開頭組曲。

7、梧桐樹聯東甌令。傳奇將二曲各連用一次，再加引、尾成套。散套則在二曲間插入〔東甌令〕構成子母調組套。

8、東甌令聯三換頭聯劉潑帽。散套除有此例外，尚可以〔東甌令〕聯〔三換頭〕或以〔東甌令〕聯〔劉潑帽〕組曲，傳奇則以〔東歐令〕與〔劉潑帽〕各連用一次組曲。

9、繡帶引、懶針線、醉宜春、瑣窗繡、大節高、東甌蓮、尾聲。明代傳奇另加引子成套。

實例如下：

用曲二支，二十套：

1、九疑山（集）、尾聲。一套：梁辰魚〈江東日暮雲〉。

2、十樣錦（集）、尾聲。共八套：祝允明〈幽窗下沉吟半晌〉、張鳳翼〈今宵夢偏驚孤影〉、張鳳翼〈燈兒下低頭自忖〉、許次紓〈隋堤上依依敗柳〉、梅

鼎祚〈秦樓上月明如水〉、高濂〈嘆冰輪一痕初破〉、高濂〈河橋路征帆初掛〉、吳載伯〈離粧閣又元日節到〉。

3、十一聲（集）、尾聲。一套：施紹莘〈蠟梅花正襯簾兒外〉。

4、巫山十二峰（集）、尾聲。共七套：梁辰魚〈院落清明左右〉、沈璟〈記得當初聚首〉、沈璟〈一片情雲引弄〉、王驥德〈謾想年時邂逅〉、張瘦郎〈繡閣鶯啼月曉〉、卜世臣〈墜葉霜飆緊後〉、張栩〈彩勝迎祥巧剪〉。

5、三十腔（集）、餘音。共二套：無名氏〈喜遇吉日〉、無名氏〈飛龍九五〉。

6、三十腔（集）、尾聲。一套：祝允明〈薄情種〉。

＊上二式實同，僅尾聲稱名不同。

用曲四支，十九套：

1、懶畫眉、不是路、掉角兒、尾聲。共九套：沈仕〈小名兒牽掛在心頭〉、沈仕〈十二闌干玉亭亭〉、梁辰魚〈小名兒牽掛在心頭〉、張鳳翼〈枕痕一線透紅頰〉、胡文煥〈碧山紅樹忽驚秋〉、胡文煥〈佳節久約在中秋〉、胡文煥〈勸君且把火兒消〉、沈璟〈落日遙岑淡煙孤〉、張瘦郎〈玉釵頭懶卸夢難尋〉。

2、懶畫眉、不是路、掉角兒、尾文。共二套：施紹莘〈一枝花發粉牆西〉、施紹莘〈饒君痛飲謝端陽〉。

3、懶畫眉、不是路、掉角兒序、尾聲。一套：張文介〈玉人家傍碧湖頭〉。

4、懶畫眉、賺、掉角兒、尾文。一套：施紹莘〈尊前瞧見那冤家〉。

＊上四式實同，僅尾聲稱名不同。

5、懶畫眉、東甌令、浣溪沙、尾聲。一套：沈瓚〈雙鳳銜花樣兒彎〉。

6、香羅帶、醉扶歸、香柳娘、尾聲。一套：梁辰魚〈天寒澤國秋〉。

7、瑣窗寒、大勝樂、奈子花、尾聲。一套：沈璟〈想當初普救寺鶯鶯〉。

8、一江風、東甌令、針線箱、尾聲。一套：無名氏〈景無窮〉。

9、梁州序（二支）、節節高、尾文。一套：施紹莘〈晚雲初霽〉。

10、雁沖天、羅江怨（集）、梧葉兒、尾聲。一套：無名氏〈落紅滿徑〉。

用曲五支，十套：

1、石竹花（二支）、漁家傲犯（二支）（集）、尾聲。一套：史榮〈相思最苦〉。

2、針線箱（二支）、解三酲（二支）、尾。共三套：唐寅〈自別來查無音信〉、王驥德〈喜新春一番新事〉、卜世臣〈進別觸遠山將暮〉。

3、石竹花（二支）、漁家傲（二支）、尾聲。一套：茅溱〈從他別後海角天涯〉。

4、懶畫眉（二支）、不是路、掉角兒、尾聲。一套：胡文煥〈惡姻緣斷送一宵難〉。

5、懶畫眉、不是路、掉角兒（二支）、尾文。共二套：施紹莘〈膽瓶斜插蜀葵花〉、施紹莘〈尖風微透漾銘旌〉。

＊上二式僅首曲與第三支曲用曲數有別，尾聲稱名亦異。

6、梁州小序（二支）、節節高（二支）、尾聲。一套：無名氏〈東吳名勝〉。

7、宜春樂（集）、太師帶（集）、學士解酲（集）、潑帽令（集）、尾聲。一套：王驥德〈牛郎遠隔絳河〉。

用曲六支，七套：

1、香遍滿、瑣窗寒、劉潑帽、大聖樂、生薑芽、尾。一套：唐寅〈春風薄分〉。

2、青衲襖、風入松、江兒水、銷金帳、鎖南枝、餘音。一套：無名氏〈聖明君過禹湯〉。

3、大勝樂（二支）、不是路、掉角兒序（二支）、尾聲。一套：馮夢龍〈活冤家難遣心窩〉。

4、懶畫眉、五更轉、浣溪沙、東甌令、節節高、尾聲。共二套：沈璟〈鏡破重圓帶重結〉、卜世臣〈落瓣輕黏暖絲香〉。

5、懶畫眉、五更轉、大迓鼓、東甌令、節節高、尾聲。一套：王驥德〈問可人何處只在畫橋西〉。

＊上二式僅第三支曲不同。

6、宜春引（集）、針線窗（集）、柰子樂（集）、秋夜令（集）、浣溪蓮（集）、尾聲。一套：王驥德〈平康里〉。

用曲七支，四十二套：

1、賀新郎（四支）、節節高（二支）、尾聲。一套：無名氏〈江涵秋景〉。

2、懶畫眉、東甌令、賞宮花、降黃龍、大勝樂、解三酲、尾聲。共二套：張鳳翼〈東風何事送愁來〉、張栩（芙蓉如面柳如眉〉。

3、太師引、瑣窗寒、三段子、東甌令、大勝樂、解三酲、尾聲。一套：張瘦郎〈怎丟開〉。

4、香羅帶（二支）、醉扶歸（二支）、香柳娘（二支）、尾聲。一套：康

海〈東風一夜冽〉。

5、梁州賀新郎（四支、第三支換頭）（集）、節節高（二支）、尾聲。共十二套：無名氏〈長堤春曉〉、張鳳翼〈筠郂星散〉、張鳳翼〈瓊樓人靜〉、陳所聞〈樽開北海〉、陳所聞〈溪山玉立〉、陳所聞〈石頭雄鎮〉、陳所聞〈林開嘉樹〉、陳所聞〈閑雲虛閣〉、陳所聞〈林臧丘壑〉、陳所聞〈松蘿供秀〉、陳所聞〈金風蕭瑟〉、陳所聞〈彤雲紛布〉。

6、梁州賀新郎〈四支、第三支換頭〉（集）、節節高（二支）、餘音。一套：邢一鳳〈三秋天氣〉。

＊上二式實同，僅尾聲稱名不同。

7、梁州小序（四支、第三支換頭）、節節高（二支）、餘文。共三套：齊小碧〈陰風寒悄〉、許石屋〈仙橋星耿〉、祝允明〈幽香新染〉。

8、梁州序（四支、第三支換頭）、節節高（二支）、餘文。共五套：王九思〈江梅春泄〉、沈自徵〈青陽開泰〉、余壬公〈平湖浮碧〉、王錡登〈低垂繡幕〉、梁辰魚〈郊原風暖〉。

9、梁州序（四支、第三支換頭）、節節高（二支）、尾文。共四套：施紹莘〈尖風一夜〉、施紹莘〈千門花柳〉、施紹莘〈花明如綺〉、施紹莘〈羅衣初試〉。

10、梁州序（四支、第三支換頭）、節節高（二支）、尾聲。共七套：梁辰魚〈西園暮景〉、葉華〈巖扉雲掩〉、葉華〈綠窗虛寂〉、周履靖〈雲村煙閣〉、周履靖〈澄江清迴〉、祝允明〈一蓬飛絮〉、祝允明〈廣寒清冷〉。

11、梁州序（四支、第三支換頭）、節節高（二支）、餘音。共三套：吳承恩〈連天一色〉、常倫〈青山岑寂〉、陳鐸〈西園暮景〉。

＊上五式實同，僅尾聲稱名不同。

12、繡帶引（集）、懶針線（集）、醉宜春（集）、瑣窗繡（集）、大節高（集）、東甌蓮（集）、尾聲。一套：沈璟〈驀忽地雙眉暗鎖〉。

13、針線箱、紅衫兒、太師引、醉太平、三學士（集）、大迓鼓犯（集）、尾聲。一套：馮夢龍〈萬斛愁滿懷堆埵〉。

用曲八支，九套：

1、懶畫眉、步步嬌、山坡羊、江兒水、玉交枝、園林好、僥僥令、尾文。一套：施紹莘〈暗燈微雨小窗紗〉。

2、青衲襖、五更轉、東甌令、大迓鼓、浣溪沙、節節高、金蓮子、尾聲。

一套：金鑾〈韡香肩鬆臂金〉。

　　3、紅衲襖、五更轉、浣溪沙、東甌令、大迓鼓、節節高、金蓮子、尾聲。一套：張栩〈記初逢秋月盈〉。

　　＊由用曲六支的第四、五式，知〔大迓鼓〕與〔浣溪沙〕可替換，上二式〔東甌令〕與〔浣溪沙〕皆列第三支曲位，則二曲可替換。又〔大迓鼓〕與〔東甌令〕位置亦同，則〔大迓鼓〕、〔浣溪沙〕、〔東甌令〕三曲應可替換。

　　4、一江風、紅衲襖（四支）、大影戲（二支）、尾聲。一套：張葦如〈那嬌娃〉。

　　5、一枝花、紅衲襖、繡太平、宜春樂（集）、太師引、東甌令、劉潑帽、尾聲。一套：無名氏〈來親彌撒經〉。

　　6、繡帶兒、太師引、瑣窗寒、三換頭（集）、劉潑帽、三學士（集）、東甌令、尾聲。一套：王驥德〈長惆悵青樓無賴〉。

　　7、紅衲襖、五更轉、浣溪沙、東甌令（集）、大迓鼓、節節高、金蓮子、尾聲。一套：梁辰魚〈韡香肩〉。

　　8、繡帶引（集）、懶針線、醉宜春（集）、瑣窗繡（集）、大節高（集）、浣潑帽（集）、東甌蓮（集）、尾聲。一套：馮夢龍〈為董遐周贈薛晏升〉。

　　9、懶畫眉、二犯梧桐樹（集）、浣溪沙、劉潑帽、秋夜月、東甌令、金蓮子、尾聲。一套：陳與郊〈張家臺榭李家樓〉。

　　用曲九支，二十七套：

　　1、香遍滿、懶畫眉、梧桐樹、浣溪沙、劉潑帽、秋夜月、東甌令、金蓮子、尾。共二套：唐寅〈因他消瘦〉。吳國寶〈從他去後〉。

　　2、香遍滿、懶畫眉、梧桐樹、浣溪沙、劉潑帽、秋夜月、東甌令、金蓮子、尾聲。共三套：朱應辰〈淚染啼鵑〉、顧大典〈別來時候〉、祿洪〈相思去贏病〉。

　　3、香遍滿、懶畫眉、梧桐樹、浣溪沙、劉潑帽、秋夜月、東甌令、金蓮子、尾文。一套：施紹莘〈重陽時候〉。

　　＊上三式實同，僅尾聲稱名不同。

　　4、香遍滿、東甌令、四團花、東甌令、梧桐樹、東甌令、浣溪沙、東甌令、尾聲。共二套：無名氏〈柳徑花溪〉、無名氏〈紫陌紅徑〉。

　　5、折腰一枝花、東甌令、滿園香、東甌令、梧桐樹、東甌令、浣溪沙、東甌令、尾聲。一套：蘭陵笑笑生〈紫陌紅徑〉。

6、繡帶兒、宜春令、降黃龍、醉太平、浣溪沙、滴溜子、鮑老催、琥珀貓兒墜、尾聲。一套：董其昌〈難提起〉。

7、香羅帶、醉扶歸、香柳娘、江兒水、園林好、玉交枝、玉抱肚、貓兒墜玉枝（集）、尾聲。一套：秦時雍〈去年三月中〉。

8、香遍滿、懶畫眉、金索掛梧桐（集）、浣溪沙、劉潑帽、秋夜月、東甌令、金蓮子、尾聲。一套：梁辰魚〈雲容月貌〉。

9、香遍滿、懶畫眉、金索掛梧桐（集）、浣溪沙、劉潑帽犯（集）、秋夜月、東甌令、金錢花、尾聲。一套：王九思〈鸞鳳同聘〉。

10、香遍滿、懶畫眉、二犯梧桐樹（集）、浣溪沙、劉潑帽、秋夜月、東甌令、金蓮子、尾聲。共四套：王誩〈玉人何處〉、顧起元〈人歸春仲〉、許次紓〈江山遙嘖〉、陳鐸〈因他消瘦〉。

11、香遍滿、懶畫眉、二犯梧桐樹（集）、浣溪沙、劉潑帽、秋夜月、東甌令、金蓮子、餘文。一套：張葦如〈驀然相見〉。

12、香遍滿、懶畫眉、二犯梧桐樹（集）、浣溪沙、劉潑帽、秋夜月、東甌令、金蓮子、尾文。一套：施紹莘〈蟾勾趑影花陰〉。

＊上三式實同，僅尾聲稱名不同。

13、香遍滿、懶畫眉、梧桐樹犯（集）、浣溪沙、劉潑帽、秋夜月、東甌令、金蓮子、尾聲。共五套：陳子升〈春風吹至〉、祿洪〈懨懨憔瘦〉、凌濛初〈芳時輕渡〉、王驥德〈從他別後〉、沈璟〈千般驚訝〉。

14、太師引、瑣窗寒、三段子、東甌令、三換頭（集）、解三酲、三學士（集）、節節高、尾聲。一套：高濂〈花飛陌上春將盡〉。

15、梁州新郎（集）、漁燈兒（二支）、錦漁燈、錦上花、錦中拍、錦後拍、罵玉郎、尾聲。一套：無名氏〈莫愁湖上〉。

16、宜春令、太師引、瑣窗寒、東甌令、劉潑帽、三學士（集）、浣溪沙、解三酲、尾聲。一套：王驥德〈章台路〉。

用曲十支，四套：

1、宜春令、太師引、瑣窗寒、三段子、東甌令、三換頭（集）、劉潑帽、大聖樂、越恁好、尾文。一套：施紹莘〈春將盡〉。

2、懶畫眉（二支）、尹令、品令、荳葉黃、玉交枝、三月上海棠（集）、江兒水、川撥棹、尾聲。一套：湯傳楹〈河斜斗轉度橫星〉。

3、一枝花、紅衲襖、繡太平、醉太平、宜春樂（集）、大勝樂、太師引、

東甌令、劉潑帽、尾聲。一套：無名氏〈誰能離世網〉。

4、香遍滿、懶畫眉、二犯梧桐樹（集）、浣溪沙（二支）、劉潑帽、秋夜月、東甌令、金蓮子、尾聲。一套：張葦如〈武昌門阻〉。

用曲十一支，二套：

1、香羅帶、忒忒令、尹令、品令、豆葉黃、玉交枝、月上海棠、江兒水、川撥棹（二支）、尾聲。一套：張瘦郎〈橫斜水月中〉。

2、懶畫眉（四支）、畫眉序（四支）、滴溜子、雙聲子、尾聲。一套：鄭翰卿〈一片落花飛〉。

用曲十四支，九套：

1、香遍滿（二支）、梧桐樹（二支）、浣溪沙（二支）、劉潑帽（二支）、秋夜月（二支）、東甌令（二支）、金蓮子、尾聲。一套：俞琬綸〈燈前今夜〉。

2、宜春令、太師引、瑣窗寒、三段子、東甌令、三換頭（集）、劉潑帽、大聖樂、三學士（集）、解三酲、節節高、大迓鼓、撲燈蛾、尾聲。一套：湯顯祖〈青陽侯煙雨淋〉。

3、宜春令、太師引、鎖窗寒、三段子、東甌令、三換頭（集）、劉潑帽、大勝樂、解三酲、節節高、三學士（集）、大迓鼓、撲燈蛾、尾聲。共五套：張栩〈梅林霽〉、張叔元〈梅林霽〉、高濂〈燈前恨〉、史槃〈燕臺駿〉、梁辰魚〈貂裘染〉。

＊此式與上一式調名全同，僅〔三學士〕位置有異。

4、宜春令、太師引、鎖窗寒、三段子、東甌令、三換頭、劉潑帽、大勝樂、解三酲、節節高、三學士（集）、大迓鼓、撲燈蛾、餘文。一套：余壬公〈歸來好〉。

5、宜春令、太師引、鎖窗寒、三段子、東甌令、三換頭、劉潑帽、大勝樂、解三酲、節節高、三學士、大迓鼓、撲燈蛾、十二時。一套：吳栽伯〈春將去〉。

＊上三式實同，僅尾聲稱名不同。

（七）黃鐘宮

共四十二式，計有六十三套，可考作者作四十二套，無名氏作二十一套。最短者四曲，最長者十二曲，以用曲五支為常。

首曲十四章：畫眉序（三十六套）。啄木兒（八套）。恨更長（三套）。春雲怨（二套）。侍香金童（二套）。畫眉序犯（集、二套）、畫眉畫錦（集、二

套）。賞宮花、都春序、燈月照畫眉（集）、女子上陽臺（集）、錦堂罩畫眉（集）、畫眉著皀袍（集）、絳都春序（以上七曲皆爲一套）。其中〔畫眉序犯〕、〔畫眉畫錦〕、〔燈月照畫眉〕、〔畫眉著錦袍〕均爲〔畫眉序〕之集曲，可視爲〔畫眉序〕之變調，故〔畫眉序〕爲黃鐘散套最常用之首曲。

尾聲六章：尾聲（四十九套）、餘音（四套）、尾（三套）、餘文（三套）、尾文（三套）、十二時（一套），以〔尾聲〕最常用。

聯入套中者九十三章，參閱第三章第三節過曲曲牌。曲牌聯綴有以下諸類：

1、啄木兒聯賣花聲、歸仙洞。

2、啄木兒聯鮑老兒（或三段子）。

3、黃鶯兒聯集賢賓。

4、三段子可聯滴溜子或鮑老催、滴滴金。

5、滴溜子聯雙聲子。若欲爲長套，可各增爲二支，或在二者間加入三段子、鮑老催或滴滴金（二者可互換）。

6、鬧樊樓聯滴滴金或雙聲疊韻（或二曲並用）。

故可得常例五：

1、引、啄木兒（或省）、賣花聲、歸仙洞、尾。

2、引、啄木兒、鮑老兒、尾。

3、引、黃鶯兒、集賢賓、琥珀貓兒墜、尾。

4、引、啄木兒、三段子（或省）、鮑老催（或滴溜子、滴滴金）、尾。

5、引、滴溜子、鮑老催（一或二支，或省）、滴滴金（或省）、三段子（或省）、雙聲子（一或二支）、尾。

以上黃鐘宮散套一般聯套聯綴方式，同於明代傳奇例式者有三：

1、引、啄木兒、三段子。明傳奇通常連用二支〔啄木兒〕再接〔三段子〕或他曲作開頭組曲。

2、滴溜子聯鮑老催聯滴滴金。散套於〔滴溜子〕後聯〔雙聲子〕爲常例，若欲爲長套，可在二曲間加〔鮑老催〕或〔滴滴金〕。傳奇並聯三曲，正是散套長套的組構方式。

3、引、出隊子、鬧樊樓、滴滴金、畫眉序、啄木兒、三段子、滴溜子（鬥雙雞）、下小樓、耍鮑老、尾聲。此式，除引子在散套用〔絳都春序〕，傳奇則用〔絳都春〕，第八支曲傳奇用〔鬥雙雞〕外，餘全同。

實例如下：

用曲四支，九套：

1、啄木兒、琥珀貓兒墜（二支）、尾聲。一套：宛瑜子〈骨兒媚〉。

2、啄木兒、賣花聲、歸仙洞、尾聲。一套：張栩〈眉彎翠〉。

3、侍香金童、傳言玉女（集）、月裡嫦娥、尾。一套：無名氏〈黃菊綻東籬〉。。

4、侍香金童、傳言玉女、月裡嫦娥、尾聲。一套：無名氏〈瑞氣滿皇都〉

＊上二式實同，僅尾聲稱名不同。

5、恨更長、啄木兒、鮑老兒、尾聲。一套：無名氏〈這悶懷〉。

6、恨更長、啄木兒、鮑老兒、餘音。一套：無名氏〈夏日長〉。

＊上二式實同，僅尾聲稱名不同。

7、春雲怨、三春柳、醉羅歌（集）、尾聲。共三套：無名氏〈壽比南山〉、無名氏〈暗想嬌質〉、無名氏〈鴈杳音稀〉。

用曲五支，十七套：

1、啄木兒（二支）、三段子、滴溜子、尾聲。共四套：文徵明〈秋歸後〉、杜子華〈從別後〉、莫是龍〈從別後〉、周履靖〈尋幽去〉。

2、啄木兒（二支）、賣花聲、歸仙洞、餘文。一套：黃洪憲〈春歸後〉。

3、畫眉序、黃鶯兒（金衣公子）、集賢賓、琥珀貓兒墜、尾聲。共七套：虞臣〈花下見妖嬈〉、朱曰藩〈花月可憐宵〉、吳懋〈花月可憐宵〉、馬佶人〈瓾月泛瑤觴〉、朱應辰〈花月醉蘭房〉、秦時雍〈飛夢到南州〉、秦時雍〈富貴帝台春〉。

4、畫眉序、黃鶯兒、集賢賓、琥珀貓兒墜、餘音。一套：朱應辰〈鸚鵡斷金繩〉。

＊上二式實同，僅尾聲稱名不同。

5、畫眉序、黃鶯兒、會佳賓、琥珀貓兒墜、餘文。一套：無名氏〈秋雨洒芭蕉〉。

＊上二式尾聲稱名不同，第三支曲〔集賢賓〕、〔會佳賓〕名稱有異。〔會佳賓〕之名，僅見此例。

6、畫眉序（二支）、皂羅袍（二支）、尾聲。一套：王克篤〈佳節上元宵〉。

7、恨更長、啄木兒、三段子、鮑老催、尾聲。一套：無名氏〈深院愁〉。

8、燈月照畫眉（集）、黃鶯學畫眉（集）、啄木叫畫眉（集）、集賢聽畫

眉（集）、尾聲。一套：沈仕〈珠簾半垂〉。

用曲六支，四套：

1、畫眉序（二支）、滴溜子、鮑老催、雙聲子、尾聲。一套：沈璟〈冷雨落梧桐〉。

2、畫眉序、皂羅袍（二支）、蠻牌令、下山虎、尾聲。一套：無名氏〈醉向畫樓凭〉。

3、賞宮花、獅子序、降黃龍、大勝樂、太平歌、尾聲。一套：無名氏〈黑雲障太虛〉。

4、女子上陽台（集）、仙燈照畫眉（集）、黃鶯喚畫眉（集）、啄木叫畫眉（集）、集賢聽畫眉（集）、尾聲。一套：祝允明〈郎才女貌〉。

用曲七支，六套：

1、畫眉序（四支）、滴溜子、雙聲子、尾聲。共二套：陳所聞〈初霽雪峰高〉、陳所聞〈繡幙蕩晴霞〉。

2、畫眉序（三支）、滴溜子、鮑老催、雙聲子、尾聲。一套：周履靖〈六出遍雲艫〉。

3、畫眉序（二支）、神仗兒（二支）、鬧樊樓、雙聲疊韻、餘音。一套：無名氏〈皇恩被華夷〉。

4、畫眉序、浣溪沙犯（集）、三段子犯（集）、滴溜子、下小樓、永團圓犯（集）、尾聲。一套：無名氏〈人心怎能測〉。

5、錦堂罩畫眉（集）、畫眉籠錦堂（集）、錦堂罩畫眉（集）、畫眉罩錦堂（集）、醉公子、僥僥令、十二時。一套：周履靖〈學道飱霞〉。

用曲八支，六套：

1、畫眉序（四支）、滴溜子、鮑老催、雙聲子、尾文。一套：施紹莘〈心頭轉淒惻〉。

2、畫眉序（四支）、滴溜子、鮑老催、雙聲子、尾聲。一套：無名氏〈約友到西郊〉。

＊上二式實同，僅尾聲稱名不同。

3、畫眉序、黃鶯兒、集賢賓、啄木兒、三段子、滴滴金、耍鮑老、尾聲。一套：無名氏〈蕭寺久停喪〉。

4、畫眉序犯（集）、集賢賓犯（集）、皂羅袍犯（集）、香柳娘犯（集）、滴溜子犯（集）僥僥令犯（集）、鶯啼序犯（集）、尾聲。一套：徐階〈煙暖

杏花明〉。

4、畫眉著皂袍（集）、羅袍帶一封（集）、一封付黃鶯（集）、黃鶯叫集賢（集）、集賢伴醉公（集）、醉看貓兒醉（集）、貓兒趕畫眉（集）、尾。一套：唐寅〈扶病倚南樓〉。

5、啄木兒（二支）、三段子、歸朝歡、錦庭樂（二支）（集）、象牙床、尾聲。一套：李開先〈景偏長〉。

用曲九支，共八套：

1、畫眉序（四支）、滴溜子、滴滴金、鮑老催、雙聲子、尾聲。共二套：楊慎〈玉宇動涼風〉、陳所聞〈山郭覽秋暉〉。

2、畫眉序（四支）、滴溜子、鮑老催、滴滴金、雙聲子、尾文。共二套：施紹莘〈孤燈伴愁寂〉、施紹莘〈水墨寫江天〉。

＊上二式實同，僅〔滴滴金〕與〔鮑老催〕順序互換而已。

3、畫眉序（四支）、滴溜子、三段子、鮑老催、雙聲子、尾聲。一套：無名氏〈瑞藹五雲樓〉。

＊此式亦略同前式，但將〔滴滴金〕換為〔三段子〕。

4、畫眉序（二支）、神仗兒（二支）、鬧樊樓、滴滴金、鬥雙雞、雙聲疊韻、餘音。一套：無名氏〈盛世樂昇平〉。

5、畫眉序、黃鶯兒、下山虎、蠻牌令、皂羅袍、四換頭、梧桐樹、水紅花、餘文。一套：無名氏〈終日睡朦朧〉。

6、畫眉序（四支）、醉公子（二支）、僥僥令（二支）、尾。一套：吳廷翰〈白髮紫雲翁〉。

用曲十支，一套：

1、畫眉序（四支）、滴溜子、鮑老催、滴滴金、鮑老催、雙聲子、尾聲。一套：梁辰魚〈金風動南國〉。

用曲十一支，共七套：

1、畫眉序（二支）、神仗兒（二支）、滴溜子（二支）、鮑老催（二支）、雙聲子（二支）、尾聲。一套：陳鐸〈花月滿春城〉。

2、畫眉序（四支）、神仗兒（二支）、滴溜子（二支）、雙聲子（二支）、尾聲。共二套：無名氏〈湖景畫難摩〉、卜世臣〈花信曉風微〉。

3、畫眉序犯（集）、錦堂月犯（集）、集賢賓犯（集）、黃鶯兒犯（集）、一封書犯（集）、皂羅袍犯（集）、甘州歌犯（集）、解三酲犯（集）、好姐姐

犯（集）、僥僥令、尾聲。一套：劉兌〈鸚鵡報春晴〉。

4、畫眉畫錦（集）、畫錦賢賓（集）、賢賓黃鶯（集）、黃鶯一封（集）、一封皂袍（集）、羅袍排歌（集）、甘州解酲（集）、解酲姐姐（集）、姐姐醉公（集）、醉公僥僥（集）、尾聲。一套：張瘦郎〈楊柳漸藏鴉〉。

5、都春序、出隊子、鬧樊樓、滴滴金、畫眉序、沙上啄木兒（集）、三段繡（集）、滴溜子、下小樓、永團圓犯（集）、尾聲。一套：高濂〈春愁萬結〉。

6、絳都春序、出隊子、鬧樊樓、滴滴金、畫眉序、啄木兒、三段子（集）、滴溜子、下小樓、耍鮑老、尾聲。一套：王九思〈情濃乍別〉。

用曲十二支，共一套：

1、畫眉畫錦（二支）（集）、畫錦畫眉（二支）（集）、神仗兒（二支）、滴溜子（二支）、鮑老催（二支）、雙聲子、尾聲。一套：無名氏〈人際大明天〉。

用曲十三支，共一套：

1、畫眉序、黃鶯兒、四時花、皂羅袍帶（集）、解三酲、浣溪沙、喬合笙、啄木兒、玉交枝、玉抱肚、玉山供（集）、川撥棹、尾聲。一套：謝遷〈紅徑柳絲牽〉。

用曲十四支，共三套：

1、畫眉序、黃鶯兒、四時花、皂羅袍、解三酲、浣溪沙、柰子花、集賢賓、琥珀貓兒墜、啄木兒、玉交枝、憶多嬌、月上海棠、尾聲。共二套：朱應辰〈一曲楚狂歌〉、無名氏〈嬋影亂低鬟〉。

2、畫眉序、黃鶯兒、四時花、皂羅袍犯（集）、解三酲、浣溪沙犯（集）、奈子花、集賢賓、琥珀貓兒墜、啄木鸝（集）、玉交枝、憶多嬌、月上海棠、尾聲。一套：王九思〈無意整雲鬟〉。

（八）越 調

共十式，計有十一套，可考作者作九套，無名氏作二套。最短者四曲，最長者九曲，以用曲九支為常。

首曲六章：小桃紅（六套）。玉簫令、亭前柳、鬥寶蟾、繡停針、祝英臺（五曲各一套）。故小桃紅為常用首曲。

尾聲四章：尾聲（七套）。餘音（二套）。餘文、有餘情煞（二曲各一套）。以〔尾聲〕為最常用。

　　過曲聯入套中者二十九章，參閱第三章第三節過曲曲牌。由於套式不多，除小桃紅聯下山虎為定則外，曲牌聯綴不一，聯綴方式同於明代傳奇者有二：

　　1、小桃紅、下山虎、蠻牌令、尾聲。傳奇另加引子成套。

　　2、小桃紅、下山虎、山麻稭、五韻美、蠻牌令、五般宜、江頭送別、江神子、尾聲。傳奇另加引子成套。

　　實例如下：

　　用曲四支，二套：

　　1、小桃紅、下山虎、蠻牌令、尾聲。共二套：梁辰魚〈星沙舊國〉、張鳳翼〈雨花臺畔〉。

　　用曲五支，一套：

　　1、玉簫令、西河柳、五奧子（二支）、尾聲。一套：無名氏〈鳳友鸞友〉。

　　用曲七支，二套：

　　1、亭前柳（二支）、皂羅袍（二支）、下山虎（二支）、尾聲。一套：唐寅〈瓶墜寶簪折〉。

　　2、鬥寶蟾、忒忒令、五供養、好姐姐、風淘沙、川撥棹、餘文。一套：馮廷槐〈兩字鴛鴦〉。

　　用曲八支，二套：

　　1、小桃紅、下山虎、山麻稭、恨薄情、四般宜、怨東君、江頭送別、餘音。一套：王元和〈暗思金屋配合春嬌〉。

　　2、小桃紅、下山虎、二犯鬥寶蟾（集）、恨薄情、四般宜、怨東君、江頭送別、餘音。一套：楊應奎〈□□□□□花人也〉。

　　用曲九支，四套：

　　1、小桃紅、下山虎、山麻稭、五韻美、蠻牌令、五般宜、江頭送別、江神子、尾聲。一套：陳鐸〈暗想昔日配春嬌〉。

　　2、小桃紅、下山虎、山麻客、五韻美、四般宜、五般宜、江頭送別、憶多嬌、尾聲。一套：梁辰魚〈江東逐客〉。

　　3、繡停針、祝英台、望歌兒、鬥寶蟾、四時宜、山麻客、惜多嬌、江神子、有餘情煞。一套：無名氏〈蕩起商颷〉。

　　4、祝英臺（四支、第二支換頭）、沉醉海棠紅（二支）（集）、川荳葉（二支）、尾聲。一套：祝允明〈展金衣〉。

　　（九）商　　調

　　共一百二十式，計有一百八十三套，可考作者作一百七十一套，無名氏作十二套。最短者二曲，最長者十九曲，以用曲五支爲常。

　　首曲二十五章：二郎神（五十一套）。集賢賓（二十四套）。黃鶯兒（十九套）。山坡羊（十六套）。梧桐樹、金梧桐（二曲各十五套）。金索掛梧桐（集）（十套）。鶯啼序（七套）。十二紅（集、五套）。字字錦（三套）。集賢賓、漁父第一、畫眉序（三曲各二套）。喜梧桐、金甌線解醒（集）、金甌醉（集）、二賢賓（集）、長相思、二郎試畫眉（集）、伊州三臺令、半面二郎神（集）、逍遙樂、臨江仙、繡帶兒、畫錦畫眉（集）（以上十二曲各一套）。故二郎神、集賢賓爲最常用之首曲。

　　尾聲十章：尾聲（一百四十二套）。尾文（十七套）。餘音（八套）。尾（七套）。餘文（四套）。意不盡、意難忘、尚繞梁煞、小尾、十二時（五曲各一套）。以〔尾聲〕最常用。

　　過曲聯入套中者一百二十章，參閱第三章第三節過曲曲牌。曲牌聯綴有以下諸類：

　　1、黃鶯兒（或集賢賓，二曲可並用）聯琥珀貓兒墜。

　　2、黃鶯兒聯集賢賓（順序可互換），用曲數可隨套式長短增加。除此外，可於二曲之前、之中、之後各增曲成長套。

　　3、集賢賓、黃鶯兒之間可加入鶯啼序聯啄木兒（或金甌線解醒）（或省）。

　　4、黃鶯兒、琥珀貓兒墜之間可加入簇御林、啄木鸝。

　　5、集賢賓、琥珀貓兒墜之間可加入鶯啼序、玉鶯兒。

　　6、囀林鶯聯啄木鸝（或錦衣公子）聯簇御林（可省）。

　　7、不是路聯掉角兒序。

　　8、御林鶯（或簇林鶯、簇御林）聯琥珀貓兒墜。

　　9、皂羅袍聯解三醒（或解三醒犯）聯玉抱肚聯掉角兒序。

　　10、東甌令聯皂羅袍（或大聖樂、感皇恩、針線箱、採茶歌）（或可省）聯解三醒。

　　11、東甌令聯大勝樂（或劉潑帽、解三醒、奈子花、三換頭）（可省）聯浣溪沙。

　　12、浣溪樂（或浣沙娘）聯春太平聯奈子落瑣窗（或奈子窗）。

　　故可得常式如下：

　　1、引、黃鶯兒（或集賢賓、啄木鸝、簇御林、鶯啼序）、琥珀貓兒墜、

尾。

2、引、黃鶯兒（一或二支）、集賢賓（一或二支）、琥珀貓兒墜（一或二支）、尾。

3、引、五更轉、簇林鶯（簇御林）、琥珀貓兒墜、尾。

4、引、集賢賓、鶯啼序、啄木兒（或金甌線解醒聯攤破簇御林）（可省）、黃鶯兒（或玉鶯兒、可省）、琥珀貓兒墜（一或二支）、尾。

5、引、集賢賓、黃鶯兒（順序可互換）、鬥鵪鶉（或滴溜子）（可省）、簇御林（或啄木鸝、簇林鶯）（可省）、琥珀貓兒墜、尾。

6、引、囀林鶯（一或二支）、啄木鸝（或錦衣公子）（一或二支）（可省）、簇御林（可省）、琥珀貓兒墜（或黃鶯兒）、尾。

7、引、大勝樂（可省）、不是路、掉角兒（或掉角兒序，一或二支）、尾。

8、引、皂羅袍、解三醒（解三醒犯）、玉抱肚、掉角兒序（或掉角兒序犯）、尾。

9、引、東甌令、皂羅袍（可省）、大勝樂（可省）、感皇恩（可省）、針線箱（可省）、採茶歌（可省）、解三醒（或浣溪沙，一或二支）、尾。

10、引、五更轉（可省）、東甌令、太勝樂（或劉潑帽）（並用時，順序可互換）（可省）、解三醒（或奈子花，一或二支，亦可省）、三換頭（可省）、浣溪沙、大迓鼓或（金錢花）（可省）、三學士（可省）、節節高（可省）、尾。

11、引、浣溪樂（或浣沙娘）、春太平、奈子落瑣窗（或奈子窗）、尾。

以上商調散套一般聯套聯綴方式，同於明代傳奇例式有九：

1、集賢賓（二支）、琥珀貓兒墜（二支）、尾聲。傳奇加引子成套。

2、黃鶯兒（二支）、琥珀貓兒墜（二支）、尾聲。傳奇加引子成套。

3、黃鶯兒（二支）、族御林（二支）、琥珀貓兒墜（二支）、尾聲。傳奇加引子成套。

4、二郎神（二支）、集賢賓（二支）、琥珀貓兒墜（二支）、尾聲。傳奇加引子成套。

5、集賢賓（二支）、黃鶯兒（二支）、琥珀貓兒墜（二支）、尾聲。傳奇加引子成套。

6、二郎神（二支）、集賢賓（二支）、黃鶯兒（二支）、琥珀貓兒墜（二支）、尾聲。傳奇加引子成套。

7、二郎神（二支）、囀林鶯（二支）、啄木鸝（二支）、黃鶯兒（二支）、

尾聲。傳奇加引子成套。

　　8、集賢賓（二支）、黃鶯兒（二支）、簇御林（二支）。此式，散套加尾即成套，傳奇加引子作開頭組曲。

　　9、山坡羊、水紅花、梧桐花。散套加尾成套，傳奇用作開頭組曲。

　　實例如下：

　　用曲二支，五套：

　　1、十二紅（集）、尾聲。共五套：吳載伯〈雞聲兒啼來孤帳〉、施紹莘〈一團花看看消瘦〉、張君平〈愛春宵千金難討〉、林石崗〈照孤衾寒燈半滅〉、陳鐸〈伴孤燈三更情況〉，此式亦見於明代傳奇商調聯套例式。

　　用曲三支，三套：

　　1、集賢賓、琥珀貓兒墜、尾聲。共二套：陳鶴〈當年采春元姓劉〉、陳鶴〈相思如水無盡流〉。

　　2、梧桐樹、解三酲、尾聲。一套：宛瑜子〈人兒不解愁〉。

　　用曲四支，十七套：

　　1、梧桐樹、東甌令、皂羅袍、尾聲。共三套：金鑾〈鶯停柳外聲〉、黃祖儒〈繁花滿樹飄〉、無名氏〈殘紅水上飄〉。

　　2、金梧桐、東甌令、浣溪沙、尾聲。共二套：嵇行若〈淒淒夜色清〉、沈璟〈煙消楊柳綠〉。

　　3、山坡羊、水紅花、梧桐花、尾聲。一套：陳子升〈梅花弦一絲一線〉。

　　4、山坡羊、水紅花、皂羅袍、尾聲。一套：陳子升〈落日昏鴉成陣〉。

　　＊上二式僅第三支曲不同。

　　5、山坡羊（二支）、琥珀貓兒墜、尾聲。一套：無名氏〈夢中人不謙不恕〉。

　　6、字字錦、不是路、鵲踏枝、尾文。一套：施紹莘〈勾消宿世緣〉。

　　7、字字錦、滿園春（二支）、尾聲。一套：無名氏〈東風二月天〉。

　　8、集賢賓、黃鶯兒、簇御林、尾聲。一套：馮夢龍〈盟山盟海誰亂謅〉。

　　9、漁父第一、刮地風、滴溜子、尾聲。一套：王異〈嫁夫婿農莊務瑣〉。

　　10、黃鶯兒（二支）、憶多嬌、尾聲。一套：周履靖〈移網掛江邊〉。

　　11、二郎神、金衣公子、琥珀貓兒墜、尾聲。一套：周君建〈春情蕩〉。

　　12、金索掛梧桐（集）、東甌令、皂羅袍、尾聲。一套：金鑾〈茅堂夜正寒〉。

13、金落索（集）、香歸羅袖（集）、皂羅袍、尾聲。一套：無名氏〈河清海晏然〉。

14、集賢賓、啄木鸝（集）、琥珀貓兒墜、尾聲。一套：沈璟〈枝頭幽鳥剛弄舌〉。

用曲五支，五十四套：

1、金梧桐、東甌令、大勝樂、解三酲、餘音。共三套：陳鐸〈香醪爲解愁〉、陳鐸〈深深繡幙遮〉、鄭若庸〈香醪爲解愁〉。

2、金梧桐、東甌令、大勝樂、解三酲、尾聲。共六套：沈璟〈偷傳袖裡私〉、王驥德〈何須苦逗留〉、吳載伯〈紅殘綠已凋〉、馮延年〈春風蘇小家〉、許彥輔〈堪悲宋玉秋〉、嵇高也〈罡風猝地騰〉。

＊上二式實同，僅尾聲稱名不同。

3、金梧桐、東甌令、大勝令（集）、解三酲、尾聲。一套：沈璟〈頻來眼上兜〉。

＊上三式僅第三支曲不同。

4、梧桐樹、東甌令、大勝樂、解三酲、尾聲。一套：宛瑜子〈風流偏惹愁〉。

＊此式與上三式僅首曲不同。

5、梧桐樹、東甌令、大勝樂、解三酲、尾文。一套：施紹莘〈歌長壇板溫〉。

6、梧桐樹、東甌令、大勝樂、解三酲、餘音。共二套：陳所聞〈心忘寵辱驚〉、陳所聞〈秋風一夕生〉。

＊上三式實同，僅尾聲稱名不同。

7、梧桐樹、東甌令、解三酲（二支）、餘音。一套：陳所聞〈名隨翰墨流〉。

8、集賢賓、黃鶯兒、琥珀貓兒墜（二支）、尾聲。一套：劉兌〈芭蕉冷落秋氣幽〉。

9、集賢賓、黃鶯兒、玉交枝、月上海棠、尾聲。一套：湛若水〈春雲低鎖碧玉樓〉。

10、集賢賓、黃鶯兒、簇御林、琥珀貓兒墜、尾聲。共二套：沈璟〈春來見花眞個羞〉、陳子龍〈東風細吐春影微〉。

11、集賢賓（二支）、黃鶯兒（二支）、尾聲。一套：沈璟〈一聲杜宇落

照間〉。

12、集賢賓（二支）、黃鶯兒、簇御林、尾聲。一套：馮夢龍〈相思一日十二時〉。

13、集賢賓、簇林鶯（集）、啄木兒、琥珀貓兒墜、尾聲。一套：沈瓚〈登樓倚檻看暮景〉。

14、集賢賓（二支）、琥珀貓兒墜（二支）、尾聲。共二套：謝雙〈高城漏盡天欲曙〉、方氏〈高城漏盡天漸啓〉。

15、黃鶯兒（二支）、琥珀貓兒墜（二支）、尾聲。共四套：胡文煥〈搖落怎生熬〉、胡文煥〈題起一番愁〉、胡文煥〈事業付漁樵〉、收春主人〈情趣在相偷〉。

16、黃鶯兒、集賢賓、鶯啼序、琥珀貓兒墜、尾聲。一套：沈璟〈清瘦仗誰醫〉。

17、黃鶯兒（二支）、簇御林（二支）、尾聲。一套：伍瓘夫〈花色療飢呵〉。

18、黃鶯兒（二支）、簇御林、琥珀貓兒墜、尾聲。一套：周履靖〈仙客坐苔磯〉。

19、二郎神、集賢賓、琥珀貓兒墜（二支）、尾聲。一套：錢福〈爐燼裊〉。

20、二郎神、集賢賓、黃鶯兒、琥珀貓兒墜、尾聲。共二套：徐媛〈朱闌石〉、徐維敬〈秋雲淨〉。

21、二郎神、集賢賓、黃鶯兒、琥珀貓兒墜、尾文。共六套：施紹莘〈春才好〉、施紹莘〈秋風起〉、施紹莘〈和衣睡〉、施紹莘〈花如夢〉、施紹莘〈煙花夢〉、施紹莘〈春雲卷〉。

＊上二式實同，僅尾聲稱名不同。

22、二郎神、集賢賓、鶯啼序、琥珀貓兒墜、尾聲。一套：沈璟〈天若肯〉。

23、鶯啼序、集賢賓、黃鶯兒、琥珀貓兒墜、尾聲。共二套：王寵〈梧桐一葉初凋〉、周君建〈月殘一似殘燈〉。

24、山坡羊、五更轉、御林鶯（集）、琥珀貓兒墜、尾聲。一套：馮夢龍〈捲楊花拿不住你情性〉。

25、山坡羊、五更轉、簇林鶯（集）、琥珀貓兒墜、尾聲。一套：張栩〈露春蔥桃腮紅嫩〉。

＊上二式實同，僅第三支曲不同，〔御林鶯〕、〔簇林鶯〕爲同曲異名。

26、畫眉序、黃鶯兒、集賢賓、琥珀貓兒墜、尾聲。一套：祝允明〈一見杜韋娘〉。

27、喜梧桐、西河柳、一封書（集）、皂羅袍、尾聲。一套：無名氏〈佳辰值晚秋〉。

28、金索掛梧桐（集）、東甌令、解三醒（二支）、尾聲。一套：陳所聞〈常瞻北斗標〉。

29、集賢賓、啄木鸝（集）、琥珀貓兒墜、滴溜子、尾聲。一套：楊文岳〈天涯自他爲去客〉。

30、金絡索（集）、五更轉、簇御林、琥珀貓兒墜、尾聲。共二套：梁辰魚〈瑤臺一緯僊〉、張栩〈岷峨孕薛濤〉。

31、金甌線解醒（集）、浣溪樂（集）、春太平（集）、奈子落瑣窗（集）、尾聲。一套：沈璟〈相思沒奈何〉。

32、金甌醉（集）、浣紗娘（集）、春太平（集）、奈子窗、尾聲。一套：張瘦郎〈春英飛滿簷〉。

33、二賢賓（集）、啄木鸝（集）、水紅花、三段子、意不盡。一套：陳子升〈春深也〉。

用曲六支，三十套：

1、二郎神、集賢賓、黃鶯兒、簇御林、貓兒墜、尾聲。一套：陳鐸〈芭蕉裡〉。

2、二郎神、集賢賓、黃鶯兒、簇御林、琥珀貓兒墜、尾聲。共二套：王驥德〈鴛鴦夢〉、董斯張〈秋雲冷〉。

3、二郎神、集賢賓、鶯啼序、玉鶯兒（集）、琥珀貓兒墜、尾聲。一套：伍灌夫〈春消繳〉。

4、二郎神、啄木兒、三段子（二支）、滴溜子、尾文。共二套：施紹莘〈憐花病〉、施紹莘〈西風裡〉。

5、二郎神、啄木兒、三段子（二支）、滴溜子、尾聲。一套：無名氏〈寄書來〉。

＊上二式實同，僅尾聲稱名不同。

6、二郎神（二支）、囀林鶯、琥珀貓兒墜（二支）、尾聲。一套：陳所聞〈縈懷抱〉。

7、集賢賓、大勝樂、不是路、掉角兒序（二支）、尾聲。一套：陳子升〈清歌午夜月滿樓〉。

8、集賢賓（二支）、不是路、掉角兒序（二支）、尾。一套：馮惟敏〈湖山那邊瞧見你〉。

9、集賢賓（二支）、黃鶯兒、簇御林、琥珀貓兒墜、尾聲。一套：王諤〈西陵百里雲樹渺〉。

10、梧桐樹、東甌令、大聖樂、解三酲（二支）、尾文。共四套：施紹莘〈松間漸漸明〉、施紹莘〈青蘋葉勢平〉、施紹莘〈屏山錦繡開〉、程豈一〈推開月面愁〉。

11、梧桐樹、東甌令、皂羅袍、大聖樂、解三酲、餘文。一套：沈自徵〈丰姿艷雪瑩〉。

12、山坡羊、皂羅袍、解三酲、玉抱肚、掉角兒、尾聲。一套：高濂〈風淅瀝雁聲如訴〉。

13、山坡羊、水紅花、皂羅袍、玉抱肚、掉角兒序、尾聲。一套：無名氏〈因他思量的我憔瘦〉。

14、山坡羊、玉交枝、忒忒令、好姐姐、川撥棹、尾聲。一套：梅鼎祚〈嬌滴滴一團風味〉。

15、字字錦（二支）、賺、滿園春（二支）、尾聲。一套：楊賁〈群芳綻錦鮮〉。

16、長相思、二郎神、集賢賓、黃鶯兒、琥珀貓兒墜、尾文。一套：施紹莘〈殢風朝〉。

17、二郎神（二支、換頭）、集賢賓、黃鶯兒、琥珀貓兒墜、尾聲。一套：張文介〈棲遲久〉。

18、二郎神（二支、換頭）、集賢賓、黃鶯兒、琥珀貓兒墜、餘文。一套：張文介〈從那日〉。

※上二式實同，僅尾聲稱名不同。

19、山坡羊、皂羅袍、解三酲犯（集）、玉抱肚、掉角兒序、尾聲。一套：陳鐸〈風兒疏喇喇吹動〉。

20、山坡羊、皂羅袍、解三酲、玉抱肚、掉角兒犯（集）、尾聲。一套：顧大典〈睡昏昏如痴如醉〉。

21、二郎神、集賢賓、金衣公子、啄木鸝（集）、琥珀貓兒墜、尾聲。一

套：俞琬綸〈春時候〉。

22、二郎試畫眉（集）、集賢看黃龍（集）、啼鶯梢啄木（集）、貓兒戲獅子（集）、御林轉隊子（集）、尾聲。一套：王驥德〈長安遠〉。

23、黃鶯兒、集鶯兒（集）、玉鶯兒（集）、簇林鶯（集）、貓兒逐黃鶯（集）、尾聲。一套：馮夢龍〈端午煖融天〉。

24、黃鶯兒（二支）、不是路、掉角兒（二支）、十二時。一套：馮惟敏〈中國有戎狄〉。

25、金落索（集）、香歸羅袖（集）、念奴嬌、燈月交輝、喜梧桐、尾聲。一套：無名氏〈春來麗日長〉。

用曲七支，三十二套：

1、二郎神（二支）、集賢賓（二支）、琥珀貓兒墜（二支）、尾聲。共二套：楊慎〈晴雲歛〉、周履靖〈松筠茂〉。

2、二郎神、集賢賓、鶯啼序、啄木兒、黃鶯兒、琥珀貓兒墜、尾聲。一套：高濂〈西風緊〉。

3、二郎神、集賢賓、鶯啼序、啄木兒、黃鶯兒、琥珀貓兒墜、意難忘。一套：張文介〈黃花底〉。

＊上二式實同，僅尾聲稱名不同。

4、二郎神、集賢賓、啄木兒、三段子（二支）、鬥雙雞、尾聲。一套：唐順之〈寄來書〉。

5、集賢賓（二支）、黃鶯兒（二支）、琥珀貓兒墜（二支）、尾聲。共七套：席浪仙〈天涯芳草歸路迷〉、陳鐸〈今年牡丹花較遲〉、馮惟敏〈離愁滿天沒處躲〉、陳與郊〈丹霞彩鳳聲縹緲〉、朱鏡如〈楚材憶昔推景差〉、張熙伯〈懷珠袖璧空暗投〉、梁孟昭〈雲霞阻隔天際頭〉。

6、集賢賓（二支）、黃鶯兒（二支）、簇御林（二支）、尾聲。一套：沈璟〈彩雲收鳳臺秋露冷〉。

7、鶯啼序、黃鶯兒、集賢賓、鬥雙雞、簇御林、琥珀貓兒墜、餘音。一套：陳鐸〈孤幃一點殘燈〉。

8、鶯啼序、黃鶯兒、集賢賓、鬥雙雞、簇林鶯（集）、琥珀貓兒、尚遶梁煞。一套：陳完〈冤家你好虧心〉。

＊上二式第五支曲及尾聲稱名不同。

9、鶯啼序、黃鶯兒、集賢賓、鬥雙雞、簇林鶯（集）、琥珀貓兒墜、尾

聲。一套：無名氏〈思量你好辜恩〉。

　　＊上二式實同，僅第六支曲及尾聲稱名不同，〔琥珀貓兒〕、〔琥珀貓兒墜〕為同曲異名。

　　10、鶯啼序、黃鶯兒、集賢賓、滴溜子、簇御林、琥珀貓兒墜、尾聲。共二套：沈璟〈盈盈十五才過〉、吳載伯〈愁來日夜無端〉。

　　11、黃鶯兒、香羅帶、醉扶歸、好姐姐、玉山供（集）、香柳娘、尾聲。一套：文徵明〈孤鏡畫愁眉〉。

　　12、黃鶯兒（二支）、簇御林（二支）、琥珀貓兒墜（二支）、尾聲。一套：胡文煥〈陰晦一時開〉。

　　13、金梧桐、東甌令、劉潑帽、柰子花、浣溪沙、金錢花、尾聲。一套：王穉登〈漫漫瑞雪鋪〉。

　　14、金梧桐、五更轉、東甌令、浣溪沙、大迓鼓、節節高、尾聲。一套：沈璟〈柳含煙翡翠柔〉。

　　15、山坡羊、簇林鶯（集）、啄木兒、滴溜子、水紅花、耍鮑老、尾聲。一套：沈璟〈竊香的撩蜂撥蠍〉。

　　16、漁父第一（三支）、滴溜子（三支）、尾聲。一套：李復初〈恨只恨難逢易別〉。

　　17、伊州三台令、黃鶯兒、集賢賓、雙聲疊韻、簇御林、琥珀貓兒墜、尾聲。一套：無名氏〈思量你好辜恩〉。

　　18、二郎神、集賢賓、黃鶯兒、香柳娘、啄木鸝（集）、琥珀貓兒墜、尾聲。一套：張瘦郎〈南園暮〉。

　　19、二郎神、囀林鶯、啄木鸝（二支）（集）、簇御林、琥珀貓兒墜、尾聲。一套：陳所聞〈憐同蒂〉。

　　20、二郎神（二支）、囀林鶯（二支）、啄木鸝（二支）（集）、尾聲。一套：顧起元〈人歸後〉。

　　21、二郎神、鶯啼序、簇林鶯（集）、啄木兒、滴溜子、水紅花犯（集）、尾聲。一套：梁辰魚〈相逢久〉。

　　22、半面二郎神（集）、攤破集賢賓（集）、鶯斷鶯啼序（集）、歇拍黃鶯兒（集）、減字簇御林（集）、偷聲貓兒墜（集）、小尾。一套：王驥德〈腰圍減〉。

　　23、逍遙樂、二犯傍妝臺（二支）（集）、下山虎（二支）、小桃紅、尾聲。

一套：姚小瀀〈楚臺仙姊妹〉。

24、金絡索（四支）（集）、節節高（二支）、尾聲。一套：楊德芳〈朱花疊錦池〉。

用曲八支，八套：

1、二郎神、集賢賓、鶯啼序、黃鶯兒、簇御林、琥珀貓兒墜、水紅花、尾聲。一套：王驥德〈章臺柳〉。

2、二郎神（二支）、集賢賓（三支）、琥珀貓兒墜（二支）、尾聲。一套：清河漁父〈偏僥倖〉。

3、山坡羊（二支）、不是路（二支）、掉角兒（三支）、尾聲。一套：史立模〈意懸懸一心牽掛〉。

4、山坡羊、五更轉、江兒水、玉交枝、解三酲、川撥棹、僥僥令、尾聲。一套：楊德芳〈羨煙花章臺優雅〉。

5、山坡羊、五更轉、園林好、江兒水、玉抱肚、川撥棹、僥僥令、尾聲。一套：駱永叔〈碧雲窩冰輪初上〉。

6、畫眉序、黃鶯兒、簇御林、集賢賓、皂羅袍、琥珀貓兒墜、鬭雙雞、尾聲。一套：文彭〈白露破輕煙〉。

7、臨江仙、金索掛梧桐（三支）（集）、劉潑帽（三支）、尾文。一套：施紹莘〈明月秋風眞我友〉。

8、金落索掛梧桐（集）、懶畫眉、江兒水、五供養、玉交枝、川撥棹（二支）、尾。一套：杜子華〈身閑心要足〉。

用曲九支，二十四套：

1、黃鶯兒（四支）、琥珀貓兒墜（四支）、尾聲。一套：胡文煥〈佳節又重陽〉。

2、黃鶯兒（四支）、琥珀貓兒墜（四支）、尾文。一套：施紹莘〈把酒祝花神〉。

＊上二式實同，僅尾聲稱名不同。

3、黃鶯兒、傍妝臺、畫眉序、黃鶯兒、香柳娘、江兒水、僥僥令（二支）、尾聲。一套：秦時雍〈微雨小池塘〉。

4、集賢賓（二支）、鶯啼序（二支）、黃鶯兒（二支）、琥珀貓兒墜（二支）、尾。一套：吳國寶〈戍樓畫角聲吹罷〉。

5、梧桐樹、罵玉郎、東甌令、感皇恩、針線箱、採茶歌、解三酲、烏夜

啼、尾聲。一套：康海〈繁花滿目開〉。

6、二郎神（二支）、集賢賓（二支）、黃鶯兒（二支）、琥珀貓兒墜（二支）、尾聲。共六套：朱應辰〈簫聲杳〉、王寵〈靜悄悄〉、吳載伯〈分違久〉、吳載伯〈咱和你〉、張旭初〈寒食峭〉、張叔元〈才聚首〉。

7、二郎神（二支）、玉堂客（二支）、黃鶯兒（二支）、琥珀貓兒墜（二支）、尾。一套：黃峨〈春到後〉。

8、二郎神（二支）、風入松（二支）、玉交枝（二支）、漿水令（二支）、尾聲。一套：俞安期〈紗窗內〉。

9、二郎神（二支、換頭）、囀林鶯（二支）、錦衣公子（二支）、琥珀貓兒墜（二支）、尾聲。一套：梁辰魚〈銅壺轉〉。

10、二郎神（二支、換頭）、集賢賓（二支）、黃鶯兒（二支）、琥珀貓兒墜（二支）、尾。共三套：唐寅〈人不見〉、顧正誼〈傷春否〉、顧正誼〈粧成否〉。

11、二郎神（二支、換頭）、集賢賓（二支）、黃鶯兒（二支）、琥珀貓兒墜（二支）、餘文。共二套：無名氏〈冬至後〉、無名氏〈燈夕後〉。

12、二郎神（二支、換頭）、集賢賓（二支）、黃鶯兒（二支）、琥珀貓兒墜（二支）、尾聲。一套：楊愼〈分鸞鏡〉。

13、二郎神（二支、換頭）、集賢賓（二支、換頭）、黃鶯兒（二支）、琥珀貓兒墜（二支）、尾聲。一套：張栩〈纔歡媾〉。

＊上四式實同，僅尾聲稱名不同與有無換頭之異。

14、二郎神（二支、換頭）、囀林鶯（二支）、啄木鸝（二支）（集）、黃鶯兒（二支）、尾聲。一套：沈璟〈何元郎〉。

15、黃鶯兒（二支）、六么梧桐（二支）（集）、鴈過燈犯（二支）（集）、琥珀貓兒墜（二支）、尾聲。一套：楊德芳〈紅閣晚調笙〉。

16、黃鶯兒（二支）、六么憶多嬌（二支）（集）、雁過燈犯（二支）（集）、琥珀貓兒墜（二支）、尾聲。一套：鄭若庸〈彈指怨東君〉。

用曲十支，六套：

1、繡帶兒、宜春令、降黃龍、醉太平、浣溪沙、啄木兒、鮑老催、下山虎、雙聲子、餘音。一套：寧齋〈乾坤定民生遂養〉。

2、黃鶯兒、傍妝臺、集賢賓（二支）、解三酲（二支）、賺、掉角兒序（二支）、尾聲。一套：秦時雍〈消瘦怯春衣〉。

3、黃鶯兒、琥珀貓兒墜、皂羅袍、香柳娘、江兒水、園林好、江兒水、僥僥令（二支）、尾聲。一套：秦時雍〈轉眼又春歸〉〔註8〕。

4、金索掛梧桐（三支）（集）、川撥棹、太平令、梅花酒、收江南、清江引（二支）、尾聲。一套：程豈一〈風流不讓他〉。

5、二郎神、集賢賓（二支）、鶯啼序、金甌線解酲（集）、攤破簇御林（集）、黃鶯兒、琥珀貓兒墜（二支）、尾聲。一套：葉華〈娛清畫〉。

6、金梧桐、東甌令、劉潑帽、大勝樂、三換頭（集）、浣溪沙、大迓鼓、三學士（集）、節節高、尾聲。一套：王驥德〈張姬自可憐〉。

用曲十一支，二套：

1、山坡羊、五更轉、園林好、江兒水、玉交枝、玉山供（集）、三學士（集）、解三酲、川撥棹、僥僥令、尾聲。一套：朱鏡如〈蹙雙蛾不耐煩的情況〉。

2、畫眉畫錦（集）、畫錦畫眉（集）、簇林鶯（集）、黃鶯兒、螃蟹令、一封書犯（集）、馬鞍兒、皂羅袍、梧葉兒、水紅花、尾聲。一套：燕仲義〈霍索起披襟〉。

用曲十三支，一套：

1、金落索掛梧桐（集）、黃鶯兒（二支）、解三酲（二支）、風入松（二支）、不是路、長拍、短拍、大迓鼓（二支）、尾聲。一套：杜子華〈春光不喜寒〉。

用曲十九支，一套：

1、山坡裡羊、步步嬌、醉扶歸、園林好、月雲高（集）、江兒水、三段子、皂羅袍、節節高、玉交枝、玉抱肚、嘉慶子、僥僥令、香柳娘、好姐姐、減字憶多嬌（集）、減字鬥黑麻（集）、減字歸朝歡（集）、尾聲。一套：俞琬綸〈輕飄飄駕東風的桂櫂〉。

（十）小石調

共二式，計有二套，可考作者作二套。用曲數皆為七曲。

首曲皆為漁燈兒，同用尾聲。過曲聯入套中者六章，參閱第三章第三節過曲曲牌。套式少，曲牌聯綴詳見實例如下：

用曲七支，二套：

〔註8〕此套並見於《全明散曲》第二冊（頁2137）及第五冊（頁6130）補遺，補遺部份當為重出。

1.漁燈兒（二支）、錦漁燈、錦上花、錦中拍、錦後拍、尾聲。一套：陸治〈沒來繇惹相思〉。

2.漁燈兒、漁家燈、錦漁燈、錦上花、錦中拍、錦後拍、尾聲。一套：沈嶸〈從那日冷桃源漁艇空撐〉。此式，在明代傳奇中另加引子成套。

（十一）雙　調

共十一式，計有十四套，可考作者作十套，無名氏作四套。最短者二曲，最長者十九曲，以用曲七支、九支爲常。

首曲七章：錦堂月（五套）。鎖南枝（四套）。西湖兩六橋（集）、瑞鶴仙、玉交枝、花心動、夜行船序（五曲各一套）。以錦堂月、鎖南枝爲常用首曲。

尾聲三章：尾聲（十二套）。尾文、餘文（二曲各一套）。以〔尾聲〕最常用。

過曲聯入套中者三十七章，參閱第三章第三節過曲曲牌。雙調套數不多，但變化多，除錦衣香聯漿水令爲定式外，甚少相同者。一般聯套聯綴方式，同於明代傳奇例式者有二：

1、錦堂月（四支）、醉公子（二支）、僥僥令（二支）、尾聲。傳奇另加引子成套。

2、錦衣香聯漿水令。在散套，此式爲過曲組曲之一，在傳奇除作過曲組曲外，另可加引、尾成短套。

實例如下：

用曲二支，一套：

1、西湖兩六橋（集）、尾聲〔註9〕。一套：張栩〈火樹烘春冰輪皎〉。

用曲三支，一套：

1、鎖南枝、九嶷山（集）、尾聲。一套：無名氏〈　前雨〉。

用曲五支，一套：

1、瑞鶴仙、錦纏道、好事近（集）、古輪臺、尾聲。一套：無名氏〈我主垂慈教〉。

用曲六支，一套：

1、玉交枝（二支）、不是路、掉角兒（二支）、尾聲。一套：無名氏〈青樓滋味〉。

〔註 9〕本套《全明散曲》標爲〔南北雙調〕，見頁 4291。

用曲七支，四套：

1、鎖南枝、朝元歌、香柳娘、玉交枝、五供養、醉公子、尾聲。一套：高濂〈　前雨〉。

2、鎖南枝、香柳娘、江兒水、雁兒落、僥僥令（二支）、尾聲。一套：無名氏〈從別後〉。

3、花心動（二支）、鬥寶蟾（二支）、錦衣香、漿水令、尾聲。一套：朱應辰〈翠擁紅遮〉。

4、夜行船序（二支）、鬥黑麻（二支）、錦衣香、漿水令、尾聲。一套：梁辰魚〈萬里濤回〉。

用曲八支，一套：

1、鎖南枝、朝元歌、香柳娘（三支）、玉交枝、解三酲、尾文。一套：施紹莘〈金鈴護〉。

用曲九支，四套：

1、錦堂月（四支、第二支換頭）（集）、醉公子（換頭、二支）、僥僥令（二支）、餘文。一套：龍膺〈清晝如年〉。

2、錦堂月（四支、第二支換頭）（集）、醉公子（二支）、僥僥令（二支）、尾聲。一套：王鏊〈帽插金蟬〉。

3、錦堂月（四支）（集）、醉公子（二支）、僥僥令（二支）、尾聲。共二套：嵇一庵〈名閣金釵〉、夏言〈首夏清和〉。

＊上三式實同，僅首曲、第五支曲有無換頭之異，尾聲稱名亦不同。

用曲十九支，一套：

1、錦堂月（集）、二犯晝錦堂（集）、集賢賓、集賢聽黃鶯（集）、黃鶯兒、黃鶯帶一封（集）、一封書（集）、一封羅（集）、皂羅袍、羅袍歌（集）、甘州歌（集）、甘州解酲（集）、解三酲、解酲姐姐（集）、好姐姐、姐姐帶撥棹（集）、撥棹入僥僥（集）、僥僥令、尾聲。一套：馮夢龍〈花滿金庭〉。

（十二）仙呂入雙調

共八十四式，計有一百三十二套，可考作者作一百二十三套，無名氏作九套。最短者四曲，最長者十四曲，以用曲七支爲常。

首曲十一章：步步嬌（一〇五套）。夜行船序（九套）。惜奴嬌（四套）。園林好、江頭金桂（二曲各三套）。黑蠟序、曉行序（二曲各二套）。忒忒令、步步入江水、夜行船、沉醉東風（四曲各一套）。以步步嬌爲常用首曲。

尾聲八章：尾聲（一〇二套）。尾（十四套）。尾文（七套）。餘文（四套）。餘音（二套）。意不盡，有結果煞，十二時（三曲各一套）。以〔尾聲〕最常用。

過曲聯入套中者六十五章，參閱第三章第三節過曲曲牌。套式多，曲牌聯綴繁多，僅述其大要如下：

1、步步嬌聯江兒水、川撥棹、尾，爲基本套式。欲爲長套，則在川撥棹前後增曲成套。川撥棹前常用園林好、玉交枝、五供養、玉山供、玉抱肚、三學士、解三酲。川撥棹後最常用僥僥令，或嘉慶子、香柳娘，若用錦衣香必聯漿水令，無例外。

2、品令聯豆葉黃、玉交枝、月上海棠。

故可得常式四：

1、步步嬌、江兒水、川撥棹（或玉交枝）、尾。

2、步步嬌、江兒水、園林好（或玉山供、人月圓）、玉交枝（可省）、五供養（可省）、川撥棹（五供養、川撥棹二曲可互換）、僥僥令（可省）、尾。

3、步步嬌、山坡羊、五更轉（可省）、園林好（可省）、江兒水、玉交枝、玉抱肚（可省）、玉山供（可省）、三學士（可省）、解三酲、川撥棹、錦衣香、漿水令、尾。

4、步步嬌、山坡羊（或忒忒令）、五更轉（或沉醉東風）、好姐姐（可省）、園林好、江兒水、玉交枝、五供養（可省）、玉抱肚（可省）、玉山供（可省）、三學士（可省）、解三酲（可省）、川撥棹、嘉慶子（或香柳娘、川撥棹犯）（可省）、僥僥令（可省）、尾。

5、錦衣香聯漿水令。

《明傳奇排場三要素發展歷程之研究》一般聯套例中未列仙呂入雙調，然在雙調套式中，仍可找到與散套相同聯綴方式，其例有四：

1、錦衣香聯漿水令。此式在【雙調】中，同有例式。

2、步步嬌、醉扶歸、皂羅袍、好姐姐、香柳娘、尾聲。此式，散套與傳奇全同。

3、步步嬌、醉扶歸、忒忒令、好姐姐、嘉慶子、雙蝴蝶、園林好、川撥棹、錦衣香、漿水令、尾聲。傳奇另加引子成套。

4、步步嬌、山坡羊、五更轉、園林好、江兒水、玉交枝、玉抱肚、玉山供、三學士、解三酲、川撥棹、川撥棹犯、僥僥令、尾聲。一般聯套若以同

組曲組套，通常劇套用曲數多於散套用曲數，然此式卻相反，傳奇此式除以〔玉山供〕代以〔玉山頹〕；以〔人月圓〕代〔川撥棹犯〕；〔園林好〕、〔江兒水〕二曲曲位互換，並省〔山坡羊〕一曲，故用曲數少於散套。

實例如下：

用曲四支，五套：

1、步步嬌、江兒水、川撥棹、尾聲。共三套：沈璟〈杜宇無情閒合氣〉、宛瑜子〈行行珠淚青衫濕〉、宛瑜子〈杭州有個人如玉〉。

2、步步嬌、江兒水、玉交枝、尾聲。一套：宛瑜子〈嫩容一似春初曉〉。

3、園林好、江兒水、玉交枝、尾聲。一套：宛瑜子〈出身時良家可依〉。

用曲五支，七套：

1、步步嬌、江兒水、園林好、川撥棹、尾聲。一套：張鳳翼〈玉壺一夜冰漸滿〉。

2、步步嬌、川撥棹、錦衣香、漿水令、尾聲。一套：無名氏〈歸翼也枉蹁躚〉。

3、步步嬌、川撥棹、江兒水、好姐姐、尾聲。一套：陳鶴〈歡喜冤家重相見〉。

4、黑麻序（二支）、漿水令（二支）、尾。一套：李開先〈想起吾兒〉。

5、惜奴嬌（二支）、漿水令（二支）、尾聲。一套：秦時雍〈門掩清幽〉。

6、曉行序、黑蟆序（換頭）、錦衣香、漿水令、尾聲。一套：楊文岳〈素質紅顏〉。

7、夜行船序、鬥寶蟾、錦衣香、漿水令、十二時。一套：茅溱〈邊境無虞〉。

用曲六支，三十三套：

1、步步嬌、醉扶歸、皂羅袍、好姐姐、香柳娘、尾。共四套：唐寅〈樓閣重重東風曉〉、唐寅〈閣閣蛙聲池塘曉〉、唐寅〈滿地繁霜天將曉〉、唐寅〈落木哀風江城曉〉。

2、步步嬌、醉扶歸、皂羅袍、好姐姐、香柳娘、尾聲。共十九套：朱應辰〈鐘送黃昏雞報曉〉、金鑾〈花壓雕簷春風曉〉、陳所聞〈試問東山誰為王〉、周履靖〈岩花搖落東風冷〉、梅鼎祚〈天涯何處迷歸棹〉、黃祖儒〈春日春風閒庭院〉、黃祖儒〈轉眼韶華如飛度〉、王驥德〈小小鴛鴦思珍偶〉、張瘦郎〈遲日簾櫳花陰轉〉、張瘦郎〈乳鴨池塘欄杆整〉、張瘦郎〈銀燭秋光寒窗牖〉、張

瘦郎〈風雪松梢輕煙起〉、施紹莘〈水際幽居疑浮島〉、施紹莘〈滿地黃花秋容老〉、施紹莘〈眼際人兒分離了〉、皮光淳〈獨擁牛衣寒猶峭〉、卜世臣〈萬點飄零堆榛莽〉、吳無咎〈玉人遙憶秦樓上〉、朱鏡如〈笑語花前情綿邈〉。

3、步步嬌、醉扶歸、皂羅袍、好姐姐、香柳娘、餘文。一套：沈自徵〈汝南花月春歸早〉。

＊以上三式實同，僅尾聲稱名不同。

4、步步嬌、江兒水、園林好、川撥棹、僥僥令、尾聲。共二套：陳所聞〈白雪陽春當筵奏〉、陳所聞〈睥睨乾坤青衫舊〉。

5、步步嬌、江兒水、園林好、好姐姐、香柳娘、尾聲。一套：張解元〈歡喜冤家重相見〉。

6、步步嬌、江兒水、玉交枝、五供養、川撥棹、尾聲。一套：沈璟〈楊柳枝頭黃昏月〉。

7、步步嬌、沉醉東風、玉交枝、玉山供（集）、川撥棹、尾聲。一套：周履靖〈鶯啼柳陌天初曉〉。

8、步步嬌、山坡羊、解三酲（二支）、掉角兒、尾文。一套：施紹莘〈翠被香濃春寒夜〉。

9、園林好、江兒水、五供養、玉交枝、川撥棹、尾聲。一套：周履靖〈雲深處閒眠狎鷗〉。

10、忒忒令、五供養、江兒水、川撥棹（二支）、尾聲。一套：無名氏〈柳搖金夭桃破藥〉。

11、步步入江水（集）、江水遶園林（集）、園林見姐姐（集）、姐姐插嬌枝（集）、嬌枝催撥棹（集）、尾聲。一套：王驥德〈懊恨當初欠相逢早〉。

用曲七支，三十七套：

1、步步嬌、鎖南枝、香柳娘、園林好、江兒水、僥僥令、尾聲。共五套：朱應辰〈楚榭吳宮花開了〉、馮惟敏〈暮雨朝雲成虛幻〉、無名氏〈惜玉憐香成虛繆〉、無名氏〈花落鶯啼春過半〉、秦時雍〈雨過園林花如繡〉。

2、步步嬌、孝順歌、香柳娘、園林好、江兒水、僥僥令、尾。一套：唐寅〈滿地梨花重門掩〉。

＊上二式第二支曲不同，尾聲稱名亦不同。

3、步步嬌、香羅帶、醉扶歸、皂羅袍、好姐姐、香柳娘、尾聲。共三套：文徵明〈簾控金鉤深閨巧〉、賀五良〈葉翠英黃天香秀〉、楊德芳〈簟展湘紋

新涼透〉。

4、步步嬌、江兒水、園林好、川撥棹、五供養、僥僥令、尾聲。共二套：梁辰魚〈目斷秦樓吹簫侶〉、許次紓〈簾捲西風重門捲〉。

5、步步嬌、江兒水、園林好、玉交枝、川撥棹、僥僥令、尾聲。共二套：陳所聞〈萬竹琳瑯把閒身寄〉、無名氏〈風露凝寒黃昏後〉。

6、步步嬌、江兒水、園林好、玉交枝、人月圓、僥僥令、尾文。一套：施紹莘〈未許芳心全灰死〉。

7、步步嬌、江兒水、玉山供（集）、川撥棹、錦衣香、漿水令、尾聲。一套：張鳳翼〈劣冤家多少迷魂處〉。

8、步步嬌、山坡羊、玉交枝、五供養、滴溜子、月上海棠、尾聲。一套：高濂〈珊瑚枝碎琅玕折〉。

9、步步嬌、醉扶歸、山坡羊、玉交枝、川撥棹、僥僥令、尾聲。一套：沈則平〈記得文無當年贈〉。

10、夜行船序（二支）、鬥寶蟾（二支）、錦衣香、漿水令、尾聲。共二套：康海〈堪賞花朝〉、王寅〈綠樹鶯蹄〉。

11、夜行船序、本序、鬥寶蟾（二支）、錦衣香、漿水令、尾。一套：無名氏〈清曉堂中〉。

12、夜行船（二支）、鬥黑麻（二支）、錦衣香、漿水令、尾文。一套：施紹莘〈虎踞龍蟠〉。

13、夜行船序、么篇、鬥寶蟾、么篇、錦衣香、漿水令、餘音。一套：湯三江〈負卻良宵〉。

14、曉行序（二支）、黑麻序（二支）、錦衣香、漿水令、尾文。一套：施紹莘〈傳說錢塘〉。

15、惜奴嬌（二支）、鬥寶蟾（二支）、錦衣香、漿水令、尾。一套：吳國寶〈繡幕紗廚〉。

16、惜奴嬌（二支）、鬥寶蟾（二支）、錦衣香、漿水令、尾文。一套：施紹莘〈飄泊寒塘〉。

＊上二式實同，僅尾聲稱名不同。

17、步步嬌、江兒水、沈醉海棠（集）、園林好、川撥棹（二支、換頭）、尾聲。一套：王驥德〈朱戶深深重陽後〉。

18、步步嬌、孝南歌（集）、香柳娘、園林好、江兒水、僥僥令、尾聲。

共二套：朱應登〈剛道東皇乘君令〉、梁辰魚〈小曲幽坊重門啓〉。

19、步步嬌、鎖南枝（按：本曲是集〔孝順歌〕、〔鎖南枝〕而成，當爲〔孝南枝〕爲是。）、〔註10〕香柳娘、園林好、江兒水、僥僥令、尾聲。一套：劉兌〈月夕花朝成虛度〉。

20、惜奴嬌（二支、換頭）、鬥寶蟾（二支）、錦衣香、漿水令、尾聲。一套：周履靖〈艇舶江頭〉。

21、夜行船序（二支、換頭）、鬥寶蟾（二支）、錦衣香、漿水令、尾聲。共二套：杜子華〈花滿金閨〉、周瑞〈翠擁紅遮〉。

22、夜行船序（二支、換頭）、黑蟆序（二支）、錦衣香、漿水令、尾聲。一套：王驥德〈百尺荒台〉。

23、夜行船序（二支、換頭）、黑蟆序（換頭、二支）、錦衣香、漿水令、尾聲。一套：楊愼〈霸業艱危〉。

24、江頭金桂（集）、姐姐插海棠（集）、玉山供（集）、玉枝帶六么（集）、撥棹江兒水（集）、園林帶僥僥（集）、尾聲。共三套：沈璟〈曾邂逅城隅月下〉、沈璟〈昔曾向山陰移棹〉〔註11〕、馮夢龍〈自嘆我蹉跎半老〉。

用曲八支，十一套：

1、步步嬌、江兒水、園林好、川撥棹、五供養、僥僥令（二支）、尾聲。一套：錢福〈萬里關山音書斷〉。

2、步步嬌、江兒水、園林好、川撥棹、五供養、僥僥令、么、意不盡。一套：陳鶴〈上疏辭榮歸田裡〉。

3、步步嬌、江兒水、園林好、人月圓（二支）、五供養、僥僥令、尾聲。一套：無名氏〈悲歌七月秋風緊〉。

4、步步嬌、江兒水、園林好、僥僥令、川撥棹、錦衣香、漿水令、尾聲。一套：張鳳翼〈無端聚散如翻掌〉。

5、步步嬌、江兒水、園林好、五供養、川撥帽（集）、錦衣香、漿水令、尾聲。一套：沈瓚〈別鳳離鸞驚時變〉。

6、步步嬌、江兒水、園林好、玉交枝、人月圓、僥僥令（二支）、尾聲。一套：張芳洲〈雲掩黃昏天街靜〉。

7、步步嬌、沉醉東風、忒忒令、雙蝴蝶、園林好、川撥棹、漿水令、尾

─────────

〔註10〕見《全明散曲》，頁9。

〔註11〕第五支曲名爲〔撥棹入江兒〕。見《全明散曲》，頁3294。

聲。一套：夏言〈歸去來兮山林下〉。

　　8、步步嬌、醉扶歸、江兒水、園林好、玉交枝、川撥棹、僥僥令、尾聲。
一套：陳所聞〈滿擬雙星成佳會〉。

　　9、步步嬌、山坡羊、江兒水、玉交枝、解三酲、川撥棹、僥僥令、尾文。
一套：施紹莘〈夢破秦樓簫聲咽〉。

　　10、步步嬌、孝順歌、香柳娘、園林好、江兒水、僥僥令（二支）、尾聲。
一套：沈清狂〈暮雨孤帆瀟湘遠〉。

　　11、步步嬌、江兒水、園林好、五供養犯（集）、川撥帽（集）、錦衣香、
漿水令、尾聲。一套：卜世臣〈露點幽花良宵靜〉。

　　用曲九支，十五套：

　　1、黑蠄序（二支）、忒忒令、五供養、好姐姐、川撥棹、錦衣香、漿水
令、餘音。一套：陳鐸〈點檢梅花〉。

　　2、步步嬌、江兒水、園林好、川撥棹、人月圓、五供養、僥僥令（二支）、
尾。一套：唐寅〈花落花開不管流年度〉。

　　3、步步嬌、江兒水、園林好、川撥棹（二支）、五供養、僥僥令（二支）、
尾聲。共二套：宗臣〈歡喜冤家難相離〉、無名氏〈鴈翅南飛天涯遠〉。

　　4、步步嬌、江兒水、園林好、人月圓（二支）、五供養、僥僥令（二支）、
尾聲。共二套：朱曰藩〈萬里關山音書斷〉、無名氏〈蝶倦蜂愁鶯無語〉。

　　＊上二式僅第三支曲不同。

　　5、步步嬌、皂羅袍（二支）、黃鶯兒、香柳娘、江兒水、僥僥令（二支）、
尾聲。一套：秦時雍〈萬里彤雲堪圖畫〉〔註12〕。

　　6、步步嬌、皂羅袍、香柳娘（二支）、醉公子（二支）、僥僥令（二支）、
餘文。一套：趙南星〈三年拋卻紅塵業〉。

　　7、步步嬌、醉扶歸、皂羅袍（二支）、江兒水、下山虎（二支）、僥僥令、
尾。一套：吳國寶〈東風臺榭餘寒悄〉。

　　8、步步嬌、香羅帶、醉扶歸、皂羅袍、好姐姐、玉抱肚、玉交枝、僥僥
令、尾。一套：吳國寶〈簟展湘紋新涼透〉。

　　9、步步嬌、忒忒令、沉醉東風、好姐姐、園林好、川撥棹、錦衣香、漿
水令、尾聲。一套：沈璟〈一葉梧桐驚秋早〉。

────────

〔註12〕此套已載於《全明散曲》二，頁2138，補遺部份又錄，載於《全明散曲》五，
　　　　頁6134，屬重出。

10、步步嬌、山坡羊、皂羅袍、好姐姐、玉交枝、江兒水、川撥棹、僥僥令、尾聲。一套：高濂〈風節花雨簾櫳悄〉。

11、步步嬌、園林好、忒忒令、江兒水、金段子（集）、五枝供（集）、玉抱肚、僥僥令、尾聲。一套：馮夢龍〈綠鬢朱唇鵝黃頰〉。

12、沉醉東風、忒忒令、品令、豆葉黃、玉交枝、月上海棠、江兒水、川撥棹、尾聲。一套：鄭若庸〈海棠花開還未開〉。

13、步步嬌、江兒水、集賢賓（二支）、黃鶯兒、江兒水、僥僥令（二支）、尾聲。一套：秦時雍〈有個人兒何時見〉。

用曲十支，三套：

1、步步嬌、香羅帶、醉扶歸、皂羅袍、好姐姐、香柳娘、玉交枝、貓兒墜、僥僥令、尾聲。一套：晏鐸〈紫雲臺上人年少〉。

2、步步嬌、香羅帶、醉扶歸、皂羅袍、好姐姐、香柳娘、玉交枝、憶多嬌、月上海棠、餘文。一套：張葦如〈春意樓前雙雙到〉。

3、步步嬌、醉扶歸、園林好、江兒水、五供養、玉交枝、玉抱肚、三學士（集）、解三酲、尾聲。一套：葉華〈三尺青虹花前展〉。

用曲十一支，十一套：

1、步步嬌、忒忒令、園林好、香柳娘、好姐姐、雙蝴蝶、玉抱肚、玉交枝、川撥棹、僥僥令、尾。一套：唐寅〈滿目繁華春將半〉。

2、步步嬌、忒忒令、園林好、香柳娘、好姐姐、江兒水、玉抱肚、玉交枝、川撥棹、僥僥令、尾。一套：吳國寶〈鳳去臺空人離久〉。

＊上二式僅第六支曲不同。

3、步步嬌、忒忒令、沉醉東風、好姐姐、園林好、江兒水、五供養、玉交枝、川撥棹、香柳娘、尾聲。一套：梁辰魚〈半夜蕭疏芭蕉雨〉。

4、步步嬌、忒忒令、沉醉東風、好姐姐、園林好、江兒水、五供養、玉交枝、川撥棹、嘉慶子、尾聲。一套：程可中〈寒流石畔松門敞〉。

＊上二式僅第十支曲不同。

5、步步嬌、忒忒令、尹令、品令、荳葉黃、玉交枝、月上海棠、江兒水、川撥棹、嘉慶子、尾聲。一套：梁辰魚〈一夜梧桐金風剪〉。

6、步步嬌、沉醉東風、忒忒令、好姐姐、嘉慶子、雙蝴蝶、園林好、川撥棹、錦衣香、漿水令、尾聲。共二套：王守仁〈宦海茫茫京塵渺〉、李開先〈萬里浮雲淨如掃〉。

7、步步嬌、沉醉東風、忒忒令、好姐姐、桃紅菊、雙蝴蝶、園林好、川撥棹、錦衣香、漿水令、有結果煞。一套：李愛山〈暗想當年〉。

＊上二式第五支曲不同，尾聲稱名亦異。

8、步步嬌、香羅帶、醉扶歸、皂羅袍（二支）、好姐姐、玉交枝（二支）、琥珀貓兒墜（二支）、尾聲。一套：吳國寶〈紫雲臺上人年少〉。

9、步步嬌、鎖南枝、集賢賓（二支）、黃鶯兒（二支）、園林好、江兒水、僥僥令（二支）、尾聲。一套：秦時雍〈薄命紅顏空長嘆〉。

10、園林好（二支）、江兒水（二支）、五供養犯（二支）（集）、玉交枝（二支）、川撥棹（二支、換頭）、尾聲。一套：汪道昆〈常相傍淮南小山〉。

用曲十二支，一套：

1、步步嬌、孝順歌（二支）、香柳娘（二支）、園林好（二支）、江兒水（二支）、僥僥令（二支）、尾聲。一套：傅玄泉〈斗室許大閑天地〉。

用曲十三支，二套：

1、步步嬌、山坡羊、忒忒令、香羅帶、鬥寶蟾、玉芙蓉、香遍滿、醉扶歸、江兒水、玉交枝、嘉慶子、僥僥令、尾聲。一套：俞琬綸〈記得文無當年贈〉。

2、步步嬌、桂花遍南枝（集）、柳搖金、園林好、江兒水、玉交枝、玉抱肚、玉山供（集）、三學士（集）、解三酲、川撥棹、僥僥令、尾聲。一套：馮夢龍〈蕭索秋風秋葉舞〉。

用曲十四支，七套：

1、步步嬌、山坡羊、五更轉、園林好、江兒水、玉交枝、玉抱肚、玉山供（集）、三學士（集）、解三酲、川撥棹、川撥棹犯（集）、僥僥令、尾聲。一套：馮夢龍〈寂寞空閨春欲暮〉。

2、步步嬌、山坡羊、五更轉、園林好、江兒水、玉交枝、玉抱肚、玉山供（集）、三學士（集）、解三酲、川撥棹、嘉慶子、僥僥令、尾聲。共三套：張栩〈目送香車投東疾〉、張叔元〈目送香車投東去〉、王寵〈昨夜春歸今朝夏〉。

＊上二式僅第十二支曲不同。

3、步步嬌、山坡羊、五更轉、園林好、江兒水、玉交枝、玉抱肚、玉山供（集）、三學士（集）、解三酲、川撥棹、嘉慶子、僥僥令、餘文。一套：伍灌夫〈風送鶯聲春閨暖〉。

4、步步嬌、山坡羊、五更轉、園林好、江兒水、玉交枝、玉抱肚、玉山供（集）、三學士（集）、解三酲、川撥棹、嘉慶子、僥僥令、尾文。一套：施紹莘〈一自匆匆相逢後〉。

5、步步嬌、山坡羊、五更轉、園林好、江兒水、玉交枝、玉抱肚、玉山供（集）、三學士（集）、解三酲、川撥棹、嘉慶子、僥僥令、尾。一套：顧正誼〈江南佳麗春無限〉。

上四式實同，僅尾聲稱名不同。

（十三）雜　調

共二式，計有二套，可考作者作二套。用曲數皆為二支。皆以一支集曲加尾聲成套。曲牌聯綴見實例如下：

用曲二支，二套：

1、鬧十八（集）、尾聲。一套：祝允明〈從別後〉。

2、十段錦（集）、尾聲。一套：蘭陵笑笑生〈俏冤家生得出類拔萃〉。

二、無尾聲

無尾聲套數不多，總計才四十六套，曲牌聯綴方式不一，難尋定則，見實例即可明瞭，故不作分析。若有與明代傳奇例式相類者，再於實例下加註說明。

（一）仙呂宮

共六式，計有七套，皆為可考作者作。最短者二曲，最長者七曲，以用曲四支為常。曲牌聯綴全不同，詳見實例如下：

用曲二支，二套：

1、皂羅袍、排歌。共二套：沈璟〈得遇鸞鳳佳配〉、沈璟〈目斷鱗鴻無信〉。

用曲四支，三套：

1、醉扶歸、步步嬌、江兒水、園林好。一套：程可中〈帶長林黃葉圍秋寺〉。

2、上馬踢、月兒高、蠻江令、涼草蚤。一套：卜世臣〈金天霽爽開〉。

3、一封書（集）、皂羅袍、駐馬聽、清江引。一套：王驥〈懸弧又誕朝〉。

用曲六支，一套：

1、錦衣相思（二支）、針線箱（二支）、解三醒（二支）。一套：梁辰魚〈一從他春思牽掛〉。

用曲七支，一套：

1、醉扶歸、不是路、紅衲襖（二支）、解三醒（二支）、朝天子。一套：馬一龍〈望家山渺渺迷人遠〉。

（二）羽　調

共一式，計有一套，用曲八支，爲楊一清作。曲牌聯綴實例如下：

用曲八支，一套：

1、四時花（二支）、集賢賽（二支）、簇御林（二支）、黃鶯兒（二支）。一套：楊一清（愁他春態暗關情）。

（三）正　宮

共三式，計有三套，皆爲可考作者作。最短者四曲，最長者十曲。曲牌聯綴詳見實例如下：

用曲四支，一套：

1、玉芙蓉、刷子序、雁來紅（集）、朱奴兒。一套：卜世臣〈紅舒臉上桃〉。

用曲六支，一套：

1、醉太平（二支）、皂羅袍（二支）、香柳娘（二支）。一套：周履靖〈一人聖哲〉。

用曲十支，一套：

1、破齊陣（集）、刷子序、普天樂、尾犯序、錦纏道、傾盃序、玉芙蓉、小桃紅、催拍、一撮棹。一套：梁辰魚〈帳掩香消人去〉

（四）中呂宮

共四式，計有三套，皆爲可考作者作。最短者四曲，最長者七曲。曲牌聯綴有以下諸類：

漁家傲聯剔銀燈聯攤破地錦花（或地錦攤花）（集）。

不是路聯解三醒。

千秋歲聯越恁好。

實例如下：

用曲四支，二套：

1、漁家傲、剔銀燈、攤破地錦花（集）、麻婆子。一套：王驥德〈我則再到天台訪玉眞〉。明代傳奇於此式前加引子成套。

2、漁家傲、剔銀燈、地錦攤花（集）、美娘兒。一套：施紹莘〈今日裡把往事從頭作話題〉。

用曲六支，一套：

1、駐馬聽（五支），清江引。一套：清河漁父〈瀟灑冤家〉。

（五）南呂宮

共七式，計有七套，可考作者作五套，無名氏作二套。最短者三曲，最長者七曲，以用曲六支爲常。曲牌聯綴不相類，詳見實例如下：

用曲三支，二套：

1、春風俏臉兒、東甌令、玉嬌枝。一套：無名氏〈桃花已亂零〉。

2、楚江情（二支）、皂羅袍。一套：施紹莘〈飛花打繡窗〉。

用曲五支，一套：

1、一剪梅、採桑子、木蘭花慢（集）、得聖樂、惜芳春。一套：無名氏〈草滿中庭苔滿牆〉。

用曲六支，三套：

1、紅衲襖（四支）、鏵鍬兒（二支）。一套：陸滄浪〈你幾時得同心羅帶結〉。

2、香遍滿、懶畫眉（四支）、簇御林。一套：儲紫虛〈新愁誰共〉。

3、繡帶兒（二支）、太師引（二支）、三學士（二支）（集）。一套：馮夢龍〈離情慘何曾慣看〉。

用曲七支，一套：

1、宜春令（二支）、繡帶兒（二支）、瑣窗寒（二支）、尾犯序。一套：王寵〈他傾城貌〉。

（六）黃鐘宮

共六式，計有十套，可考作者作八套，無名氏作二套。最短者三曲，最長者七曲，以用曲四支、五支爲常。除三段子聯歸期歡爲定則外，曲牌聯綴詳見實例如下：

用曲三支，一套：

1、侍香金童、傳言玉女（集）、月裡嫦娥。一套：無名氏〈情寄小詞中〉。

用曲四支，四套：

1、啄木兒（二支）、三段子、歸朝歡。共三套：秦時雍〈見了個人兒一似他〉、秦時雍〈遙觀見〉、王驥德〈相思債〉。

2、太平歌、賞宮花、降黃龍（換頭）、大勝樂。一套：沈璟〈鶯穿柳〉。明代傳奇於此式前加二曲（含引子）作開頭組曲。

用曲五支，四套：

1、啄木兒（二支）、三段子（二支）、歸朝歡。共三套：秦時雍〈香風細〉〔註13〕、秦時雍〈幽窗下〉、秦時雍〈人別後〉。

2、念奴嬌（四支、第二支換頭）、一撮棹。一套：無名氏〈大江逝水〉。

用曲六支，一套：

1、啄木兒、滴溜子、神仗兒、鮑老催、三段子、歸朝歡。一套：邵涵遠〈春歸路〉。

（七）越　調

共一式，計有一套，用曲四支，為中分樹主人作。曲牌聯綴實例如下：

用曲四支，一套：

1、憶多嬌（二支）、鬥黑麻（二支）。一套：中分樹主人〈卿賦歸〉。明代傳奇於此式前加引子，作開頭組曲。

（八）商　調

共六式，計有七套，可考作者作六套，無名氏作一套。最短者二曲，最長者七曲，套數各僅一、二套。首曲以用黃鶯兒為常，曲牌聯綴詳見實例如下：

用曲二支，二套：

1、字字錦、滿園春。一套：梁辰魚〈秋來怕倚欄〉。

2、黃鶯兒、簇御林。一套：梁辰魚〈芳館坐黃昏〉。

用曲三支，一套：

1、喜梧桐、一封書（集）、皂羅袍。一套：無名氏〈奴是一朵花〉。

用曲四支，二套：

1、黃鶯兒（二支）、簇御林（二支）。共二套：周履靖〈三怪白雲封〉、朱應辰〈花月石頭城〉。

〔註13〕此首二見，見於《全明散曲》頁 2135，頁 6133，屬重出。

用曲六支，一套：

1、金絡索（三支）（集）、貓兒墜桐花（三支）（集）。一套：邢一鳳〈金鉤蕩繡簾〉。

用曲七支，一套：

1、黃鶯兒、憶多嬌（二支）、鬥黑麻（二支）、憶鶯兒（二支）。一套：秦時雍〈終日似痴呆〉。

（九）小石調

共一式，只有一套，用曲五支，為曲癡子作。曲牌聯綴實例如下：

用曲五支，一套：

1、罵玉郎（三支）、雁過聲、傾杯序。一套：曲痴子〈側耳聽琴心下疑〉。

（十）雙　調

共一式，只有一套，用曲四支，為周履靖作。曲牌聯綴實例如下：

用曲四支，一套：

1、玉交枝（二支）、憶多嬌（二支）。一套：周履靖〈青山如畫〉。

（十一）仙呂入雙調

共五式，計有五套，可考作者作四套，無名氏作一套。最短者二曲，最長者八曲，皆各一套。曲牌聯綴詳見實例如下：

用曲二支，一套：

1、攤破金字令（集）、夜雨打梧桐（集）。一套：梁辰魚〈芳容並月〉。此組曲亦見明代傳奇雙調例式。

用曲三支，一套：

1、步步嬌、江兒水、清江引。一套：施紹莘〈老圃先生閒心計〉。

用曲四支，一套：

1、桂花遍南枝（集）、孝南枝（集）、鎖南枝、江頭金桂（集）。一套：張旭初〈前生冤債〉。

用曲五支，一套：

1、二犯江兒水（二支）（集）、沽美酒、么篇、清江引。一套：施紹莘〈相思滋味〉。

用曲八支，一套：

1、步步嬌、鎖南枝、醉扶歸、香柳娘、園林好、江兒水、玉交枝、清江

引。一套：無名氏〈睡起蘭房傷新症〉。

第二節 重頭聯套套式

重頭聯套套式，由於例式少，有與明代傳奇聯綴方式相類者，直接於實例下加註說明。

一、有尾聲

（一）仙呂宮

共四式，計有十套，可考作者作九套，無名氏作一套。最短者三曲，最長者五曲，以用曲五支爲常。曲牌聯綴實例如下：

用曲三支，一套：

1、皂羅袍（二支）、尾聲。一套：無名氏〈寂寞難禁長夜〉。明代傳奇〔皂羅袍〕用曲數爲三支。

用曲五支，九套：

1、八聲甘州（四支）、尾。一套：夏言〈金風送暑〉。

2、解三酲（四支）、尾聲。一套：楊德芳〈憶長安少年遊冶〉。

3、甘州歌（四支、第二支換頭）（集）、尾聲。一套：王寵〈春眠方曉〉。

4、甘州歌（四支）（集）、餘文。共三套：王九思〈春山翠遶〉、陳鶴〈彤雲萬頃〉、陳所聞〈彤雲萬頃〉。

5、甘州歌（四支）（集）、餘音。共二套：常倫〈郵亭煙柳〉、夏完淳〈興亡敗勝〉。

6、甘州歌（四支）（集）、尾聲。一套：周履靖〈煙波萬里〉。

＊上三式實同，僅尾聲稱名不同。

（二）正　宮

共一式，計有五套，可考作者作一套，無名氏作四套，用曲皆爲五支。曲牌聯綴實例如下：

用曲五支，五套：

1、錦亭樂（四支）（集）、尾聲。共二套：無名氏〈富春山〉、無名氏〈悶懨懨〉。

2、錦庭樂（四支）（集）、尾。共二套：無名氏〈劣嬌才〉、無名氏〈守

香閨〉。

　　3、錦庭樂（四支）（集）、餘音。一套：陳鐸〈被兒餘〉。

　　＊上三式僅尾聲稱名不同。

（三）中呂宮

　　共二式，計有二套，可考作者作一套，無名氏作一套。最短者三曲，最長者五曲，各有一套。曲牌聯綴實例如下：

　　用曲三支，一套：

　　1、古輪臺（二支、換頭）、尾聲。一套：沈璟〈沒來由〉。

　　用曲五支，一套：

　　1、尾犯序（四支）、尾聲。一套：無名氏〈莫謂地球寬〉。明代傳奇〔尾犯序〕用曲數爲三支，並加引子，作開頭組曲。

（四）南呂宮

　　共三式，計有三套，可考作者作二套，無名氏作一套。用曲皆爲五支。曲牌聯綴實例如下：

　　用曲五支：

　　1、梁州序（四支、第三支換頭）、尾聲。一套：沈璟〈三生業鏡〉。

　　2、柰子花犯（四支）（集）、尾聲。一套：無名氏〈新月曲一似蛾眉〉。

　　3、六犯清音（四支）（集）、尾聲。一套：李日華〈瑣窓人靜〉。

（五）越　調

　　共二式，計有五套，可考作者作三套，無名氏作二套。用曲皆爲五支。曲牌聯綴實例如下：

　　用曲五支，五套：

　　1、綿搭絮（四支）、尾聲。一套：張春陽〈玉梅春曉〉。明代傳奇〔綿搭絮〕用曲數爲二支，並加引子成套。

　　2、番山虎（四支）（集）、餘文。共二套：無名氏〈夜雨滴空堦〉、無名氏〈楊柳色侵眸〉。

　　3、番山虎（四支）（集）、尾聲。共二套：陳鶴〈夜雨滴空堦〉、顧璘〈楊柳色侵眸〉。

　　＊上二式僅尾聲稱名不同。

（六）商　調

共四式,計有四套,可考作者作三套,無名氏作一套。最短者三曲,最長者五曲,以用曲五支爲常。曲牌聯綴實例如下:

用曲三支,一套:

1、四犯黃鶯兒(二支)(集)、尾聲。一套:無名氏〈他直恁太情切〉。

用曲五支,二套:

1、高陽臺(四支)、尾聲。一套:胡汝嘉〈出谷鶯啼〉。明代傳奇於此式前加引子成套。

2、黃鶯學畫眉(四支)(集)、尾聲。一套:李開先〈花柳艷陽春〉。

用曲九支,一套:

1、高陽臺(八支)、尾聲。一套:朱曰藩〈十載京塵〉。

(七)小石調

共一式,只有一套,爲無名氏作。用曲五支,曲牌聯綴實例如下:

用曲五支,一套:

1、罵玉郎(四支)、尾聲。一套:無名氏〈花壓闌干春畫遲〉。

(八)雙 調

共一式,只有一套,爲宛瑜子作。用曲三支,曲牌聯綴實例如下:

用曲三支,一套:

1、鎖南枝(二支)、尾聲。一套:宛瑜子〈腰枝瘦〉。明代傳奇〔鎖南枝〕用曲數爲三支。

(九)仙呂入雙調

共一式,只有一套,爲俞琬綸作。用曲五支,曲牌聯綴實例如下:

用曲五支,一套:

1、四朝元(四支)、尾聲。一套:俞琬綸〈粉郎姣麗〉。

二、無尾聲

(一)仙呂宮

共五式,計有六套,可考作者作五套,無名氏作一套。最短者二曲,最長者四曲,以用曲四支爲常。曲牌聯綴實例如下:

用曲二支,二套:

1、二犯桂枝香(二支)(集)。一套:張瘦郎〈踏青見此〉。

2、九迴腸（二支）（集）。一套：施紹莘〈鬢兒邊黃花不戴〉。

用曲四支，四套：

1、桂枝香（四支）。共二套：施紹莘〈時時心裡〉、施紹莘〈端陽時候〉。明代傳奇〔桂枝香〕用曲數爲二支，前加引子作開頭組曲。

2、甘州歌（四支）（集）。一套：周履靖〈登山渡嶺〉。

3、醉羅歌（四支）（集）。一套：無名氏〈恨殺恨殺無情客〉。

（二）中呂宮

共四式，計有四套，皆爲可考作者作。用曲皆爲四支，曲牌聯綴實例如下：

用曲四支，四套：

1、石榴花（四支）。一套：周履靖〈巉巖深奐〉。

2、駐馬聽（四支）。一套：周履靖〈閬苑神仙〉。

3、駐雲飛（四支）。一套：施紹莘〈覷睍逡巡〉。

4、尾犯序（四支、第二、三支換頭）。一套：杜子華〈香氣滿簾櫳〉。

上三式，明代傳奇用曲數皆爲二支，並加引子作開頭組曲。

（三）南呂宮

共十式，計有十六套，皆爲可考作者作。最短者三曲，最長者四曲，以用曲四支爲常。曲牌聯綴實例如下：

用曲三支，二套：

1、解三酲（三支）。共二套：陳所聞〈自那日陽關三唱〉、陳所聞〈對西風把行藏自省〉。

用曲四支，十三套：

1、賀新郎（四支）。一套：陳鶴〈江聲喧枕〉。

2、梁州賀新郎（四支、第三支換頭）（集）。一套：陳所聞〈盤雲當道〉。

3、梁州新郎（四支、第三支換頭）。一套：夏文範〈清秋時候〉。

＊上二式實同，〔梁州新郎〕即〔梁州賀新郎〕。

4、解三酲（四支）。共二套：陳所聞〈爲選勝臨溪結閣〉、陳所聞〈美詞華天孫織錦〉。

5、紅衲襖（四支）。一套：周履靖〈俺本是列眞行緯闕儔〉。

6、懶畫眉（四支）。共二套：周履靖〈疏林幾樹晚烏啼〉、梁孟昭〈蕭調

時節怕黃昏〉。明代傳奇於此式前加引子，作開頭組曲。

　　7、紅錦袍（四支）。一套：周履靖〈俺本是採山人樵子徒〉。

　　8、宜春令（四支）。共二套：周履靖〈金風動〉、沈則平〈寒夜侵〉。明代傳奇於此式前加引子，作開頭組曲。

　　9、六犯清音（四支）（集）一套：周履靖〈長空煙散〉。

　　10、一江風（四支）。一套：梁孟昭〈杏茫茫〉。明代傳奇〔一江風〕用曲數爲二支，前加引子作開頭組曲。

　　用曲八支，一套：

　　1、懶畫眉（八支）。一套：施紹莘〈葡萄花下閉門居〉。

（四）黃鐘宮

　　共二式，計有三套，皆可爲考作者作。最短者二曲，最長者四曲。曲牌聯綴實例如下：

　　用曲二支，一套：

　　1、降黃龍（二支、換頭）。一套：沈璟〈雨細埊墀〉。

　　用曲四支，二套：

　　1、畫眉序（四支）。共二套：朱應辰〈春事又飛花〉、王九思〈花謝而聲疾〉。

（五）越　調

　　共一式，計有一套，爲黃峨作。用曲四支，曲牌聯綴實例如下：

　　用曲四支：

　　綿搭絮（四支）。一套：黃峨〈長空如洗〉。明代傳奇〔綿搭絮〕用曲數爲二支，前加引子作開頭組曲。

（六）商　調

　　共五式，計有十三套，皆爲可考作者作。最短者四曲，最長者六曲，以用曲四支爲常。曲牌聯綴實例如下：

　　用曲四支，十二套：

　　1、黃鶯兒（四支）。共五套：張瘦郎〈鬆鬢懶梳頭〉、施紹莘〈獨坐小燈前〉、梁孟昭〈明月也含羞〉、梁孟昭〈整貌出蟾宮〉、周履靖〈學道說長生〉、明代傳奇〔黃鶯兒〕用曲數爲二支，前加引子作開頭組曲。

　　2、山坡羊（四支）。一套：梁孟昭〈雨瀟瀟涼秋時節〉。明代傳奇〔山坡

羊〕用曲數爲二支，前加引子作開頭組曲。

　　3、集賢賓（四支）一套：周履靖〈丹丘石床閒自撫〉。

　　4、金索掛梧桐（四支）（集）。共五套：周履靖〈忘情與世違〉、施紹莘〈花間宿雨收〉、施紹莘〈安排錦繡窩〉、施紹莘〈江湖雪賺堤〉、馮夢龍〈曾叼金屋光〉。

　　用曲六支，一套：

　　1、高陽臺（六支、第二支換頭）。一套：陸治〈萬點殘紅〉。明代傳奇〔高陽臺〕用曲數爲四支，並加引子、尾聲成套。

　　（七）雙　調

　　共一式，只有一套，爲馮夢龍作。用曲四支，曲牌聯綴實例如下：

　　用曲四支，一套：

　　1、鎖南枝（四支、第二支換頭）。一套：馮夢龍〈曾留下〉。此組曲亦見明代傳奇。

　　（八）仙呂入雙調

　　共三式，計有四套，皆爲可考作者作。用曲四支，曲牌聯綴實例如下：

　　用曲四支，四套：

　　1、二犯江兒水（四支）（集）。共二套：周履靖〈靈臺紫府〉、蘭陵笑笑生〈聽風聲嘹亮〉。

　　2、朝元歌（四支）（集）。一套：周履靖〈吳天楚天〉。明代傳奇雙調例式，於此式前加引子作開頭組曲。

　　3、柳搖金（四支）（集）。一套：包應龍〈雕盤香靄〉。

第三節　南北合套套式

一、有尾聲

　　（一）仙呂宮

　　共二式，計有二套，皆爲可考作者作，用曲皆爲十支。

　　首曲二章：賞花時（北）（一套）、八聲甘州（北）（一套）。

　　尾聲二章：：尾聲（一套）、餘音（南）（一套）。

　　曲牌聯綴各不相同，僅〔排歌〕（南）亦具有類似循環聯套特性。

實例如下：

用曲十支，二套：

1、賞花時（北）、排歌（南）、那吒令（北）、排歌（南）、鵲踏枝（北）、桂枝香（南）、寄生草（北）、樂安神（南）、六么序（北）、尾聲（南）。一套：龍膺〈覷破乾坤都是過客〉。明代傳奇缺〔桂枝香〕、〔寄生草〕二曲，前加引子成套。

2、八聲甘州（北）、雁過聲（南）、醉中天（北）、風淘沙（南）、金盞兒（北）、拗芝蔴（南）、雙雁子（北）、醉扶歸（南）、一撮棹（南）、餘音（南）。一套：康海〈長空霧捲〉。

（二）正　宮

共五式，計有五套，可考作者作三套，無名氏作二套。最短者七曲，最長者十一曲，各曲數皆各為一套。

首曲五章：端正好（北）（一套）、普天樂（南）（一套）、金殿喜重重（南）（一套）、鵷山溪（北）（一套）、梁州令（南）（一套）。

尾聲四章：尾聲（南）（一套）、餘音（一套）、餘文（南）（一套）、餘音（南）（二套）。

曲牌聯綴各不相同，唯南起首曲之〔普天樂〕、〔金殿喜重重〕；北起首曲之〔鵷山溪〕；北曲過曲〔小梁州〕四曲，在套式中同具有類似循環聯套特性——ＡＢＡＣ體式，只不過與之循環的不是同一支曲。

實例如下：

用曲七支，一套：

1、端正好（北）、普天樂（南）、脫布衫（北）、傾盃序（南）、小梁州（北）、小桃紅（南）、餘音。一套：康海〈和氣滿門闌〉。

用曲八支，一套：

1、普天樂（南）、朝天子（北）、普天樂（南）、朝天子（北）、普天樂（南）、朝天子（北）、普天樂（南）、餘文（南）。一套：無名氏〈晚天晴〉〔註14〕。

＊此式亦為一南一北循環聯套。

用曲九支，一套：

1、金殿喜重重（南）、塞鴻秋（北）、金殿喜重重（南）、貨郎兒（北）、

〔註14〕並見於含子母聯套。

醉太平（北）、賺（南）、怕春歸（北）、春歸犯（南）（集）、餘音（南）。一套：無名氏〈新綠池邊〉。

用曲十支，一套：

1、鷯山溪（北）、普天樂（南）、鷯山溪（北）、雁過沙（南）、喜秋風（北）、傾盃序（南）、好觀音（北）、小桃紅（南）、隨煞（北）、餘音（南）。一套：康海〈和風應節〉。

用曲十一支，一套：

1、梁州令（南）、塞鴻秋（北）、刷子序（南）、脫布衫（北）、山漁燈犯（南）（集）、小梁州（北）、普天樂（南）、小梁州（北）、朱奴插芙蓉（南）（集）、伴讀書（北）、尾聲（南）。一套：李子昌〈芳草長亭露帶沙〉。

（三）中呂宮

共九式，計有十套，可考作者八套，無名氏作二套。最短者七曲，最長者十四曲，以用曲九支爲常。

首曲三章：粉蝶兒（北）（八套）、四園春（南）（一套）、石榴花（北）（一套）、以粉蝶兒（北）爲最常用首曲。

尾聲四章：尾聲（北）（三套）、尾聲（南）（二套）、尾聲（一套）、尾（北）（一套）、餘音（北）（一套）、餘音（一套）、尚如縷煞（南）（一套），以〔尾聲〕較常用。

曲牌聯綴有以下諸類：

1、泣顏回（南）聯石榴花（北）。

2、上小樓（或鬥鵪鶉）（北）聯撲燈蛾（南）。

3、普天樂（北）聯千秋歲（或好事近）（南）聯上小樓（北）聯越恁好（南）（可省）。

4、十二月（北）聯紅繡鞋（南、二支）聯堯民歌（北）。

以上〔泣顏回〕、〔撲燈蛾〕亦具循環聯套特性。

實例如下：

用曲七支，一套：

1、粉蝶兒（北）、泣顏回（南）、石榴花（北）、泣顏回（南）、鬥鵪鶉（北）、撲燈蛾（南）、尾（北）。一套：葉華〈雪滿梁園〉。

用曲九支，六套：

1、粉蝶兒（北）、泣顏回（南）、石榴花（北）、泣顏回（南）、鬥鵪鶉（北）、

撲燈蛾（南）、上小樓（北）、撲燈蛾（南）、餘音（北）。一套：陳鐸〈三弄梅花〉。此式亦見明代傳奇中呂宮南北合套例式。

2、粉蝶兒（北）、泣顏回（南）、石榴花（北）、泣顏回（南）、鬥鵪鶉（北）、撲燈蛾（南）、上小樓（北）、撲燈蛾（南）、尾聲（北）。一套：金鑾〈翠竹軒窗〉。〔註15〕

＊上二式實同，僅尾聲稱名不同。

3、粉蝶兒（北）、泣顏回（南）、石榴花（北）、普天樂（南）、鬥鵪鶉（北）、朱奴兒（南）、十二月（北）、撲燈蛾（南）、尾聲（北）。一套：陳鐸〈笑眼睜開〉。

4、粉蝶兒（北）、好事近（南）、石榴花（北）、料峭東風（南）、鬥鵪鶉（北）、撲燈蛾（南）、上小樓（北）、撲燈蛾（南）、尾聲。一套：沈蛟門〈小扇輕羅〉。

5、粉蝶兒（北）、好事近（南）、普天樂（北）、好事近（南）、上小樓（北）、撲燈蛾（南）、上小樓（北）、撲燈蛾（南）、餘音。一套：無名氏〈錦繡封疆〉。〔註16〕

6、粉蝶兒（北）、好事近（南）、石榴花（北）、好事近（南）、鬥鵪鶉（北）、撲燈蛾（南）、上小樓（北）、撲燈蛾（南）、尾聲（南）。一套：殷士儋〈臘盡春回〉。

用曲十一支，二套：

1、粉蝶兒（北）、泣顏回（南）、石榴花（北）、泣顏回（南）、鬥鵪鶉（北）、撲燈蛾（南）、上小樓（北）、撲燈蛾（南）、上小樓（北）、撲燈蛾（南）、尾聲（北）。一套：陳所聞〈雲掩雙扉〉。〔註17〕

此式亦爲含子母調之聯套。

2、四園春（南）、石榴花（北）、好事近（南）、普天樂（北）、千秋歲（南）、上小樓（北）、越恁好（南）、十二月（北）、紅繡鞋（南）、堯民歌（北）、尚如縷煞（南）。一套：李子昌〈東風開小桃〉。

用曲十四支，一套：

1、石榴花（北）、好事近（南、二支）、普天樂（北）、千秋歲（南、二

〔註15〕並見於含子母調聯套。
〔註16〕並見於含子母調散套。
〔註17〕並見於含子母調散套。

支)、上小樓（北）、越恁好（南、二支）、十二月（北）、紅繡鞋（南、二支）、
堯民歌（北）、尾聲（南）。一套：無名氏〈不妨沉醉樂陶陶〉。

（四）南呂宮

共六式，計有八套，可考作者作六套，無名氏作二套。最短者七曲，最
長者十一曲，以用曲十一支爲常。

首曲四章：一枝花（北）（三套）、青衲襖（南）（三套）、梧桐樹（南）（一
套）、四塊玉（北）（一套），以〔一枝花〕（北）、〔青衲襖〕（南）爲較常用首
曲。

尾聲三章：尾聲（南）（五套）、尾聲（二套）、餘音（南）（一套），以〔尾
聲〕（南）爲較常用。

曲牌聯綴僅得一類：罵玉郎（北）聯東甌令（或一江風、節節高、大迓
鼓）（南）聯感皇恩（北）聯浣溪沙（或節節高、東甌令、針線箱）（南）（可
省）聯採茶歌（北）。

實例如下：

用曲七支，一套：

1、梧桐樹（南）、罵玉郎（北）、東甌令（南）、感皇恩（北）、浣溪沙（南）、
採茶歌（北）、尾聲（南）。一套：金鑾〈生來灑落懷〉。

用曲八支，一套：

1、一枝花（北）、一江風（南）、罵玉郎（北）、東甌令（南）、感皇恩（北）、
節節高（南）、採茶歌（北）、尾聲（南）。一套：無名氏〈蓊鬱鬱居庸疊翠峰〉。

用曲十支，二套：

1、一枝花（北）、大迓鼓（南）、罵玉郎（北）、一江風（南）、感皇恩（北）、
東甌令（南）、採茶歌（北）、節節高（南）、隔尾（北）、餘音（南）。一套：
康海〈丹霄彩鳳來〉。

2、四塊玉（北）、金索掛梧桐（南）（集）、罵玉郎（北）、東甌令（南）、
感皇恩（北）、針線箱（南）、採茶歌（北）、解三酲（南）、烏夜啼（北）、尾
聲。一套：王子安〈信物存〉。

用曲十一支，四套：

1、一枝花（北）、一江風（南）、紅芍藥（北）、兩頭蠻（南）、風入松（南）、
罵玉郎（北）、節節高（南）、感皇恩（北）、採茶歌（北）、生姜芽（南）、尾
聲。一套：楊循吉〈金風送早涼〉。

2、青衲襖（南）、罵玉郎（北）、大迓鼓（南）、感皇恩（北）、東甌令（南）、採茶歌（北）、賺（南）、烏夜啼（北）、節節高（南）、鵪鶉兒（北）、尾聲（南）。共三套：曹孟修〈混元初生太極〉、張氏〈蹙金蓮雙鳳頭〉、無名氏〈想多嬌情性標〉。

（五）黃鐘宮

共六式，計有十套，可考作者作九套，無名氏作一套。最短者十二曲，最長者十四曲，以用曲十二支為常。

首曲二章：醉花陰（北）（九套）、女冠子（南）（一套）。

尾聲：尾聲（南）（七套）、餘音（南）（三套）。

曲牌聯綴僅得一類：醉花陰（北）、畫眉序（南）、喜遷鶯（北）、畫眉序（南）、出隊子（北）、神仗兒（南）、刮地風（北）、耍鮑老（或神仗兒）（南）、四門子（北）、鬧樊樓（或鬥雙雞）（南）、古水仙子（北）。明代傳奇南北合套聯綴方式與此類似，僅將〔神仗兒〕代以〔滴溜子〕，〔耍鮑老〕代以〔滴滴金〕，〔鬧樊樓〕代以〔鮑老催〕，並於〔水仙子〕後加〔雙聲子〕（南）成套。

實例如下：

用曲十二支，八套：

1、醉花陰（北）、畫眉序（南）、喜遷鶯（北）、畫眉序（南）、出隊子（北）、神仗兒（南）、刮地風（北）、耍鮑老（南）、四門子（北）、鬧樊樓（南）、古水仙子（北）、尾聲（南）。共二套：賈仲明〈國祚風和太平了〉、唐復〈鴛鴦浦蓮開並蒂長〉。

2、醉花陰（北）、畫眉序（南）、喜遷鶯（北）、畫眉序（南）、出隊子（北）、神仗兒（南）、刮地風（北）、耍鮑老（南）、四門子（北）、鬥雙雞（南）、古水仙子（北）、尾聲（南）。一套：陳鐸〈雨順風調萬民喜〉。

＊上二式僅第十支曲不同。

3、醉花陰（北）、畫眉序（南）、喜遷鶯（北）、畫眉序（南）、出隊子（北）、神仗兒（南）、刮地風（北）、耍鮑老（南）、四門子（北）、鬥雙雞（南）、古水仙子（北）、餘音（南）。一套：黃祖儒〈萬載長春聖堯里〉。

＊上二式實同，僅尾聲稱名不同。

4、醉花陰（北）、畫眉序（南）、喜遷鶯（北）、畫眉序（南）、出隊子（北）、神仗兒（南）、刮地風（北）、鬧樊樓（南）、四門子（北）、耍鮑老（南）、古

水仙子（北）、尾聲（南）。共二套：陳鐸〈簾捲東風畫堂曉〉、徐霖〈簾捲東風畫堂曉〉。

＊此式與第一式相較，僅第八支曲與第十支曲對調，餘全同。

5、醉花蔭（北）、畫眉序（南）、喜遷鶯（北）、畫眉序（南）、出隊子（北）、神仗兒（南）、刮地風（北）、神仗兒（南）、四門子（北）、鬧樊樓（南）、古水仙子（北）、尾聲（南）。共二套：秦時雍〈黑海憂心最難寫〉、金鑾〈威德當朝震寰宇〉。

＊此式第八支曲重複〔神仗兒〕。由上四式可知南曲之〔耍鮑老〕、〔鬧樊樓〕、〔鬥雙雞〕、〔神仗兒〕四曲或可替換。然北曲順序則固定，進一步證明北曲聯套有一定形式，即便在南北合套中亦然。

用曲十三支，一套：

1、女冠子（南）、醉花蔭（北）、畫眉序（南）、喜遷鶯（北）、畫眉序（南）、出隊子（北）、神仗兒（南）、四門子（北）、神仗兒（南）、刮地風（北）、鬧樊樓（南）、古水仙子（北）、餘音（南）。一套：無名氏〈太平寰宇〉。

＊此式同用曲十二支之套式，僅多首曲〔女冠子〕。

用曲十四支，一套：

1、醉花蔭（北）、畫眉序（南）、喜遷鶯（北）、畫眉序（南）、出隊子（北）、畫眉序（南）、出隊子（北）、神仗兒（南）、刮地風（北）、神仗兒（南）、四門子（北）、鬧樊樓（南）、古水仙子（北）、餘音（南）。一套：寧齋〈春意融合鳳城裡〉〔註18〕。

＊此式亦同用曲十二支之套式，只是〔畫眉序〕、〔出隊子〕多重複一次。北曲〔刮地風〕、〔四門子〕順序則前後有異。

（六）越 調

共四式，計有四套，可考作者作二套，無名氏作二套。最短者七曲，最長者十三曲。

首曲二章：繡停針（南）（三套）、鬥鵪鶉（北）（一套）。

尾聲二章：尾聲（南）（二套）、餘音（南）（二套）。

曲牌聯綴有以下諸類：

1、山馬客（南）聯黃薔薇（或金蕉葉）（北）聯四般宜（南）。〔山馬客〕、

〔註18〕並見於循環散套。

〔四般宜〕順序可互換。

2、聖藥王（北）聯金蕉葉（北）聯豹子令（南）聯梅花酒（南）。

實例如下：

用曲七支，一套：

1、繡停針（南）、鬼三台（北）、山馬客（南）、黃薔薇（北）、四般宜（南）、聖藥王（北）、餘音（南）。一套：無名氏〈四海昇平〉。

用曲十一支，一套：

1、鬥鵪鶉（北）、繡停針（南）、紫花兒序（北）、四般宜（南）、金蕉葉（北）、山馬客（南）、調笑令（北）、憶多嬌（南）、綿搭絮（北）、拙魯速（北）、尾聲（南）。一套：無名氏〈萬種離愁〉。

用曲十三支，二套：

1、繡停針（南）、小桃紅（北）、合笙（南）、道合（南）、調笑令（北）、山馬客（南）、憶多嬌（南）、耍廝兒（北）、聖藥王（北）、金蕉葉（北）、豹子令（南）、梅花酒（南）、尾聲（南）。一套：王九思〈雨過層樓〉。

2、繡停針（南）、小桃紅（北）、合笙道合（集）（南）、調笑令（北）、山馬客（南）、憶多嬌（南）、禿廝兒（北）、聖藥王（北）、金蕉葉（北）、豹子令（南）、梅花酒（北）、么、餘音（南）。一套：楊循吉〈夏景雲初〉。

（七）商　調

共四式，計有五套，可考作者作三套，無名氏作二套。最短者七曲，最長者十四曲。

首曲四章：金梧桐（南）（二套）、集賢賓（北）（一套）、集賢賓（南）（一套）、絳都春（南）（一套）。

尾聲二章：：尾聲（南）（三套）、餘音（南）（二套）。

曲牌聯綴有以下諸類：

1、罵玉郎（北）聯東甌令（南）聯感皇恩（北）聯浣溪沙（南）聯採茶歌（北）。此式同南呂宮。

2、梧葉兒（北）聯山坡羊（南）聯出隊子（北）聯金菊香（北）聯醋葫蘆（北）聯東甌令（南）聯玉交枝（南）聯後庭花（北）聯玉抱肚（南）聯錦羅袍（南）（集）聯青歌兒（北）聯耍鮑老（南）。

實例如下：

用曲七支，二套：

1、金梧桐（南）、罵玉郎（北）、東甌令（南）、感皇恩（北）、浣溪沙（南）、採茶歌（北）、尾聲（南）。共二套：陳鐸〈漫漫瑞雪鋪〉、曹大章〈相思藉酒消〉。

用曲八支，一套：

1、集賢賓（北）、集賢賓（南）、鳳鸞吟（北）、鬥雙雞（南）、節節高（北）、耍鮑老（南）、四門子（北）、尾聲。一套：無名氏〈爲薄情近來針線懶〉。

用曲十四支，二套：

1、絳都春（南）、梧葉兒（北）、山坡羊（南）、出隊子（南）、金菊香（北）、醋葫蘆（北）、東甌令（南）、玉交枝（南）、後庭花（北）、玉抱肚（南）、錦羅袍（南）（集）、青歌兒（北）、耍鮑老（南）、餘音（南）。一套：無名氏〈寒風布野〉。

2、集賢賓（南）、梧葉兒（北）、山坡羊（南）、出隊子（北）、金菊香（北）、醋葫蘆（北）、東甌令（南）、玉交枝（南）、後庭花（北）、玉抱肚（南）、錦羅袍（南）（集）、青歌兒（北）、耍鮑老（南）、餘音（南）。一套：楊循吉〈初寒瀟洒正萬國〉。

上二式僅首曲不同。

（八）雙　調

共三式，計有四套，皆爲可考作者作。最短者四曲，最長者二十二曲。用曲七支有二套，餘各爲一套。

首曲二章：步步嬌（南）（三套）、珍珠馬（南）（一套）。

尾聲一章：尾聲（三套）、尾聲（南）（一套）。

曲牌聯綴僅得一類：步步嬌（南）聯折桂令（北）（可省）聯江兒水（南）（可省）聯鴈兒落（北）聯得勝令（北）（可省）聯僥僥令（南）（可省）。此聯綴方式亦見明代傳奇雙調南北合套例式。

實例如下：

用曲五支，一套：

1、步步嬌（南）、江兒水（南）、得勝令（北）、么篇、尾聲。一套：王克篤〈憑著輪自己錢合鈔〉。

用曲七支，二套：

1、步步嬌（南）、折桂令（北）、江兒水（南）、鴈兒落（北）、得勝令（北）、僥僥令（南）、尾聲。共二套：王克篤〈半輪明月塵中現〉、王克篤〈今朝有

酒今朝樂〉。

用曲二十二支，一套：

1、珍珠馬（南）、新水令（北）、步步嬌（南）、雁兒落（北）、沉醉東風（南）、得勝令（北）、忒忒令（南）、沽美酒（北）、好姐姐（南）、七弟兄（北）、嘉慶子（南）、梅花酒（北）、荳葉黃（南）、脫布衫（北）、園林好（南）、倘秀才（北）、川撥棹（南）、川撥棹（北）、錦衣香（南）、收江南（北）、漿水令（南）、尾聲（南）。一套：鄭若庸〈簫聲喚起瑤臺月〉。

二、無尾聲

（一）正　宮

共一式，只有一套，可考作者作。用曲四支，曲牌聯綴實例如下：

用曲四支：

1、普天樂（南）、朝天子（北）、普天樂（南）、朝天子（北）。一套：無名氏〈俏冤家〉。〔註19〕

此式亦為循環聯套無尾聲套式。

（二）越　調

共一式，只有一套，無名氏作。用曲八支，曲牌聯綴實例如下：

用曲八支，一套：

1、鬥鵪鶉（北）、山馬客（南）、鬼三台（北）、蠻牌令（南）、調笑令（北）、皂羅袍（南）、聖藥王（北）、梅花酒（南）。一套：無名氏〈錦重重寶殿金門〉。

（三）雙　調

共三式，計有三套，皆為可考作者作。最短者四曲，最長者十三曲。

首曲三章：新水令（北）（一套）、步步嬌（南）（一套）、風入松（北（一套）。

曲牌聯綴皆不同，詳見實例如下：

用曲四支，一套：

1、新水令（北）、步步嬌（南）、折桂令（北）、江兒水（南）。一套：沈自徵〈一聲雁破海天秋〉。

用曲十二支，一套：

〔註19〕此式並見於無尾聲循環聯套。

1、步步嬌（南）、水仙子（北）、江兒水（南）、折桂令（北）、柳搖金（南）、掛玉鉤（北）、川撥棹（南）、太平令（北）、錦衣香（南）、梅花酒（北）、漿水令（南）、轉調（北）。一套：朱權〈綠水青山松陰下〉。

用曲十三支，一套：

1、風入松（北）、風入松（南）、新水令（北）、皂羅袍（南）、慶宣和（北）、步步嬌（南）、駐馬聽（北）、丰韻好（南）、折桂令（北）、桂枝香（南）、鴈兒落（北）、錦衣香（南）、收江南（北）。一套：徐知府〈燕山形勝出皇都〉。

第四節　其他聯套套式

一、循環聯套

（一）有尾聲

循環聯套有尾聲計有二十八套，可考作者作二十六套，無名氏作二套。最短者五曲，最長者六曲，以用曲五支爲常。南北合套有一套，用曲八支。若一併計數，循環聯套有尾聲計有二十九套。

1、正　宮

計有二十七套，可考作者作二十五套，無名氏作二套。聯套曲牌僅有一組，爲白練序（素帶兒）、醉太平（昇平樂），體式爲：Ａ、Ｂ、Ａ、Ｂ、尾，無例外。南北合套聯套曲牌亦僅有一組，爲普天樂（南）、朝天子（北），體式爲：Ａ、Ｂ、Ａ、Ｂ、尾（南）。

實例如下：

用曲五支，二十七套：

（1）白練序、醉太平、白練序、醉太平、尾聲。共十八套：顧鼎臣〈春光早漏洩〉、無名氏〈花初放〉、無名氏〈若耶溪〉、陳石坡〈相思擔〉、顧木齋〈窺青眼〉、方洗馬〈春煙暖〉、陶唐〈長空渺〉、余壬公〈秋容澹〉、張瘦郎〈重門掩〉、高濂〈春飄泊〉、史槃〈金風巧〉、沈璟〈晴霞起〉、吳國寶〈春社後〉、吳國寶〈南枝杪〉、李贄〈蒙垂問〉、張以誠〈無聊賴〉、張瘦郎〈香心鎖〉、施紹莘〈春如綺〉、此二曲循環聯套亦見明代傳奇。

＊此式多爲詠物之作，僅施紹莘改〔尾聲〕爲〔尾文〕。

（2）白練序、醉太平（換頭）、白練序（換頭）、醉太平（換頭）、餘文。

共二套：梁辰魚〈東風軟〉、梁辰魚〈西風裡〉。

（3）白練序、醉太平（換頭）、白練序（換頭）、醉太平（換頭）、尾聲。
共四套：王驥德〈秋風起〉、王驥德〈蓮花瓣〉、關思〈沉吟久〉、張鳳翼〈清明後〉。

＊上三式實同，僅第二、三支曲有無換頭之異，尾聲稱名亦不同。

（4）白練序、昇平樂（換頭）、白練序（換頭）、昇平樂（換頭）、尾。
共二套：顧正誼〈涼飆送〉、顧正誼〈湘雲捲〉。

（5）素帶兒、昇平樂（換頭）、素帶兒、昇平樂（換頭）、尾。一套：顧正誼〈東風軟〉。

＊上二式實同，僅第三支曲未換頭，又〔白練序〕用異名〔素帶兒〕。

用曲八支，一套：

（1）普天樂（南）、朝天子（北）、普天樂（南）、朝天子（北）、普天樂（南）、朝天子（北）、普天樂（南）、餘文（南）。一套：無名氏〈晚天晴〉。
〔註20〕此二曲循環組曲，亦見明代傳奇正宮例式。

＊此式是一南一北循環聯套。

2、中呂宮

只有一套，為沈璟作，用曲五支。曲牌聯綴實例如下：

用曲五支，一套：

（1）駐馬聽、泣顏回（換頭）、駐馬聽、泣顏回（換頭）、尾聲。一套：沈璟〈敗葉蕭蕭〉。

（二）無尾聲

1、正　宮

僅一套，為無名氏作。用曲四支，曲牌聯綴實例如下：

用曲四支，一套：

（1）、普天樂（南）、朝天子（北）、普天樂（南）、朝天子（北）。一套：無名氏〈俏冤家〉。〔註21〕

2、仙呂入雙調

僅一套，為張琦作。用曲四支，曲牌聯綴實例如下：

〔註20〕此式並見於南北合套。
〔註21〕此式並見於南北合套。

用曲四支，一套：

（1）、江頭金桂（集）、二犯江兒水（集）、江頭金桂（集）、二犯江兒水（集）。一套：張琦〈最苦是深閨人靜〉。

二、含子母調聯套

（一）有尾聲

1、仙呂宮

計有六套，可考作者作四套，無名氏作品二套，用曲最短九支，最長十三支。

首曲二章：八聲甘州（五套）、傍妝臺（一套）。以八聲甘州爲常用首曲，以用曲十三支爲常。

尾聲二章：尾聲（五套）、餘音（一套）。以〔尾聲〕爲常用。

曲牌聯綴有以下諸類：

（1）聲甘州聯傍妝臺、油核桃聯解三酲、解三酲聯掉角兒、解三酲聯油葫蘆爲循環曲組。

（2）不是路（或賺）聯解三酲。

實例如下：

用曲九支，一套：

（1）八聲甘州、傍妝臺、八聲甘州、傍妝臺、八聲甘州、傍妝臺、解三酲、傍妝臺、餘音。一套：無名氏〈眠思夢想〉。

用曲十支，一套：

（1）八聲甘州（二支、換頭）、賺、解三酲、孤飛雁、油核桃、解三酲、油核桃、解三酲、尾聲。一套：沈仕〈如醉如癡〉。

用曲十一支，一套：

（1）傍妝臺（四支）、不是路（二支）、解三酲、掉角兒、解三酲、掉角兒、尾聲。一套：無名氏〈自嘆半生忙〉。

用曲十三支，三套：

（1）八聲甘州（二支）、不是路、解三酲、油葫蘆、解三酲、油葫蘆、解三酲、油葫蘆、解三酲、油葫蘆、解三酲、尾聲。共二套：祝允明〈玉盤金餅〉、文徵明〈雕欄玉井〉。

（2）八聲甘州（二支）、賺、解三酲、油葫蘆、解三酲、油葫蘆、解三酲、油葫蘆、解三酲、油葫蘆、解三酲、尾聲。一套：楊愼〈冰輪懸鏡〉。

＊〔賺〕即〔不是路〕，故上二式實同。

2、正　宮

僅有一套，爲周履靖作。用曲六支，曲牌聯綴實例如下：

用曲六支，一套：

（1）素帶兒、昇平樂、素帶兒、昇平樂、琥珀貓兒墜、尾聲。一套：周履靖〈閒庭院〉。

3、中呂宮

計有三套，一般聯套僅楊愼作一套，用曲六支。南北合套二套，可考作者與無名氏各作一套，用曲最短九支，最長十一支。

首曲二章：粉蝶兒（北）（二套）、泣顏回（一套）。

尾聲二章：尾聲（二套）、餘音（一套）。

曲牌聯綴有僅得一類：泣顏回聯石榴花、撲燈蛾（南）聯上小樓（北）（順序可互換）爲循環曲組。

實例如下：

用曲六支，一套：

（1）泣顏回、石榴花、泣顏回、石榴花、一撮棹、尾聲。一套：楊愼〈寂莫過花朝〉。

用曲九支，一套：

（1）粉蝶兒（北）、好事近（南）、普天樂（北）、好事近（南）、上小樓（北）、撲燈蛾（南）、上小樓（北）、撲燈蛾（南）、餘音。一套：無名氏〈錦繡封疆〉。〔註22〕

用曲十一支，一套：

（1）粉蝶兒（北）、泣顏回（南）、石榴花（北）、泣顏回（南）、鬥鵪鶉（北）、撲燈蛾（南）、上小樓（北）、撲燈蛾（南）、上小樓（北）、撲燈蛾（南）、尾聲（北）。一套：陳所聞〈雲掩雙扉〉。〔註23〕

4、黃鐘宮

〔註22〕此式並見於南北合套。
〔註23〕此式並見於南北合套。

僅南北合套一套，爲寧齋作，用曲十四支。曲牌聯綴實例如下：

用曲十四支，一套：

（1）醉花陰（北）、畫眉序（南）、喜遷鶯（北）、畫眉序（南）、出隊子（北）、畫眉序（南）、出隊子（北）、神仗兒（南）、刮地風（北）、神仗兒（南）、四門子（北）、鬧樊樓（南）、古水仙子（北）、餘音（南）。一套：寧齋〈春意融合鳳城裡〉。〔註24〕

5、商　調

計有四套，皆爲可考作者之作。用曲最短七支，最長八支。

首曲二章：集賢賓（二套）、二郎神（二套）。

尾聲二章：尾聲（二套）、尾文（二套）。

曲牌聯綴有僅得二類：

（1）黃鶯兒聯琥珀貓兒墜、黃鶯兒聯香柳娘爲循環曲組。

（2）集賢賓聯黃鶯兒。

實例如下：

用曲七支，二套：

（1）集賢賓（二支）、黃鶯兒、琥珀貓兒墜、黃鶯兒、琥珀貓兒墜、尾文。一套：施紹莘〈洗園林一番芒種雨〉。

（2）集賢賓、啄木兒、黃鶯兒、琥珀貓兒墜、黃鶯兒、琥珀貓兒墜、尾文。一套：施紹莘〈珠簾半捲窺月明〉。

用曲八支，二套：

（1）二郎神、集賢賓、黃鶯兒、香柳娘、黃鶯兒、香柳娘、琥珀貓兒墜、尾聲。共二套：沈仕〈才郎去〉、潘士藻〈才郎去〉。

三、含帶過曲聯套

含帶過曲聯套套式，曲牌聯綴有一定法則，或套用一般聯套規則，或化用南北合套曲牌位序。所用帶過曲，在一般聯套中，大抵是連用曲。

（一）有尾聲

1、正　宮

共二式，計有二套，可考作者一套，無名氏作一套。最短者七曲，最長

〔註24〕此套並見於南北合套。

者十三曲。帶過曲僅用脫布衫帶過小梁州一例。

首曲二章：汲沙尾（南）（一套）、塞鴻秋（北）（一套）。

尾聲一章：尾聲（南）（二套）。

二套同用〔脫布衫帶過小梁州〕帶過曲，但曲牌聯綴方式不相同。一套循正宮南北合套法則將帶過曲置於〔普天樂〕後，且雁過聲（南）、傾杯序（南）、小桃紅（南）之位序亦爲正宮聯套之基本套式。另外一套則難循法則。

實例如下：

用曲七支，一套：

（1）汲沙尾（南）、脫布衫帶過小梁州（北）、漁家傲（南）、醉太平（北）、普天樂（南）、伴讀書（北）、尾聲（南）。一套：無名氏〈佳節百禎集〉。

用曲十三支，一套：

（1）塞鴻秋（北）、普天樂（南）、脫布衫帶過小梁州（北）、么、雁過聲（南）、醉太平（北）、傾杯序（南）、轉調貨郎兒（北）、么篇、小桃紅（南）、伴讀書（北）、笑和尚（北）、尾聲（南）。一套：湯氏〈一會家想多情越教我傷懷抱〉。

2、黃鐘宮

共三式，計有三套，其中二套爲南北合套，皆爲可考作者作。最短者三曲，最長者十曲。

首曲三章：啄木兒（一套）、沁園春（南）（一套）、粉蝶兒（北）（一套）。

尾聲二章：尾聲（二套）、煞尾（一套）。

帶過曲有三例：賣花聲帶歸傿洞、快活三帶鮑老兒、脫布衫帶過小梁州。

曲牌聯綴有以下諸類：

1、啄木兒聯賣花聲聯歸傿洞，爲黃鐘宮一般聯套定則之一。

2、普天樂（南）聯脫布衫帶過小梁州（北）。

此式化用正宮南北合套聯套例式。在正宮南北合套曲牌聯綴例式中，普天樂（南）、脫布衫（北）、小梁州（北）三曲若並用，〔脫布衫〕與〔小梁州〕二曲間可加入南曲〔傾盃序〕（或山漁燈犯），〔普天樂〕可置於〔脫布衫〕前或〔小梁州〕後。【黃鐘宮】含帶過曲聯套將〔脫布衫帶過小梁州〕置於〔普天樂〕後，實化用正宮南北合套聯套例式。

3、傾盃樂（南）聯小桃紅（南）。

此式亦見於正宮南北合套聯套例式。在正宮南北合套曲牌聯綴例式中，傾盃序（南）與小桃紅（南）二曲並用，二曲間可加入北曲小梁州（或好觀音）。

4、普天樂（北）聯好事近（集）（南）。

此式之聯綴方式見於中呂宮南北合套例式。

實例如下：

用曲三支，一套：

（1）啄木兒、賣花聲帶歸僊洞、尾聲。一套：梁辰魚〈誰家女〉。

用曲九支，一套：

（1）沁園春（南）、普天樂（北）、好事近（集）（南）、紅繡鞋（北）、千秋歲（南）、快活三帶鮑老兒（北）、越恁好（南）、紅繡鞋（北）、尾聲。一套：曹氏〈瑞藹祥雲環禁闈〉。

用曲十三支，一套：

（1）粉蝶兒（北）、泣顏回（南）、塞鴻秋（北）、普天樂（南）、脫布衫帶過小梁州（北）、雁過聲（南）、醉太平（北）、傾盃樂（南）（集）、貨郎兒犯（北）（集）、小桃紅（南）、伴讀書（北）、普賢歌（南）、煞尾。一套：陳鐸〈萬卷圖書〉。

3、越　調

共一式，只有一套，爲王文昌作。用曲八支。帶過曲有三例：山馬客帶憶多嬌、禿廝兒帶聖藥王金蕉葉、豹子令帶梅花酒。

曲牌聯綴實例如下：

用曲八支，一套：

（1）繡停鍼（南）、小桃紅（北）、合笙道合（集）（南）、調笑令（北）、山馬客帶憶多嬌（南）、禿廝兒帶聖藥王金蕉葉（北）、豹子令帶梅花酒（南）、餘音。一套：王文昌〈院落春餘〉。

4、商　調

共二式，計有二套，可考作者一套，無名氏作一套。最短者五曲，最長者十七曲。帶過曲有四例：東甌令帶皂羅袍、金菊香帶醋葫蘆、元和令帶上馬嬌遊四門、黃鶯兒帶梧葉兒。

首曲二章：二犯梧桐樹（一套）、集賢賓（北）（一套）。

尾聲二章：尾聲（一套）、尾聲（南）（一套）。

曲牌聯綴有以下諸類：

（1）梧葉兒（北）聯山坡裡羊（南）。

此式在商調南北合套中為定則。

（2）梧桐樹、東甌令、皂羅袍三曲在商調一般聯套中常連用。

實例如下：

用曲五支，一套：

（1）二犯梧桐樹、東甌令帶皂羅袍、大勝樂、解三酲、尾聲。一套：沈
瓚〈瑤池出素莖〉。

用曲十七支，一套：

（1）集賢賓（北）、喜梧桐（南）、梧葉兒（北）、山坡裡羊（南）、賀聖
朝（北）、水紅花（南）、滿堂春（北）、一封書（南）、金菊香帶醋葫蘆（北）、
梧桐樹（南）、村裡迓鼓（北）、簇御林（南）、元和令帶上馬嬌遊四門（北）、
黃鶯兒帶梧葉兒（南）、雙雁兒（北）、皂羅袍（南）、尾聲（南）。一套：無
名氏〈太平年四時多美景〉。

5、雙　調

共十七式，計有二十九套，可考作者二十二套，無名氏作七套。最短者
六曲，最長者十三曲。帶過曲有五例：雁兒落帶德勝令、沽美酒帶太平令、
疊字錦帶沉醉東風、川撥棹帶七弟兄、梅花酒帶喜江南。

首曲三章：新水令（北）（二十一套）步步嬌（南）（五套）、錦上花（北）
（三套）、故以新水令（北）為最常用曲牌。

尾聲八章：尾聲（南）（十五套）、餘音（四套）、尾聲（北）（三套）、尾
（南）（二套）、餘音（南）（二套）、餘音（北）（一套）、北煞（一套）、餘文
（一套），以〔尾聲〕最常用。

曲牌聯綴有以下諸類：

1、折桂令（僅一套用甜水令）（北）聯江兒水（南）聯雁兒落帶德勝令
（北）。此式為雙調南北合套例式之一，只不過雁兒落、德勝令別為二曲。

2、新水令（北）聯江兒水（或二犯江兒水）（南）聯雁兒落帶德令（北）。

3、收江南（北）聯園林好（南）。二曲在雙調南北合套中有並用之例。

4、沽美酒帶太平令前以聯園林好為常。

實例如下：

用曲六支，一套：

（1）步步嬌（南）、折桂令（北）、江兒水（南）、雁兒落帶德勝令（北）、僥僥令（南）、餘文。一套：無名氏〈見個人兒垂楊下〉。

用曲七支，四套：

（1）步步嬌（南）、折桂令（北）、江兒水（南）、雁兒落帶得勝令（北）、僥僥令（南）、沽美酒（北）、尾聲（南）。一套：顧憲成〈冤孽擔重愁城大〉。

（2）步步嬌（南）、折桂令（北）、江兒水（南）、雁兒落帶得勝令（北）、僥僥令（南、二支）、尾聲（南）。一套：傅玄泉〈孽擔千鈞愁城大〉。

（3）步步嬌（南）、折桂令（北）、江兒水（南）、雁兒落帶得勝令（北）、僥僥令（南、二支）、尾聲（北）。一套：秦時雍〈有個人兒天生俏〉。

上二式用調全同，僅尾聲使用爲一南一北有異。

（4）步步嬌（南）、集賢賓（南）、折桂令（北）、江兒水（南）、雁兒落帶過得勝令（北）、叨叨令（北）、尾聲（南）。一套：丁綵〈世上無雙風流事〉。

用曲八支，七套：

（1）新水令（北）、步步嬌（南）、折桂令（北）、江兒水（南）、雁兒落帶得勝令（北）、僥僥令（南、二支）、尾聲（北）。共二套：趙南星〈東風冉冉傳春信〉、趙南星〈四月清和葵舒瓣〉。

（2）新水令（北）、步步嬌（南）、折桂令（北）、江兒水（南）、雁兒落帶得勝令（北）、僥僥令（南、二支）、餘音（北）。一套：趙南星〈蘭皋緩步掀髯笑〉。

上二式實同，僅尾聲稱名不同。

（3）新水令（北）、江兒水（南）、雁兒落帶得勝令（北）、漿水令（南）、川撥棹（北）、錦衣香（南）、喜江南（北）、尾聲（南）。一套：無名氏〈枕痕一線粉胭消〉。

（4）新水令（北）、二犯江兒水（南）（集）、雁兒落帶過得勝令（北）、夜行船序（南）、川撥棹（北）、孝南歌（南）（集）、清江引（北）、尾聲（南）。一套：金鑾〈春光二月滿姑蘇〉。

（5）新水令（北）、江頭金桂（南）（集）、雁兒落帶得勝令（北）、攤破金字令（南）（集）、折桂令（北）、孝南枝（南）（集）、沽美酒帶太平令（北）、尾聲（南）。一套：無名氏〈悶無聊和淚倚東窗〉。

（6）新水令（北）、柳搖金（南）、甜水令（北）、江兒水（南）、雁兒落帶得勝令（北）、鎖南枝（南）、沽美酒帶太平令（北）、尾聲（南）。一套：

無名氏〈靠東窗淚眼鎖常揩〉。

用曲十支，十四套：

（1）新水令（北）步步嬌（南）、折桂令（北）、江兒水（南）、鴈兒落帶得勝令（北）、僥僥令（南）、收江南（北）、園林好（南）、沽美酒帶太平令（北）、尾聲（南）。共七套：徐媛〈一番塵話夢栩栩〉、宛瑜子〈問君家何不唱繁花〉、無名氏〈雪清春水恨流東〉、無名氏〈淡雲微雨困人天〉、汪道昆〈早歸來遙授歸鄉侯〉、陳所聞〈怕田園荒廢卻思歸〉、楊一清〈小窗高掛日三竿〉。

（2）新水令（北）步步嬌（南）、折桂令（北）、江兒水（南）、鴈兒落帶得勝令（北）、僥僥令（南）、收江南（北）、園林好（南）、沽美酒帶太平令（北）、尾（南）。一套：吳國寶〈相思一曲紫雲長〉。

（3）新水令（北）步步嬌（南）、折桂令（北）、江兒水（南）、鴈兒落帶得勝令（北）、僥僥令（南）、收江南（北）、園林好（南）、沽美酒帶太平令（北）、餘音（南）。共二套：高濂〈風掀霜葉打窗紗〉、高濂〈兩丸催促為誰忙〉。

（4）新水令（北）步步嬌（南）、折桂令（北）、江兒水（南）、鴈兒落帶得勝令（北）、僥僥令（南）、收江南（北）、園林好（南）、沽美酒帶太平令（北）、北煞。一套：沈自徵〈猛西風吹起鬢邊秋〉。

＊上三式實同，僅尾聲稱名不同。

（5）新水令（北）、步步嬌（南）、折桂令（北）、江兒水（南）、雁兒落帶得勝令（北）、園林好（南）、收江南（北）、僥僥令（南）、沽美酒帶太平令（北）、尾聲（南）。一套：邵涵遠〈流言選淑傳瑤宮〉。

（6）錦上花（北）、銷金帳（南）、折桂令（北）、江兒水（南）、雁兒落帶得勝令(北)、疊字錦帶沉醉東風(南)、川撥棹帶七弟兄（北）、川撥棹（南）、梅花酒帶喜江南（北）、餘音。共二套：無名氏〈霽景融和〉、王九思〈甲子重回〉。

用曲十一支，二套：

（1）新水令（北）、二犯江兒水（南）（集）、鴻門凱歌（北）、鬥寶蟾（南）、掛玉鉤（北）、本序（南）、川撥棹過七弟兄（北）、錦衣香（南）、梅花酒過收江南（北）、漿水令（南）、餘音。一套：陳鐸〈富文堂內四時春〉。

（2）新水令（北）、步步嬌（南）、折桂令（北）、江兒水（南）、雁兒落

帶得勝令（北）、僥僥令（南）、收江南（北）、園林好（南）、沽美酒帶太平令（北）、清江引（北）、尾（南）。一套：吳國寶〈天教花裡遇神仙〉。

用曲十三支，一套：

（1）錦上花（北）、銷金帳（南）、折桂令（北）、二犯江兒水（南）（集）、雁兒落帶過得勝令（北）、疊字錦（南）、沉醉東風（南）、川撥棹（北）、七弟兄（北）、川撥棹（南）、梅花酒（北）、喜江南（北）、餘音。一套：楊循吉〈大嫂司行〉。

6、仙呂入雙調

僅無名氏作一套，用曲八支。帶過曲僅北鴈兒落帶得勝令一例。曲牌聯綴實例如下：

用曲八支：

（1）步步嬌、孝順歌、香柳娘、江兒水、北鴈兒落帶得勝令、僥僥令（二支）、尾聲。一套：無名氏〈纔見春來又早春歸去〉。

（二）無尾聲

1、雙　調

共六式，計有二十四套，可考作者二十三套，無名氏作一套。最短者九曲，最長者十曲。首曲皆為新水令（北），帶過曲有三例：鴈兒落帶得勝令、沽美酒帶太平令、雁兒落帶過陣陣贏。其曲牌聯綴方式與有尾聲同。

實例如下：

用曲九支，一套：

（1）新水令（北）、步步嬌（南）、析桂令（北）、江兒水（南）、鴈兒落帶得勝令（北）、僥僥令（南）、收江南（北）、園林好（南）、沽美酒帶太平令（北）。一套：周履靖〈欲超塵劫究玄玄〉。

用曲十支，二十三套：

（1）新水令（北）步步嬌（南）、折桂令（北）、江兒水（南）、鴈兒落帶得勝令（北）、僥僥令（南）、收江南（北）、園林好（南）、沽美酒帶太平令（北）、清江引（南）。共十七套：趙南星〈柳條索索惹香塵〉、余壬公〈一生專為野情多〉、施紹莘〈軟風填雨軟花天〉、施紹莘〈滿堂華燭照殘年〉、施紹莘〈江天風淡酒旗斜〉、车清溪〈蘭幃鶴夢鎖春寒〉、張叔元〈半弓裁就繡羅輕〉、無名氏〈鶯聲巧囀夢魂驚〉、馮夢龍〈銷金帳裡峭寒添〉、祝允明〈一

春無事爲花愁〉、唐寅〈一從秋暮路旁窺〉、唐寅〈水沉消盡瑞爐煙〉、沈仕〈一聲孤雁送新愁〉、沈仕〈半窗殘月夢初醒〉、胡文煥〈一雙隨襪洛川來〉、胡文煥〈自憐愁病度春秋〉、胡文煥〈一身飛入梵王宮〉。

（2）新水令（北）步步嬌（南）、折桂令（北）、江水兒（南）、鴈兒落帶得勝令（北）、僥僥令（南）、收江南（北）、園林好（南）、沽美酒帶太平令（北）、清江引（南）。一套：凌濛初〈夜窗相對一燈微〉。

（3）新水令（北）步步嬌（南）、折桂令（北）、江兒水（南）、鴈兒落帶得勝令（北）、僥僥令（南）、收江南（北）、園林好（南）、沽美酒帶太平令（北）、清江引（北）。共三套：吳廷翰〈五雲深鎖洞中天〉、吳國寶〈憶秋風遷客去長沙〉、吳國寶〈兩輪日月疾如梭〉。

＊此式用北曲〔清江引〕。

（4）新水令（北）步步嬌（南）、折桂令（北）、江兒水（南）、鴈兒落帶得勝令（北）、僥僥令（南）、收江南（北）、園林好（南）、沽美酒（北）、清江引（北）。一套：屠隆〈佛前燈火半昏明〉。

＊此式第九支曲不用帶過曲。

（5）新水令（北）、步步嬌（南）、折桂令（北）、江兒水（南）、雁兒落帶過陣陣贏（北）、綵旗兒（南）、收江南（北）、園林好（南）、沽美酒帶太平令（北）、清江引（南）。一套：周履靖〈苧村茅舍停傍溪橋〉。

小　結

南曲聯套一般聯套以用曲六至十支爲常，作品數多，體式亦多。重頭聯套、循環聯套多爲用曲五支以下的短套，南北合套、含子母調聯套及含帶過曲聯套多爲用曲五支以上的中、長套。比對明代傳奇聯套結果，可發現劇套與散套有相同聯綴方式，彼此關係有以下諸類：

（一）劇曲短套大抵是將散套加引子成套。

（二）劇曲長套大抵將散套支曲連用成套，連用次數多，曲子相對增長。或聯合兩組散套，併爲一長套。張敬於〈南曲聯套述例〉一文中即云：

> 傳奇往往利用兩套以組一折，首套運用此類小曲聯章方式配置折
> 首，即以其中首支作引場用，如《玉簪記·琴桃》折以〔懶畫眉〕
> 聯章爲一套，而以〔朝元令〕另一套爲主曲，其〔懶畫眉〕一、二

兩隻作生旦引場之用，因配合劇情雙上場的需要，故作此設計，像這樣的實例，在傳奇中是習見的。〔註25〕

（三）散套化用劇套部份，大抵將劇套連用二支處，取消其前腔，代以他曲，成子母調調式。如傳奇【南呂官】有〔梧桐樹〕（二支）、浣溪沙（二支）連用組曲，散套則易以〔梧桐樹〕、〔東甌令〕、〔浣溪沙〕、〔東甌令〕，在套式中成子母調聯套之曲組。

（四）循環聯套多為短套，用於散套多，劇套只作組曲用。

（五）散套長套用曲數有時等同一劇套，劇套中之短套用曲處亦有少於散套者，如傳奇【雙調】中就有〔引〕、〔錦衣香〕、〔漿水令〕、〔尾〕四曲成套之例。

（六）散套亦有長於劇套之例，如散套【仙呂入雙調】：「步步嬌、山坡羊、五更轉、園林好、江兒水、玉交支、玉抱肚、玉山供、三學士、解三酲、川撥棹、川撥棹犯、僥僥令、尾。」之例，用曲十四支。在明代傳奇則省〔山坡羊〕、〔川撥棹犯〕、易〔玉山供〕為〔玉山頹〕，用曲僅十二支。

（七）在套式中，可替換之曲牌，常用相關曲調替代，如〔玉芙蓉〕聯〔普天樂〕，可以〔普天樂犯〕代〔普天樂〕。而〔普天樂〕聯〔雁過聲〕，可以〔雁過聲〕（二支）、〔雁過聲犯〕、〔雁過聲〕（換頭）代替〔雁過聲〕。

總之，劇套的變化，實有散套的根源可尋，先從熟究散套入手，更能掌握劇套變化的經緯。

〔註25〕見《文史哲學報》，15期，民國55年8月，頁360。

第八章 結 論

　　音樂藝術存在著不易理解、不易捉摸的弱點，卻也有「曲盡人情」不可替代的優勢。透過曲譜的輯佚鈎沉及曲集的歸納分析，極有助於重現當代曲家筆下的音樂概況。二十世紀以來，散曲研究有長足開展，尤以元代散曲研究，不論在散曲作品選注和研究資料的搜集整理，或研究領域的新開拓，成績皆顯著。然對明代散曲之南曲研究，尚處於萌芽階段。本文乃以《全明散曲中的南曲體製研究》為題，嘗試透過《全明散曲》不同體製曲牌的歸納分析，提供一個數據座標，作為後續研究的論據。綜合研究發現，茲分列於下：

　　一、曲為詞之變，「詞」非單指「宋詞」一說，乃是當時各種樂曲（宋雜劇、隊舞之曲、諸宮調、唱賺、金院本之曲）之總稱。其本源在民間，在藝術形式的發展上，教坊與勾欄之曲藝具主導作用。至於文人詞，則是民歌俗曲的雅化。因此，就曲牌源流考證，曲之淵源複雜，甚可追溯到唐曲。由詞到曲的體製演進，散詞演為曲之小令，聯章詞演為曲之重頭，大曲、纏令及諸宮詞、賺詞等成套詞對曲的形式有啟發作用。

　　二、南戲出於宣和之後、南渡之際，早於元雜劇。金元入主中原，宋室南渡，曲呈南北分流。北曲流行於金、元及明初之際，是以遼金時北方的音樂為基礎形成的；南曲流行於元宋明初，則為宋人詞而益以民間歌謠形成的。北曲字多調促，辭情多於聲情；南曲字少調緩，辭情少於聲情。南北曲的合流，在《宦門子弟錯立身》中已有實例，顯示了「南北合腔」已為文人所採用。元代後期，南曲漸興，《青樓集》已載有「專工南戲」的演員，可見元後期，南北曲分渠已明。明中葉後，「燕趙之歌童、舞女，咸棄其捍撥，盡效南

聲，而成廢」（王驥德《曲律》），南曲一體終成曲壇主流，進入崑腔時代。

三、明代南曲散曲作家，可考者計有二百九十七人，若以梁辰魚爲南曲前後期的斷限，概況如下：

（一）籍貫分佈（可考者）

期別＼人數＼省份	江蘇	浙江	山東	安徽	四川	陝西	江西	湖北	雲南	山西	福建	甘肅	湖南	廣東	遼寧	河北	河南	總計
前期	36	9	6	5	6	4	4	0	3	3	2	2	1	1	1	0	1	84
後期	54	27	8	9	3	3	2	4	1	1	1	0	1	1	1	2	0	118
總計	90	36	14	14	9	7	6	4	4	4	3	2	2	2	2	2	1	202
比例	45%	18%	7%	7%	4%	3%	2.9%	1.9%	1.9%	1.9%	1.4%	0.9%	0.9%	0.9%	0.9%	0.9%	0.4%	

不論前後期，均以藉貫江蘇省居冠、浙江省次之。同於曾永義統計「明雜劇作家主要分布在浙江、江蘇、安徽、山東四省，也就是明雜劇的重心和傳奇一樣，都是在江南」〔註1〕。就明代而言，江蘇、浙江、山東、安徽四省作家，已佔可考作家76%，比例極大。

（二）作品總計

	小令（首）			散套（套）		
	南曲	北曲	小計	南曲	北曲	小計
前期	1531	2398	3929	214〔註2〕	383	597
後期	2253	1025	3378	639	104	743
小計	3884	3423	7307	853	487	1340
無名氏	728	2002	2730	106	407	513
總計	4612	5425	10037	959	894	1853

本表依《全明散曲》而製，與本文統計數目略有誤差，乃因本文於宮調

〔註 1〕見曾永義著《明雜劇概論‧總論》（臺北：學海出版社，民國 68 年 4 月初版），頁 32。

〔註 2〕秦時雍作品重出三套，見《全明散曲》頁 2138 與 6134；頁 2137 與 6130；頁 2135 與 6133，此扣除重出三套。

未明之作品未以列入故。就小令而言，前期北曲小令是後期北曲小令的 2.3
倍；後期南曲小令卻爲前期南曲小令的 1.5 倍。就散套而言，前期北曲散套是
後期北曲散套的 3.7 倍；後期南曲散套爲北曲散套的 2.9 倍強。就前期而言，
不論小令或散套，北曲多於南曲；就後期而言，不論小令或散套，南曲多於
北曲。就南北合套言，元代僅有十二套作品，明代散曲南曲共有一百一十五
套，成長許多，爲南北曲呈蓬勃交流現象提供最佳數據說明。明初湯氏即作
有南北合套，湯氏爲由元入明曲家，可証南北曲的相互吸收學習，早於明代，
亦在傳奇之先，傳奇最後能超越雜劇，正是拜南曲大量吸收北曲優點所致。

（三）代表作家

　　前期南曲小令作家，作品數前三者爲李開先、王九思、馮惟敏。後二人
北曲小令之作多於南曲小令，同爲北人，堪稱北派名家。然李開先是以大作
南調又不失豪率北風之格，稱爲北派名家，標示著明初南曲漸興，北人隨俗
耽溺的趨向。前期南曲散套作家，以北套作品數居冠的陳鐸被譽爲「南曲作
手」，集散曲諸格於一身，是將南、北曲明確定格化的曲家。後期南曲小令作
家，作品百首以上的有薛論道、陳所聞、杜子華、丁惟恕四人。薛論道個人
創作南曲小令五百五十九首，北曲小令四百首，二者皆名列明代第一，實爲
量產作家。梁辰魚、施紹莘則爲晚明散曲代表作家，施紹莘散套創作居後期
之冠，其作品數爲前期居冠之秦時雍作品的 2.9 倍強。總之，不論就作家數、
作品數而言，南曲在明代後期皆呈大幅成長。唯《中國文學史初稿》將王越、
楊循吉、韓邦靖列爲前期豪放代表作家，論其曲作，王越未有散套作品，僅
有南曲小令、北曲小令各四首；楊循吉未有南曲作品，但有北曲小令二十四
首、北曲散套三套；韓邦靖作品僅有南曲小令一首，創作作品實不多。

　　四、曲牌沿革，代有傳承與新增。茲將現存南戲資料所用曲牌、明代中
晚期所用曲牌，及《大成》所錄曲牌數比較如下：

（甲）引子曲牌

類別＼調數＼宮調	仙呂	羽調	正宮	大石	中呂	般涉	道宮	南呂	黃鐘	越調	商調	小石	雙調	仙入雙	高大石	高平	總計
南戲所用曲牌	14	1	5	5	7	0	1	26	9	5	6	2	11	1	0	0	92

明中晚期所用曲牌	29	6	21	17	26	1	5	44	23	17	18	7	37	9	0	2	263
《大成》所錄曲牌	36	16	18	19	25	0	0	27	15	21	18	18	19	0	18	0	250

以上三項比較，幾已概括宋元、明、清間曲牌的消長。曲牌代有增承，《大成》所錄，幾無成長，可知大抵在明末，南曲曲牌已發展完成。現存南戲資料所用曲牌僅九十二調，至明代中晚期已達二百六十三調，幾成三倍成長。南戲源於宋末，尚屬萌芽期，又因曲譜散佚，留存曲牌自然不多。明代中晚期，南曲漸興，殆崑曲躍為曲壇主流，南曲更盛，曲牌亦大增。搜羅廣博的《大成》譜，曲調雖不及明代中晚期所用曲牌，然在體式方面卻頗有新增。南戲所用曲牌及明中晚期所用曲牌皆以【南呂宮】曲調為數最多。《大成》則以【仙呂宮】曲調為數最多，乃因《大成》不錄【仙呂入雙調】調，將曲牌回歸【仙呂宮】與【雙調】故。視其【南呂】調數，亦居第二。

（乙）過曲曲牌

類別 \ 宮調調數	仙呂	羽調	正宮	大石	中呂	般涉	南呂	黃鐘	越調	商調	小石	雙調	仙入雙	商黃	高平	高大石	總計
南戲所用曲牌	45	6	50	7	61	5	53	30	38	28	7	24	57	0	2	0	413
明中晚期所用曲牌	130	33	118	22	122	24	202	90	88	99	14	92	179	14	6	0	1231
《大成》所錄曲牌	263	41	99	58	115	0	168	97	86	129	52	60	0	0	0	0	1255

過曲曲牌明顯多於引子曲牌。就南戲而言，過曲曲牌約為引子曲牌的 4.9 倍；就明代中晚期而言，過曲曲牌約為引子曲牌的 4.6 倍；《大成》過曲曲牌則為引子曲牌的 5 倍。從這個比例，可側面証成，最短的劇套可能約用曲四、五支曲。《大成》所錄亦略少於《全譜》、《新譜》、《正始》所錄，因三書為明代當代曲譜，方便保留時曲，各有獨錄之曲調，故曲調數多，惜獨錄之曲調多為罕用曲牌，故《大成》也難以傳承。

南戲所用過曲曲牌，以【中呂宮】調數居冠，【仙呂入雙調】居次。有趣的是【仙呂入雙調】的引子，才見存一調，這不盡合理現象，顯現資料之流

失不全，仍有待輯佚。明代中晚期及《大成》所用過曲曲牌與引子同，前者仍以【南呂宮】後者以【仙呂宮】調數居冠。

（丙）尾　聲

宮調 調數 類別	仙呂	羽調	正宮	大石	中呂	般涉	道宮	南呂	黃鐘	越調	商調	小石	雙調	仙入雙	高大石	高平
南戲所用曲牌	2	0	2	1	2	0	1	1	1	5	2	1	2	1	0	0
明中晚期所用曲牌	2	2	3	4	5	1	1	3	4	4	3	2	2	2	0	1
《大成》所錄曲牌	3	3	5	1	2	0	0	2	2	3	3	2	3	0	2	0

尾聲章數，稱名雖有異同，仍以用尾聲為常格。現存南戲資料以【越調】尾聲調數居冠，明中晚期則以【中呂】尾聲調數領先，《大成》以【正宮】尾聲為最。《新譜》於〈各宮尾聲格調〉下註：

又有本音就雙煞、借音煞、和煞。〔註3〕

於〔本音就煞〕下註云：「謂之隨煞」。又「徐稿云不用尾聲，將套之本句唱得少頓即是。」〔註4〕若一並計數，調數更多。

（五）《全明散曲》所用曲牌，與南戲、明代中晚期所用曲牌相較，亦有增刪，比較如下：

（甲）引子曲牌

宮調 調數 類別	仙呂	羽調	正宮	大石	中呂	南呂	黃鐘	越調	商調	小石	雙調	仙入雙	雜調	總計	比例
《全明散曲》所用曲牌數	26	2	27	3	20	34	18	9	29	2	9	17	2	198	
見於南戲及明代曲譜曲牌數	23	2	21	3	16	26	12	9	19	0	4	16	0	151	76%

〔註3〕見《南詞新譜》二，頁907。
〔註4〕見《南詞新譜》二，頁907～908。

類別	仙呂	羽調	正宮	大石	中呂	南呂	黃鐘	越調	商調	小石	雙調	仙入雙	雜調	總計	比例
《全明散曲》新增曲牌數	3	0	6	0	4	8	6	0	10	2	5	1	2	47	24%
《全明散曲》新增集曲曲牌數	2	0	3	0	2	4	4	0	5	0	1	1	2	24	51%

　　《全明散曲》引子曲牌總用一百九十八調，見於南戲及明代曲譜者有一百五十一調，約佔《全明散曲》引子曲牌 76%。意即《全明散曲》南曲引子曲牌約有五分之四同於劇曲曲牌（含過曲兼引子曲牌），說明散曲與劇曲的相互學習與影響。新增曲牌才四十七調，約佔《全明散曲》引子曲牌 24%。四十七調新增曲牌中，集曲佔有二十四調，可以說《全明散曲》引子新增曲牌，大半爲集曲。

（乙）過曲曲牌

宮調＼調數＼類別	仙呂	羽調	正宮	大石	中呂	南呂	黃鐘	越調	商調	小石	雙調	仙入雙	雜調	總計	比例
《全明散曲》所用曲牌數	87	11	56	10	67	108	98	41	131	9	60	74	0	752	
見於南戲及明代曲譜曲牌數	32	2	29	3	31	46	26	21	28	0	16	39	0	273	36%
《全明散曲》新增曲牌數	55	9	27	7	36	62	72	20	103	9	44	35	0	479	64%
《全明散曲》新增集曲曲牌數	20	1	13	0	9	15	42	3	39	0	16	3	0	163	34%

　　《全明散曲》過曲曲牌總用七百五十二調，見於南戲及明代曲者有二百七十三調，約佔 36%。意即《全明散曲》南曲過曲曲牌有三分之一的比例同於劇曲曲牌，如果將《全明散曲》引子見於南戲及明代曲譜過曲曲牌數一併列入，比例將更大，是劇曲、散曲彼此相互學習影響的又一証。又《全明散曲》新增曲牌有四百七十九調，約佔 64%，是散套自有其異於劇套之用曲。在新增曲牌中，有一百六十三調爲集曲曲牌，亦佔過曲新增曲牌三分之一強。

（丙）尾　聲

類別＼宮調數＼宮調	仙呂	羽調	正宮	大石	中呂	南呂	黃鐘	越調	商調	小石	雙調	仙入雙	雜調
《全明散曲》所用曲牌數	6	1	5	3	8	5	6	4	10	1	5	8	1
見於南戲及明代曲譜曲牌數	2	1	2	2	3	1	1	3	3	1	1	2	0
《全明散曲》新增曲牌數	4	0	3	1	5	4	5	1	7	0	4	6	1

　　南戲及明代曲譜除用〔尾聲〕外，多用〔煞〕名。《全明散曲》稱名不外〔餘音〕、〔餘文〕、〔十二時〕、〔意不盡〕、〔屋文〕、〔尾〕，惟【中呂宮】尚有〔鳳毛兒〕；【商調】有〔意難忘〕之別稱。

　　六、《全明散曲》所收南曲小令作家，除無名氏外，計有一百二十九人，共作四千零三十二首小令，綜說如下：

（一）宮調使用

類　別＼宮　調	商調	仙呂	仙入雙	中呂	南呂	正宮	雙調	黃鐘	越調	大石	羽調
使用人次	78	47	45	41	35	21	18	12	11	4	1
等第	1	2	3	4	5	6	7	8	9	10	11

　　可考作者使用十一調，無名氏作品無【黃鐘宮】，多了【雜調】，作品十首以上的僅有九調，【羽調】與【大石調】爲罕用宮調。宮調使用率以【商調】居冠，依次爲：仙呂、仙呂入雙調、南呂、正呂、雙調、黃鐘、越調、大石、羽調。

（二）曲牌使用

　　《全明散曲》南曲小令共使用一百零六調，歸納如下：

1、從音樂角度分：

類　別	純小令	摘調	總計
用調總數	28	78	106
比例	26%	74%	100%

　　《全明散曲》中的南曲純作小令用曲牌，總計才二十八調，比例不高。且所有純小令曲作，各調皆不足十首，屬非常用曲牌。《全明散曲》南曲小令

用調以摘調居多，作品百首以上的常用曲牌計有十二調，皆產生於明代前期。此種情況，元、明皆同。可以肯定自宋元南戲傳下來的劇套是明代小令和散套模仿的對象，成為摘調受歡迎，純小令冷門的原因。

2、從體製角度分：

類別	單支小令	重頭小令	二者兼用
用調總數	37	35	34
比例	35%	33%	32%

類別	單支小令	重頭小令	總計
作者數	37	92	129
比例	28%	72%	100%

類別	單支小令	重頭小令	總計
作品總數	842	3190	4032
比例	21%	79%	100%

類別	單支小令	重頭小令
用調總數	37	35
純小令調數	10	16
比例	26%	48%

由上表分析，單支小令、重頭小令及二者兼用曲牌約三分南曲小令曲牌。然不論就作者數與作品數而言，重頭小令皆多於單支小令甚多。不論是單支小令或重頭小令用調，純小令用調都不及半，純小令調少，相對作品數亦少。而重頭小令作品比例大於單支小令，意謂重頭的表達形式，普遍受到喜愛。小令作家多作重頭小令，然明代後期散曲代表大家之一的梁辰魚，僅有二首重頭小令之作。若以梁辰魚為界，前期重頭小令作品數約佔南曲小令 82%，後期重頭小令作品數約佔南曲小令 72%，比例下滑。後期若扣除薛論道一人創作五百首重頭小令，比例將更低。此現象，亦同於元代「北方曲家多重頭之作，南方曲家多詩人之曲」。

七、《全明散曲》南曲中所用帶過曲，曲牌如下：

（一）非聯套用，計有六式十九例

南曲帶過曲：

仙入雙——朝元歌帶朝元令（一例）。

商調——山坡羊帶步步嬌（二例）。

雙調——鎖南枝帶過羅江怨（五例）。

南北兼帶：

南呂——南楚江情帶過北南呂金字經（六例）。

中呂——南中呂紅繡鞋兼北中呂紅繡鞋（四例）。

仙呂——一封書帶過北雙調雁兒落（一例）。

以上六式，皆爲二曲帶過，屬【南呂】、【中呂】之二調，元已有之。而新增之南曲帶過曲，皆摘自套中開頭美聽部份。

（二）聯套用，計有十六式六十二例：

1、一般聯套

南曲帶過曲——賣花聲帶歸傁洞（一例）。

2、南北合套

北曲帶過曲：

正宮——脫布衫帶過小梁州（二例）。

雙調——雁兒落帶得勝令（五十二例）。

雙調——沽美酒帶太平令（三十八例）。

雙調——川撥棹過七弟兄（一例）。

雙調——梅花酒過收江南（一例）。

雙調——梅花酒過喜江南（一例）。

商調——金菊香帶醋葫蘆（一例）。

商調——元和令帶上馬嬌遊四門（一例）。

仙入雙——雁兒落帶得勝令（一例）。

越調——禿廝兒帶聖藥王金蕉葉（一例）。

南曲帶過曲：

雙調——疊字錦帶沉醉東風（一例）。

商調——黃鶯兒帶梧葉兒（一例）。

商調——東甌令帶皂羅袍（一例）。

越調——山馬客帶憶多嬌（一例）。

越調——豹子令帶梅花酒（一例）。

在南北合套中，有時同一例中連用數式帶過曲，故以上相加總數超過六十二例。

非聯套所用帶過曲中，含南北兼帶帶過曲；南北合套所用帶過曲中，卻未使用南北兼帶帶過曲，以其聯套已兼南北曲中和之美，故不必再套用。

以上南北合套中所用之北曲帶過曲〔脫布衫帶過小梁州〕、〔雁兒落帶得

勝令〕、〔沽美酒帶太平令〕三式，任中敏列爲帶過曲常用調式，亦俱見於全元散曲。其餘新增北曲帶過曲，揆之北曲套式，互帶之二曲在元代皆屬連用之曲，至明已結爲帶過曲。

至於南曲帶過曲〔賣花聲帶歸儴洞〕、〔豹子令帶梅花酒〕、〔疊字錦帶沉醉東風〕三式，在南曲套式中，互帶之二曲亦屬連用之曲。〔黃鶯兒帶梧葉兒〕互帶之二曲，則屬並用非連用之曲。〔山馬客帶憶多嬌〕互帶之二曲，在南曲散套中，連用、並用皆有曲例。可知《全明散曲》中所用南曲帶過曲，雖不似北曲帶過曲必屬連用之曲，亦多屬連用之例，故帶過曲實非任意湊合帶過。

八、《全明散曲》所收南曲集曲（不含散套）作家，無名氏除外，可考作者有八十三位。作有集曲作家約佔南曲小令作家 64%，亦即半數以上小令作家皆有集曲之作，爲集曲盛於明，後期又盛於前期，提供有力數據，綜說如下：

（一）作者數與作品數之比較

期別 \ 作品數 / 人數	1～5首	6～10首	11～15首	16～20首	21～25首	26～30首	30首以上	總計
前期	25	6	0	1	1	1	0	34
後期	36	7	3	0	2	0	1	49
總計	61	13	3	1	3	1	1	83
比例	73%	16%	4%	1%	4%	1%	1%	100%

就上表得知，後期集曲作家略多於前期，然有 73%作品在五首以下，集曲之盛行於明代後期，是指其參與作家之眾。

（二）曲家用調比較如下

類別 \ 用調數	1調		2調		3調		4調		5調		6調		總計	
	人數	作品數	人數	作品數	人數	作品數	人數	作品數	人數	作品數	人數	作品數	人數	作品數
前期	22	75	6	44	3	28	0	0	2	51	1	10	34	208
後期	27	71	12	64	2	10	2	13	1	8	5	85	49	251
總計	49	150	18	108	5	38	2	13	5	59	6	85	83	459
比例	59%	33%	22%	24%	6%	8%	2%	3%	4%	13%	7%	16%		
等第	1	1	2	2	4	5	6	6	5	4	3	3		

　　就上表得知，集曲作家單調單曲之作人數，比例高達 59%，為集曲作家之大宗。用調二章的作者與作品數居次。前期作品多為曲多調少之作，後期作品多為曲少調多之作，顯見作家競創新調。而集曲作家亦多作重頭，同於小令作家愛作重頭小令同，說明好歌不嫌複沓，重頭形式確為曲家愛用。

（三）曲牌與宮調

宮調 類別	仙呂	南呂	商調	仙入雙	雙調	正宮	中呂	雜調	黃鐘	羽調	越調	總計
調數	17	14	14	13	6	5	5	5	3	2	1	85
等第	1	2	2	3	4	5	5	5	6	7	8	

　　集曲曲牌總計八十五調，隸屬十一個宮調，以【仙呂宮】調數居冠，【南呂宮】、【商調】居次，【仙呂入雙調】又次之，其餘宮調集曲曲牌皆在十調以下，【大石調】、【小石調】均無集曲小令曲牌。

　　至於常用曲牌與創作人數之比例如下：

宮調 類別	商調	南呂	南呂	仙呂	仙呂	仙呂	仙呂	仙入雙	雙調	仙呂
宮調	金落索	羅江怨	七犯玲瓏	醉羅歌	二兒犯高月	一封書	二妝犯臺傍	二兒犯水江	瑣南枝半插羅江怨	月雲高
作品數（首）	66	54	50	41	35	29	27	22	23	12
作者可考數（人）	19	3	13	9	6	12	8	7	3	8
平均數	3.5	18	3.9	4.5	5.8	2.4	3.4	3.1	3.7	1.5
等第	6	1	4	3	2	9	7	8	5	10

　　不論作品數與作者數，〔金落索〕為曲家最愛。作品數居次的〔羅江怨〕，除可考作者三人作十八首外，餘三十六首為無名氏之作。而〔鎖南枝半插羅江怨〕為後期新生曲牌，作者僅趙南星、丁綵、丁惟恕三人，丁綵獨作二十一首，純為個人偏好，亦非常用曲牌。此外，作品數居前的曲調，平均值反而落後之因，實因該調有大家參與，如〔金落索〕有陳所聞參與；〔七犯玲瓏〕有楊慎、梁辰魚、陳與郊參與；〔一封書〕、〔醉羅歌〕有王九思參與；〔二犯月兒高〕有馮惟敏參與，故作品數大增。聲歌雖不傳，從曲調流行，亦可推知曲壇概況。

九、南曲散套計有一千零六十八套，曲牌聯綴方式多有規則可尋，亦有同於明代傳奇例式者。劇套、散套的聯綴方式相同，再一次說明劇曲、散曲的彼此影響。有關南曲散曲聯套概況，綜說如下：

（一）聯套類別與聯套作品數之比較：

類別	一般聯套	重頭聯套	循環聯套	含子母調聯套	南北合套	含帶過曲聯套	總計	比例	等第
仙呂	98	16	0	6	2	0	122	11%	4
羽調	7	0	0	0	0	0	7	0.6%	11
正宮	45	5	27	1	6	2	86	8%	7
大石	12	0	0	0	0	0	12	1.1%	10
中呂	82	6	1	1	10	0	100	9%	5
南呂	156	19	0	0	8	0	183	17%	2
黃鐘	73	3	0	0	10	3	89	8%	6
越調	12	6	0	0	5	1	24	22%	9
商調	190	17	0	4	5	2	218	20%	1
小石	3	1	0	0	0	0	4	0.37%	12
雙調	15	2	0	0	7	53	77	7%	8
仙入雙	137	5	1	0	0	1	144	13%	3
雜調	2	0	0	0	0	0	2	0.18%	13
總計	832	80	29	12	53	62	1068		
比例	78%	7%	3%	1%	5%	6%			
等第	1	2	5	6	4	3			

南曲散套以一般聯套佔總大多數，約佔 78%，其它聯套總和才佔 12%，尤以含子母調聯套僅佔 1%，聯備一格而已。各宮調散套總數，百套以上的宮調，依序為：商調、南呂宮、仙呂入雙調、仙呂宮、南呂宮，前三宮調之一般聯套皆在百套以上。不足十套的宮調有：羽調、小石調、雜調。南曲宮調之中，黃鐘、正宮屬喜感類，仙呂、中呂、大石亦近喜感，越調多屬悲感，商調亦近悲感。而南呂、雙調、仙呂入雙調則可悲可喜也。若依上表，則可喜者佔 16%，近喜者佔 21%，悲者佔 2%，近悲者佔 20%，可喜可悲者佔 37%。由是觀之，可喜可悲者居冠，喜及近喜者略多於悲及近悲者。與傳奇之喜多於悲，〔註5〕稍有異趣。散套雖受劇套影響，究竟不是戲曲，以抒懷為上，故

〔註 5〕見汪志勇著《明傳奇聯套研究》，頁 253。

喜感類就不比傳奇多。而以二百一十八套領先的商調，是否意謂曲家鍾情借曲抒悲情？而各宮調散套總總最多的聯套類別，分別是：

仙呂——含子母調聯套。

正宮——循環聯套。

中呂——南北合套。

南呂——重頭聯套。

商調——一般聯套。

雙調——含帶過曲聯套。

（二）一般聯套聯綴體式之比較

類別	商調		仙入雙		南呂		仙呂		中呂		黃鐘		正宮	
	有尾	無尾	有尾	無尾	有尾	無尾	有尾	無尾	有尾	無尾	有尾	無尾	有尾	無尾
體式	120	6	84	5	63	7	58	6	53	4	42	6	33	3
總計	126		89		70		64		57		48		36	
等第	1		2		3		4		5		6		7	

類別	雙調		越調		羽調		大石		小石		雜誰	
	有尾	無尾	有尾	無尾	有尾	無尾	有尾	無尾	有尾	無尾	有尾	無尾
體式	11	1	10	1	4	1	4	0	2	1	2	0
總計	12		11		5		4		3		2	
等第	8		9		10		11		12		13	

聯綴方式有五十式以上的宮調有五，由多到少依序為：商調、仙呂入雙調、南呂宮、仙呂宮、中呂宮。此排序同於一般聯套散套總數之排序，亦即套數多之聯套，其體式必多。體式之多寡，與引子、過曲章數亦相關，比較如下：

章宮調 數 類別	仙呂	羽調	正宮	大石	中呂	南呂	黃鐘	越調	商調	小石	雙調	仙入雙	雜調
首曲	20	3	16	3	15	28	14	6	25	1	7	11	2
過曲	71	8	48	10	61	94	93	29	120	6	37	65	0
總計	91	11	64	13	76	122	107	35	145	7	44	76	2
等第	4	11	7	10	5	2	3	9	1	12	8	5	13

　　一般聯套有尾聲首曲章總數前三者，依序爲：南呂宮、商調、仙呂宮。過曲章數前三者，依序爲：商調、南呂宮、黃鐘宮。此二者的排序皆異於散套總數的排序，說明體式之變化，不在用調章數之多寡，而在曲調組構之變化，是以黃鐘宮首曲、過曲調總和居一般聯套第三，但總套數只列第六。惟商調、南呂宮首曲、過曲之總和仍居一、二，其首曲、過曲調數多，足資聯綴變化。

　　（三）聯套類別與用曲數比較：

套別 用曲數 宮調	一般聯套			重頭聯套			南北合套			循環聯套			含子母調聯套			含帶過曲聯套		
	1|5支	6|10支	10支以上	1|5支	6|10支	10支以上	1|5支	6|10支	10支以上	1|5支	6|10支	10支以上	1|5支	6|10支	10支以上	1|5支	6|10支	10支以上
黃鐘	35	26	12	3	0	0	0	0	10	0	0	0	0	0	1	1	1	1
正宮	25	20	0	5	0	0	1	4	1	27	0	0	0	1	0	0	1	1
仙呂	51	41	6	16	0	0	0	2	0	0	0	0	0	2	4	0	0	0
中呂	47	33	2	6	0	0	0	7	3	1	0	0	0	1	0	0	0	0
南呂	52	93	11	18	1	0	0	4	4	0	0	0	0	0	0	0	0	0
大石	1	11	0	0	0	0	0	0	0	0	0	0	0	0	0	0	0	0
小石	1	2	0	1	0	0	0	0	0	0	0	0	0	0	0	0	0	0
雙調	4	10	1	2	0	0	2	2	3	0	0	0	0	0	0	0	50	3
仙入雙	16	100	21	5	0	0	0	0	0	1	0	0	0	0	0	0	1	0
商調	84	102	4	15	2	0	0	3	2	0	0	0	0	4	0	1	0	1
越調	4	8	0	6	0	0	0	2	3	0	0	0	0	0	0	0	1	0
羽調	3	4	0	0	0	0	0	0	0	0	0	0	0	0	0	0	0	0
新調	2	0	0	0	0	0	0	0	0	0	0	0	0	0	0	0	0	0
統計	325	450	57	77	3	0	3	24	26	29	0	0	0	8	4	2	54	6
比例	39%	54%	7%	96%	4%	0%	6%	45%	59%	100%	0%	0%	0%	67%	33%	3%	87%	10%
等第	2	1	3	1	2	0	3	2	1	1	0	0	0	1	2	3	1	2

　　若以用曲五支以下爲短套，用曲六到十支爲中套，用曲十支以上爲長套，則一般聯套，以用曲十支以下的中、短套爲常，爲聯套之主流。循環聯套全

爲短套，重頭聯套幾乎都是短套；南北合套則以長套爲常；含子母調聯套及含帶過曲聯套則以用曲五支以上的中、長套爲常，蓋因子母調兼具一般聯套與循環聯套特性。含帶過曲聯套之帶過曲長於單曲，故極易形成長套。南北合套在傳奇中多用於大場之團圓，以求紛華熱鬧，因之多屬長套。重頭聯套多數省尾，循環聯套多以二曲循環加尾成套，短套就成必然趨勢。揆之傳奇，重頭聯套亦多用於過場、短場，長套仍缺如。

　　綜上所述，從《全明散曲》不同體製之分析歸納，可窺傳承與開拓之迹，與明傳奇的多樣相合，更可知散曲受劇曲的影響極大。

參考書目

以下書目排序，首依作者朝代，次依出版年代。民國以後作者全依出版先後，臺灣出版品列於前，其餘列於後。未標出版年代，列於最後。

一、專書部份

（一）曲　集

1. 《歷代散曲彙纂》元‧楊朝英等撰，浙江：古籍出版社，1998 年。
2. 《南北宮詞記》明‧陳所聞編，臺北：學海出版社，民國 60 年。
3. 《清明曲》明‧陳繼儒撰，臺北：藝文印書館，民國 60 年。
4. 《濠上齋樂府》明‧陳所聞撰、盧前輯，臺北：商務印書館，民國 62 年。
5. 《苑洛集》明‧韓邦奇撰，臺北：中央圖書館縮影室，民國 64 年。
6. 《吳騷集》明‧王穉登輯，臺北：國立中央圖書館縮影室，民國 64 年。
7. 《吳騷二集》明‧張琦、王輝編，臺北：國立中央圖書館縮影室，民國 64 年。
8. 《南詞韻選》明‧沈璟編，臺北：中央圖書館縮影室，民國 70 年。
9. 《群音類選》明‧胡文煥輯，收錄於王秋桂主編《善本戲曲叢刊》，臺北：學生書局，民國 73 年。
10. 《重刻鄖陂王太史先生全集》明‧王九思撰，臺北：中央圖書館縮影室，民國 74 年。
11. 《吳歈萃雅》明‧周之標編梯月主人選輯，收錄於王秋圭主編《善本戲曲叢刊》，臺北：學生書局，民國 75 年。
12. 《南音三籟》明‧凌濛初編，收錄於王秋桂主編《善本戲曲叢刊》，臺北：學生書局，民國 76 年。
13. 《太霞新奏》明‧香月居顧曲散人編，收錄於王秋桂主編《善本戲曲叢刊》，臺北：學生書局，民國 76 年。
14. 《彩筆情辭》明‧張栩輯，收錄於王秋桂主編《善本戲曲叢刊》，臺北：學生書局，民國 76 年。
15. 《寫情集》明‧常倫撰，收錄於《四庫全書存目叢書》，臺南：莊嚴出版

社，民國 86 年。

16.《絡緯吟》明・徐媛撰，臺北：國立中央圖書館，民國 86 年。

17.《樂府遺音》明・瞿祐撰，收錄於《四庫全書存目叢書》，臺南：莊嚴出版社，民國 86 年。

18.《方諸館曲律》明・王驥德撰，收錄於傅惜華編《古典戲曲聲樂論著叢編》第四種，北京：人民音樂出版社，1957 年。

19.《誠齋樂府》明・朱有燉撰、翁敏華點校，上海：古籍出版社，1985 年。

20.《陳鐸散曲》明・陳鐸撰、楊權長點校，上海：古籍出版社，1985 年。

21.《碧山樂府》明・王九思撰、沈廣仁點校，上海：古籍出版社，1985 年。

22.《沜東樂府》明・康海撰、周永瑞點校，上海：古籍出版社，1985 年。

23.《楊升庵夫婦散曲》明・楊慎、黃峨撰、金毅點校，上海：古籍出版社，1985 年。

24.《蕭爽齋樂府》明・金鑾撰、駱玉明點校，上海：古籍出版社，1985 年。

25.《海浮山堂詞稿》明・馮惟敏撰、汪閒度點校，上海：古籍出版社，1985 年。

26.《江東白苧》明・梁辰魚撰、彭飛點校，上海：古籍出版社，1985 年。

27.《鶴月瑤笙》明・周履靖撰、甘林點校，上海：古籍出版社，1985 年。

28.《秋水庵花影集》明・施紹莘撰、來雲點校，上海：古籍出版社，1985 年。

29.《鞠通樂府》明・沈自晉撰、李宗為點校，上海：古籍出版社，1985 年。

30.《王西樓樂府》明・王磐撰、李慶點校，上海：古籍出版社，1985 年。

31.《新刻三徑閒題》明・杜子華輯，臺北：國立中央圖書館典藏國立北平圖書館善本書目。

32.《飲虹簃所刻曲》盧前輯校，臺北：世界書局，民國 56 年。

33.《南戲拾遺》陸侃如、馮沅君著作，臺北：進學書局，民國 58 年。

34.《南戲百一錄》錢南揚著，臺北：哈佛燕京出版社，民國 58 年。

35.《全明散曲》謝伯陽編，山東：齊魯書社，1994 年。

36.《全清散曲》謝伯陽與凌景埏合編，山東：齊魯書社，1985 年。

（二）曲　譜

1.《舊編南九宮譜》明・蔣孝編，收錄於王秋桂主編《善本戲曲叢刊》，臺北：學生書局，民國 73 年。

2.《增定南九宮曲譜》明・沈璟編，收錄於王秋桂主編《善本戲曲叢刊》，臺北：學生書局，民國 73 年。

3.《南詞新譜》明・沈自晉編，收錄於王秋桂主編《善本戲曲叢刊》，臺北：

學生書局，民國 73 年。

4.《北詞廣正譜》明・李玉撰，收錄於王秋桂主編《善本戲曲叢刊》，臺北：學生書局，民國 76 年。

5.《九宮正始》清・徐子室輯、紐少雅訂，收錄於王秋桂主編《善本戲曲叢刊》，臺北：學生書局，民國 73 年。

6.《九宮大成南北詞宮譜》清・周祥鈺、鄒金生編輯，收錄於王秋桂主編《善本戲曲叢刊》，臺北：學生書局，民國 73 年。

7.《南北曲小令譜》汪經昌著，臺北：中華書局，民國 54 年。

8.《南北詞簡譜》吳梅編著，臺北：學海出版社，民國 86 年。

（三）曲　論

1.《教坊記箋訂》唐・崔令欽撰任半塘箋訂，臺北：宏業書局，民國 62 年。

2.《琵琶記》元・高明原著、錢南揚校注、李殿魁補校注，臺北：里仁書局，民國 87 年。

3.《樂府傳聲》清・徐大椿著，收錄於《古典戲曲聲樂論著叢編》，臺北：學海出版社，民國 60 年。

4.《燕樂考原》清・凌廷堪著，收錄於《續修四庫全書》經部一一五樂類，上海：古籍出版社 1995 年。

5.《散曲叢刊》任中敏輯，臺北：中華書局，民國 53 年。

6.《元明散曲之分析與研究》李殿魁著，臺北：中國文化學院出版部，民國 54 年。

7.《宋歌舞劇錄要》劉永濟撰，臺北：世界書局，民國 54 年。

8.《戲曲叢談》華連圃著，臺灣：商務印書館，民國 54 年。

9.《南北戲曲源流考》（日）青木正兒撰、江俠庵譯，臺北：商務印書館，民國 54 年。

10.《新曲苑》任中敏編，臺北：中華書局，民國 59 年。

11.《詞曲研究》盧冀野編，臺北：中華書局，民國 59 年。

12.《紅渠記傳奇・南詞韻選・附吳江沈璟年譜》鄭騫著，臺北：北海出版公司，民國 60 年。

13.《明清戲曲史》盧前著，臺北：商務印書館，民國 60 年。

14.《孤本盛明雜劇提要》王季烈撰，臺灣：商務印書館，民國 60 年。

15.《詞曲史》王易撰，臺北：廣文書局，民國 60 年。

16.《景午叢編》鄭騫著，臺北：中華書局，民國 61 年。

17.《曲學例釋》汪經昌著，臺北：中華書局，民國 62 年。

18.《北曲套式彙錄詳解》鄭騫著，臺北：藝文印書館民 62 年。

19. 《唐代音樂史的研究》（日）岸邊成雄著梁在平、黃志烔譯，臺北：中華書局，民國 62 年。

20. 《中國古劇樂曲之研究》陳萬鼐著，臺北：史學出版社，民國 63 年。

21. 《說戲曲》曾永義著，臺北：聯經出版社，民國 65 年。

22. 《中國戲劇史》徐慕雲著，臺北：河洛圖書出版社，民國 66 年。

23. 《錦堂論曲》羅錦堂著，臺北：聯經出版事業公司，民國 66 年。

24. 《曲學》盧元駿著，臺北：黎明文化事業股份有限公司，民國 69 年。

25. 《吳梅戲曲論文集》吳梅著，臺北：文化藝術出版社，民國 70 年。

26. 《曲學入門》韓非木編著，臺北：中華書局，民國 72 年。

27. 《中國散曲史》羅錦堂著，臺北：中國文化大學出版部，民國 72 年。

28. 《元曲研究》任二北、青木正兒、唐圭璋著，臺北：里仁書局，民國 73 年。

29. 《古劇說彙》馮沅君著，臺北：學海出版社，民國 74 年。

30. 《中國戲曲通史》張庚、郭漢城著，臺北：丹青圖書公司，民國 75 年。

31. 《漢唐大曲研究》王維眞著，臺北：學藝出版社，民國 77 年。

32. 《詩歌與戲曲》曾永義著，臺北：聯經出版社，民國 77 年。

33. 《詞曲概論》汪志勇著，臺北：華正書局，民國 78 年。

34. 《詞曲散論》賴橋本著，臺北：文津出版社，民國 79 年。

35. 《宋元南戲考論》俞爲民著，臺灣：商務印書館，民國 83 年。

36. 《中國分類戲曲學史網》謝柏梁著，臺北：商務印書館，民國 83 年。

37. 《中國近世戲曲史》（日）青木正兒著，王古魯譯，臺北：商務印書館，民國 85 年。

38. 《中國詞曲史》張建業、李勤印著，臺北：文津出版社，民國 85 年。

39. 《元人散曲新探》汪志勇著，臺北：學海出版社，民國 85 年。

40. 《明雜劇概論》曾永義著，臺北：學海出版社，民國 88 年。

41. 《明傳奇排場三要素發展歷程之研究》許子漢著，臺北：國立台灣大學出版委員會，民國 88 年。

42. 《戲文概論》錢南揚著，臺北：里仁書局，，民國 89 年。

43. 《戲曲源流新論》曾永義著，臺北：立緒文化事業有限公司，民國 89 年。

44. 《中國戲劇史》周貽白，北京：中華書局，1954 年。

45. 《永樂大典戲文三種校注》錢南揚校注，北京：中華書局，1979 年。

46. 《中國古典戲曲論著集成》，北京：中國戲劇出版社，1982 年。

47. 《南戲論集》，北京：中國戲劇出版社，1983 年。

48.《王國維戲曲論文集》王國維著，北京：中國戲劇出版社，1984年。

49.《中國戲曲史話》彭隆興著，北京：知識出版社，1985年。

50.《中國戲曲理論研究文選》中國藝術研究戲曲研究所編，上海：文藝出版社，1985年。

51.《諸宮調兩種》凌景埏、謝伯陽校注，濟南：齊魯書社，1988年。

52.《戲曲研究》顏長珂主編，北京：文化藝術出版社，1988年。

53.《中國戲曲序彙編》蔡毅編著，濟南：齊魯書社，1989年。

54.《中國戲曲通論》張庚、郭漢城主編，上海：文藝出版社，1989年。

55.《散曲教學與研究》謝伯陽主編，北京：文化藝術出版社，1989年。

56.《戲曲音樂史概述》莊永平著，上海：音樂出版社，1990年。

57.《中國古代戲曲》周傳家著，北京：商務印書館，1991年。

58.《散曲通論》羊春秋著，湖南：岳麓書社，1992年。

59.《劉知遠諸宮調校注》廖珣英校注，北京：中華書局，1993年。

60.《南戲論集》福建省戲曲研究所、泉州地方戲曲研究社、莆仙戲研究所編，北京：中國戲劇出版社，1993年。

61.《中國古典詩歌的晚暉——散曲》門巋主編，天津：古籍出版社，1994年。

62.《中國近代戲曲論著總目》傅曉航、張秀蓮主編，北京：文化藝術出版社，1994年。

63.《中國戲曲文學史》許金榜著，北京：中國文學出版社，1994年。

64.《戲曲聲腔劇種研究》余從著，北京：人民音樂出版社，1994年。

65.《中國戲曲史論集》張燕瑾著，北京：燕山出版社，1995年。

66.《中國古代曲學史》李昌集著，上海：華東師範大學出版社，1997年。

67.《詞曲》蔣伯潛、蔣祖怡著，上海：上海書店，1997年。

68.《中國戲曲史研究》黃仕忠著，廣州：中山大學出版社，1997年。

69.《元明散曲小史》梁乙真著，北京：商務印書館，1998年。

70.《宋元戲曲史・中國戲曲概論・顧曲塵談》舊籍新刊合訂本王國維、吳梅著，湖南：岳麓書社，1998年。

71.《元明散曲史論》王星琦著，南京：師範大學出版社，1999年。

72.《曲譜研究》周維培著，江蘇：古籍出版社，1999年。

73.《說戲曲》徐朔方撰，上海：古籍出版社，2000年。

74.《中國古代音樂史》金文達著，北京：人民音樂出版社，2001年。

75.《20世紀元散曲研究綜論》趙義山著，上海：古籍出版社，2002年。

(四) 其 它

1. 《國語》吳・韋昭注，收錄於《景印文淵閣四庫全書》，臺北：商務印書館，民國 72 年。

2. 《文心雕龍》梁・劉勰撰、范文瀾註，北京：人民文學出版社，1998 年。

3. 《通典》唐・杜佑撰，收錄於《景印文淵閣四庫全書》，臺灣：商務印書館，民國 73 年。

4. 《東京夢華錄》宋・孟元老撰，收錄於楊家駱主編中國學術名著第六集，臺北：世界書局，民國 52 年。

5. 《宋史》元・脫脫撰，收錄於《四部備要》，臺北：中華書局，民國 55 年。

6. 《隋書》唐・魏徵撰，收錄於《四部備要》，臺北：中華書局，民國 55 年。

7. 《新唐書》宋・歐陽脩、宋祁撰，收錄於《四部備要》，臺北：中華書局，民國 55 年。

8. 《于湖詞》宋・張孝祥撰，收錄於《景印文淵閣四庫全書》，臺北：商務印書館，民國 72 年。

9. 《癸辛雜識別集》宋・周密撰，收錄於《景印文淵閣四庫全書》，臺灣：商務印書館，民國 73 年。

10. 《續墨客揮犀》宋・彭乘撰，收錄於《景印文淵閣四庫全書》，臺灣：商務印書館，民國 73 年。

11. 《夢梁錄》宋・吳自牧撰，收錄於《景印文淵閣四庫全書》，臺灣：商務印書館，民國 73 年。

12. 《武林舊事》宋・周密撰，收錄於《景印文淵閣四庫全書》，臺灣：商務印書館，民國 73 年。

13. 《都城紀勝》宋・耐得翁撰，收錄於《景印文淵閣四庫全書》，臺灣：商務印書館，民國 73 年。

14. 《獨醒雜誌》宋・曾敏行著，臺北：廣文書局，民國 76 年。

15. 《西湖老人繁勝錄》宋・西湖老人撰，收錄於《文淵閣四庫全書存目叢書》，臺南：莊嚴文化事業有限公司，民國 85 年。

16. 《唐會要》宋・王溥撰，北京：中華書局，1985 年。

17. 《錢塘遺事》元・劉一清撰，收錄於《景印文淵閣四庫全書》，臺灣：商務印書館，民國 73 年。

18. 《南村輟耕錄》元・陶宗儀撰，收錄於元明史料筆記叢刊，北京：中華書局，1997 年。

19. 《客座贅語》明・顧起元著，收錄於《續修四庫全書》，上海：古籍出版社，1995 年。

20. 《野獲編》明・沈德符撰，收錄於《續修四庫全書》，上海：古籍出版社，

1995 年。

21.《草木子》明·葉子奇撰，收錄於歷代史料筆記叢刊，北京：中華書局，1997 年。

22.《大明律》明·劉維濂撰，收錄於《景印文淵閣四庫全書》，臺灣：商務印書館，民國 73 年。

23.《列朝詩集小傳》清·錢謙益撰，臺北：世界書局，民國 54 年。

24.《索引本詞律》清·萬樹原撰、懶散道人索引，臺北：廣文書局，民國 60 年。

25.《四庫全書總目》清·紀昀等撰，臺北：藝文印書館，民國 68 年。

26.《藝概》清·劉熙載撰，臺北：華正書局，民國 77 年。

27.《續詞餘叢話》清·楊恩壽撰，收錄於《傳世藏書集庫文藝論評》，湖南：誠成企業集團有限公司組織編纂海南國際新聞出版中心，1996 年。

28.《詞學集成》清·張順詒輯，收錄於《續修四庫全書》集部，上海：辭書出版社。

29.《詞調溯源》夏敬觀著，臺北：商務印書館，民國 61 年。

30.《中國文學批評史》郭紹虞著，臺北：文光出版社，民國 62 年。

31.《中國文學史》葉慶炳著，臺北：弘道文化事業有限公司，民國 63 年。

32.《郭煌雲謠集新書》潘重規撰，臺北：石門圖書公司，民國 66 年。

33.《四禮集註》珍本十六經，臺北：龍泉出版社，民國 66 年。

34.《唐宋詞論叢》夏敬觀著，臺北：宏業書局，民國 68 年。

35.《小選與戲劇》將伯潛著，臺北：世界書局，民國 71 年。

36.《筆記小說大觀》，臺北：新興書局，民國 72 年。

37.《東京夢華錄注》宋·孟元老撰，民國·鄧之誠注，台北：漢京文化事業有限公司，民國 73 年。

38.《全宋詞》唐圭璋編，臺北：洪氏出版社，民國 74 年。

39.《詞話叢編》唐圭璋編，時賢本事曲子集外廿六種，臺北：新文豐出版公司，民國 77 年。

40.《中國俗文學史》鄭振鐸著，上海：上海書店，1984 年。

41.《叢書集成初編》，北京：中華書局，1985 年。

42.《中國文學發展史》劉大杰著，上海：上海書店，1990 年。

43.《明清文學史》吳志達著，湖北：武漢大學出版社，1991 年。

44.《明清散曲作家匯考》莊一拂編著，浙江：古籍出版社，1992 年。

45.《中國明代文學史》趙景雲、何賢鋒著，北京：人民出版社，1994 年。

46.《中國文學大辭典》，臺北：百川書局，民國 83 年。

47.《中國曲學大辭典》，杭州：浙江教育出版社，1997 年。

二、論文部分

（一）學位論文

1.《諸宮調研究》，汪天成，政治大學中文研究所碩士論文，民國 68 年 6 月。

2.《元曲散套研究》，劉若緹，東海大學中國文學研究所碩士論文，民國 77 年 6 月。

3.《明初南北曲流行概況及其變革之探討》，謝俐瑩，東吳中文研究所碩士論文，民國 86 年 6 月。

4.《明代文士化南戲之形成背景》，陳慧珍，台大中文研所碩士論文，民國 87 年 6 月。

5.《詞體起源與唐聲詩關係之研究》，陳枚秀，逢甲大學中研所論文，民國 89 年 6 月。

6.《明代中後期文人雜劇研究》，劉燕芝，高雄師範大學國文所博士論文，民國 90 年 12 月。

（二）單篇論文

1.《南曲聯套述例》，張敬，文史哲學報 15 期，民國 55 年 8 月。

2.《搶救全明散曲》——談《全明散曲》的編纂，謝伯陽，國文天地 6 卷 2 期，民國 79 年 7 月。

3.《晚明戲曲刊行概況》，林鶴宜，漢學研究第 9 卷 1 期，民國 80 年 6 月。

4.《琵琶記「也不尋宮數調」考辨》，蔡孟珍，中國學術年刊第 16 期，民國 84 年 3 月。

5.《由南北曲、崑曲到皮革——中國古典戲曲的主要聲腔》，黃麗貞，人文及社會學會科教學通訊 6 卷 1 期，民國 84 年 6 月。

6.《明代帝王與戲曲》，曾永義，文史哲學報，民國 86 年 6 月。

7.《散曲資料的檢索與利用》，陳美雪，國文天地 18 卷 8 期，民國 92 年 1 月。

8.《張炎詞源謳曲首要考釋》，關志雄，香港詞曲學會出版詞曲叢編第一期抽印本，1969 年。

9.《試論南北曲的合流與發展》，孔繁信，河北師院學報，民國 1995 年 3 月。

10.《「戲曲」、「永嘉戲曲」首見處》，洛地，浙江：藝術研究所編輯《藝術研究》，民國 1989 年第 11 輯。